懸空的椅子

唐寅九——著

名稱：也許你所虛構的正指向了某種現實
規格：120×150 cm
材質：布面丙烯
年代：2020
繪者：唐寅九

我是孤獨的，我是自由的，我是我自己的帝王。

——康德

一

我叫子靈，最初是牆上的一抹血跡（哪年的血跡？誰人的？），經過潮氣和歲月的侵蝕，變成了一塊黴斑。因為長年待在天花板上，我很容易就可以看見這些嫌疑人；這些嫌疑人一躺下也很容易看見我，一閉眼腦子裡也很容易浮現出我的樣子。由於角度不同，他們看見的我也不相同，腦子裡浮現出來的我的樣子（──哦，我的樣子……）也不盡相同。比如宋，就說我像一張臉，長著一雙透明的、像外星人一樣沒有眼白的、圓圓的大眼睛。泓呢，則說我像一隻鳥，長著一張沒有羽毛的肉翅、顏色幽藍幽藍（近乎黑色）的鳥……。不管怎麼說，我得感謝泓，他充滿想像地給我取了一個名字──子靈！使我不再那麼呆板無趣，甚至還有了一種古人的悠遠韻味。但更多的嫌疑人卻固執地認為我不過是一塊斑痕，發了黴，樣子難看，眼看著隨時都要剝落掉了。好吧，我無所謂，我被安排在這部小說中，不過是為了在必要的時候串連不同的人物，呈現不同角色的性格、心態和命運。我待在這裡二十多年了，讓他們看見，並讓他們有一個說話的對象多好呵！因此，本質上我只是一個聽者。他們有話要說，又沒有說的地方；他們說的話總得有人聽。我生逢其時，在一個不容易被人發現的天花板的角落裡，眼睛又大又圓，透明，沒有眼白，充當了一個聽者的角色。雖然有時候我也會飛出去一小會兒（像泓說的那樣），但基本上我都待在天花板上，和那些來了又走了的嫌疑人在一起。偶爾我也會給他們一些回應，但這樣的情形多半只發生在夢裡。我在夢裡回應他們，也多少給他們一些安慰。事實上，即使最初只是一抹血，我也同樣是有身分和來歷的，只不過歲月無情，一個人或一段事總是很容易被人忘記，更何況看守所是羈押嫌疑人的地方。羈押當然就是臨時的，幾個月之後，他們又走了。再多的心事也只是幾個月的心事，一個人臨時的心事又怎麼靠得住呢？所以，我從不指望那些來了又走了的人會有心過問我的身分與來歷。說到底，即便是一抹血，也只是另一個嫌疑人的血而已，沒有人會問這血何以濺那麼高（在天花板上）？也沒有人會問這血是怎麼濺上去的？事實上，我隱身在這麼一間號房的天花板上挺好，這使我有機會看到各種罪行與恐懼；至於多情的泓為我取了這麼好聽的一個名字，也不過是當時的心境所致。但他臨時的命名卻讓我有了一種意義，也讓我在這本書裡有了一個稱呼，以便讀者閱讀。

好了，也許我得先介紹一下這間看守所了；對於普通讀者，也得給他們一個關於看守所通俗易懂的概念。在中國，看守所是羈押犯罪嫌疑人的地方；這就好比民間常說的閻王殿，那些要過生死輪回關的人，在這裡等待判官判決；最後去哪層地獄，全靠這人的造化及判官當時的情形。這樣解釋之後，細心的讀者可能就有了自己的想像——從某個角度上講，看守所也算得上是一個等待機會的地方。

我待了二十多年的這間看守所，位於北京西北方向一個小縣城的郊外，四周是荒蕪的曠野。一年四季強勁的風吹打著看守所兩幢「火柴盒」一樣的房子；秋天的風裹著黃沙，冬天的風裹著白雪，春天和夏天的風則帶著野花的氣息。這個看守所一共有二十五間號房，我待了二十多年的這間是八號，擠滿了可以住十四五個人。號房裡有一張大通鋪和一條不到一米寬的走道；一個蹲位，可以解決大小便，也可以洗漱和沖澡。簡單的生活往往更見出人的智慧，任何一個生活圈子都有有魅力的人。一間二十來平方米的號房，要住下十幾二十個人，需要一套規矩和一個好坐號[1]。何況這些人又來自天南地北，有高官也有小偷，有殺人的也有吸毒的，有文化高的也有文化低的，有年輕英俊的也有年邁醜惡的，有富人也有窮人……嚴刑峻法與一個人的出生與教養、身分與來歷無關。這正如上帝是公平的，並不會因為一個地方有罪人就少給一片晴天，也不會因為一個地方住著善人就多下幾場暴雨。上帝愛善人也愛罪人，愛英俊富有的也愛醜陋窮苦的——這俗套的道理無論出自何處，時間長了相信你都會懂得。事實上，看守所最強大的功能並非羈押而是通過羈押抹去一個人原有的身分與地位；在這裡所有的人都是嫌疑人，都只有一種身分，他們將在一個共同的身分中被重新定義，也將在一種簡單而粗暴的平等中開始自己的救贖。瞧，不久你就可以看見，我們這些嫌疑人是如何發現樂趣的。雖然四周密布著鐵絲網，但號房依然有一小扇條窗，從高高的條窗望出去，偶爾也可以看見天高雲淡或風起雲湧的美景……

1 行話，看守所監室的老大。

二

應該不會記錯的，泓進來的那天是一個陰天。

在白刺刺的盛夏，天突然陰得如此驚心實在也有些怪異。上午，任檢察官還讓他填了一張取保候審申請表，並以一種少見的輕鬆口吻對他說：「再過兩個月就是中秋節了，我們爭取中秋節前讓你回家。中秋加國慶有七天假，有機會的話我要去你的工作室做客。」

任這麼一說，泓就想起昨晚剛讀過的《秋燈瑣記》裡的秋芙。

「這個中秋節，如果真能出去，我一定要和瓊或者海倫泛舟西湖。」

雖然是畫油畫和搞裝置的當代藝術家，泓卻一直嚮往林語堂所說的、古代文人的那種「合適的性情」。瓊和海倫應該都是擁有這種合適性情的女子了吧。但此情此景之下，泓正在監視居住中，瓊大約也已躲在了歐洲的某個小鎮。因此所謂中秋之夜與瓊或者海倫泛舟西湖便只能是夢囈。他不知道檢察院對他採取強制措施時，是不是也對瓊採取了措施？二個多月以來心裡一直不安。

填完取保候審申請表，泓便順著任的話題，和他聊起了古人是如何過中秋節的。

「秋月正佳，秋芙命雛鬟負琴，放舟西湖荷芰之間。時余自西溪歸，及門，秋芙先出，因買瓜皮跡之，相遇於蘇堤二橋下。秋芙方鼓琴作〈漢宮秋怨〉曲，余為披襟而聽。斯時四山沉煙，星月在水，琤瑽雜鳴，不知風聲環佩聲也。」

他順手拿起林語堂的《藝術人生》，讀起其中摘錄的一段《秋燈瑣記》來。

「人生百年，夢寐居半，愁病居半，襁褓垂老之日又居半，所僅存者，十之一二耳。況我輩蒲柳之質，猶未必百年者乎。」

順著秋芙的話，兩人又聊到了生命的無常與短促。

泓正值「所存十一二耳」的盛年，生命的光華不應該就這樣在牢獄之中消磨了吧。

一個上午，泓和任就這樣在略帶傷感的閒談中過去了；吃完飯，泓小睡了一會，就被任叫醒了。

「天怎麼這麼黑？」他打了個哈欠，悠悠地問道。

「天陰了，可能要下暴雨；起來吧，得給你換地方了。」

「換地方？怎麼回事？要去哪裡？」泓抬頭驚問。

「看守所！我也沒想到，檢察長突然就來了，剛開完會，馬上就要走。」

「看守所？上午不是還說要給我取保候審嗎？你們一直在騙我？」

「快點！」任未及解釋，四名警察已將泓的雙手反扣在背後，緊接著就給他帶上了手銬。

那一瞬間，泓幾乎要哭出來。他無力地掙扎著，衝過去要拽住任，但顯然不能。他的雙手被冰冷的手銬牢牢銬住；越是掙扎，手銬就越是自動地越銬越緊。

「你們這群騙子！」

「我不去，不去！」

他內心大聲吶喊著，可發出的聲音卻那麼地無力和可憐。

「由得了你嗎？」任禁不住小聲地笑了笑。

「放心，我們會給那邊打好招呼的。」

趁警察戴腳鐐的那一瞬間，任俯身對泓悄悄地說道。

泓知道，這是任當時唯一能說的一句暖心話了。所謂那邊就是指看守所，打招呼就是讓看守所儘量不要將泓與重刑犯關在一起，也讓泓儘量少受些罪。但泓心裡清楚，去了看守所，他很快就會被批捕，他作為犯人的身分也將進一步坐實。

兩輛警車緊隨著駛出了對泓監視居住的那間招待所，這是兩個月來泓第一次看見天空。他閉上眼睛，讓自己適應了一下天光；可再睜開雙眼時，卻看見一大片黑雲像巨大的落幕一樣壓了下來。黑雲壓在遠處的山巒和這座不知道名字的城市上空，使得盛夏的下午竟如同進入了黑夜……

警車沿著城市周邊的高速公路行駛著，泓努力想看看路標，也想弄明白行駛的方向。可在濃重的黑雲下，一切都是黑的……過了二十幾分鐘，警車彷彿行駛在蜿蜒的山道上了。泓從車窗突然看見更遠處——那巨大黑雲的邊際上迸發出一道強光，一瞬間就照亮了黑雲之外廣闊高遠的天空。如此強烈的光使得泓再一次閉上了眼睛，他禁不住喃喃自語：「這是極光，這會是我親愛的祖國的極光嗎？」

警車繼續行駛，一個多小時之後就到了這間看守所。極光已然退去，可黑雲也散了，天空落滿了極光與黑雲博弈之後的餘暉，顯得格外絢爛與寧靜。任和另外一位警察下了車，辦完入所手續，泓就換上號服，開始了與八號號房的一段緣分；也開始了他未曾想到的另一種重生。當他站在門口喊報告，穿著一雙拖鞋走進號房時，我和宋便知道八號號房又來了一個嫌疑人了……

三

迎春花報春的時候，泓一如既往地在工作室忙碌著。這一年的春天，五十二歲的泓是躊躇滿志的。他剛得了獎，作品在杜比爾夫香港的博覽會上也賣得不錯。緊接著德國一家老牌畫廊的總裁英又要為他在歐洲舉辦個展。

「也許會是巴黎、柏林、倫敦三地巡迴展，我們先選作品，與先生討論好主題與展覽形式後再定吧。」英在電話裡說，她稱五十二歲的泓為先生，對泓表示了格外的尊重。

英是知名的藝術評論家與策展人，上世紀六〇年代生於臺北，成功大學畢業後去美國哥倫比亞大學讀藝術史，之後便去了歐洲。

「當代藝術雖然興盛於美國，可根還是在歐洲呀。」她總是這樣說。

在歐洲，英做了一名藝術經紀人，大約也是受了作為商人的父親的影響吧。

上世紀八九〇年代，一些歐洲的有識之士因收藏中國早期先鋒藝術家的作品而大發其財，但規模畢竟不大。這些年中國經濟高速增長，新興的富裕階層人數越來越多，當代藝術的市場重心已不知不覺地轉移到了中國。好些歐美國家的藝術機構都獨具慧眼地在北京和上海設立了分支機構。但英的做法與它們不同。她在大陸發掘藝術家，為他們在歐洲及美國舉辦展覽，與藝術家簽訂獨家合同；造成一定國際影響後再將他們的作品賣回中國，賣給中國饕餮般的富豪們。

「這就好比一個民間女子，經過選秀，進了宮，成了妃子或貴人，身價當然已完全不同。」英這樣的策略，大約也來自父親早年的商業經驗。

「同樣是普通的牛仔褲，只要貼上英文標籤，價格就會高出一倍。」父親經常津津樂道他早年在中國做生意的事情，英從小就耳濡目染。「中國的消費者幾乎沒有自己的標準與立場。」長大後，對於父親的觀點，英也深有體會。

服裝如此，藝術市場當然也會如此。

「怎麼能指望中國的藝術界有自己的思想呢？他們要麼是意識形態的工具，要麼就被西方的思潮所左右。」

「幾乎所有的藝術概念都來自於美國與歐洲，翻譯過來之後又走了樣。藝術批評完全沒有自己的立場，如果不被西方的概念所定義，一件藝術品就完全沒有任何可說的了。」

「藏家呢，聽批評家的，當然也就迷信來自西方的評論；藝術家所謂的收藏指數就這樣被無端地編撰出來。」

因為這樣的觀點，英也就有了自己的生意策略。與她簽約的藝術家總是先在歐美國家做展覽；這些神神祕祕的展覽經媒體和學術包裝，讓藝術家有了名聲，也讓中國的收藏家充滿了期待，其作品才以傲慢的姿態與步伐進入市場。她很成功，幾乎成了藝術家競相攀附的對象。「拉住英的手，戒指戴滿手。」藝術圈經常用略帶色情與戲謔意味的口吻談論她，她的一些案例也真彷彿傳說，既撲朔迷離，又讓人敬仰。

發掘藝術家是畫廊最重要的工作之一，也是對畫廊主眼光的考驗。與什麼樣的藝術家簽約體現了畫廊的品味與風格，也將決定畫廊在業界的地位與影響。英在藝術家、藏家、評論家和媒體之間穿梭，卻總是將更多的時間留給藝術家。她和藝術家保持著良好的關係，成為他們的知己，讓他們充滿期待。在上海，英主持的藝術沙龍久負盛名。沙龍是小範圍的，也是神祕的；每次只會邀請少數幾位藝術家，幾位崇拜藝術的名媛（天知道！）；某些重要的策展人和評論家當然是核心，然後就是國內頂尖的專家、學者、拍賣公司的總裁和某幾位神祕的藏家。在那間總要提前一個月才訂得上的著名的法國餐廳，一支鋼琴或小提琴獨奏曲、一小段歌劇的花腔唱段，是英必不可少的節目。偶爾也會有一兩位二三流的影星點綴其間，插諢打科地說些圈內圈外的段子，充斥著情色或政治隱喻，給沙龍增添一點樂子，卻從不會沖淡調性的嚴肅與雅致。沙龍的主題更是要精心策畫，演講嘉賓是提前預約的，無外乎是大學教授、研究機構的學者及媒體的主筆。英每次都要預先拜訪並和他們反覆討論，因此每場演講及經整理出來發表在藝術雜誌上的沙龍文章，就總是既犀利又獨具洞見，呈現出一個時期藝術市場風向標的價值，其學術性與先鋒性又總在傳遞某些重要的思想與方向。

泓從未參加過英的沙龍，他似乎還沒有正式進入英的視野。雖然都生於上世紀六〇年代，但他們的背景與性格迥然不同。英是洋派的、國際範的，其傳統來自於那麼一個游離的小島，做派卻糅合了歐洲藝術圈的某些習氣（是些什麼呢？）；泓卻是大陸的、本土的，甚至於土裡土氣的。但泓的土裡土氣中有一種固執、純樸和卓異的東西深深地打動過英。英從中發現了一種彷彿來自於局外的力量。這力量是原始的，與時下流行的形式相衝突的，卻又是活力四射的。兩年前英在泓的一次素描展中邂逅了這種力量。泓在超大尺幅的紙上，用柳條、抹布甚至於拖把畫素描，背景是南方鄉下令人驚悸的曠野與河流。畫中的人物極其渺小，千篇一律都是孤單的小孩，戴著紅領巾在曠野中迷路，或拿著手電筒在空蕩的倉庫裡尋找著什麼。泓用抹布和拖把處理出來的山巒與河流陰森而神祕，總讓人疑心有什麼離奇詭異的祕密。在一個如此花哨的時代，泓竟敢用素描這麼素樸的語言來辦個展，而作品又如此豐富和獨特，著實讓英大為震驚。

然而，兩年來英從未與泓有過任何私人性質的接觸。雖然期間不斷有人談及他，但英都只是淡然一笑。她需要再看看，她還在等。為一個藝術家在歐洲舉辦展覽並不是一件簡單的事情。她需要再沉澱一下，一罈好酒需要不斷發酵，也需要一些機緣。英看藝術家的眼光是獨到的，拿捏分寸的本領更為老道。她看重泓的不僅是他的作品，還有他的師承關係、知名度和影響力。抽象表現主義近年來頗受藏家的青睞，泓在德國師承過最頂級的抽象表現主義大師。除此之外，泓理論上的造詣也早有口碑，最近又出任了美術學院的副院長，是當然的學術帶頭人；作為一所大學的副院長，他一定也是運作資源的高手。種種跡象表明，泓正在形成一股不可小覷的勢力，他的未來讓她大可期待。

英是在杜比爾夫博覽會閉幕前的頭一天撥通泓的手機的。她希望有機會和泓喝杯咖啡，但泓告訴她可能排不出時間來了，他有事要趕回北京去。

「沒關係的，那我們下月初在北京見面好了。」英說道，接著就坦誠地提出了要為泓在歐洲辦個展的想法。

雖然談的是公事，語氣也頗為正式，但英在電話裡的聲音依然可以用嫵媚來形容。泓表達了謝意，明確了英到訪的時間。

「我會預先將時間排出來，提前讓助理和您聯繫，需要事先準備什麼，也請直接告訴海倫。」

「好的呀，海倫和瓊這幾天也在香港吧，既然先生沒有時間，我明天在博覽會上有個研討會，就請她們代表先生出席吧。」

英要了瓊和海倫的電話，又請泓代為邀請，語氣甚為客氣。

海倫是泓工作室的助理。泓在北京郊外有近二千平方米的工作室，除協助泓完成人型裝置與雕塑外，還承接一些公共藝術的創作。自從當了副院長，泓的行政事務與社交活動多了起來，工作室的瑣事需要一位助理來打理。本來他想從剛畢業的學生中選一個，可是不成，社會經驗太少了，就讓人到網上去招聘。結果海倫就來了，一位國際大牌公司的總裁助理，與中國的媒體及相關部門打了好幾年的交道，英語和法語都十分好。

「怎麼會想來工作室工作呢？」泓對海倫來工作室應聘感到好奇。

「在外企幹膩了，想換換心情；而且大學學的就是藝術史，小時候也畫過畫，能在藝術家身邊工作，也算是圓個夢吧。」

「那你的職業生涯可能要受影響了，工作室可沒什麼職業願景。」

「誰知道呢，現在藝術產業這麼火，說不定也會幹出點名堂來呢。」海倫調皮地笑了笑，就這樣開朗而明媚地來了。起初她只是負責泓的日程安排，與畫廊、媒體、策展人、評論家打交道；不久，工作室的其他事務——包括對外承攬的工程，與學校的工作聯繫等她也都管了起來。泓很快就嘗到了有這麼一個能幹助理的甜頭，以前他不擅長、不屑於，或者沒時間處理的事情，海倫無不處理得妥妥貼貼。各種合作關係融洽多了不說，就連工作室的花彷彿也多了許多生趣，咖啡也醇香多了。這種變化在圈子裡很快就成了佳話，幾位藝術家朋友也跟著去網上招聘，可是不成，還沒有人找到像海倫這樣既訓練有素又熱愛藝術，甚至願意為藝術做出些犧牲的助理。於是羨慕和嫉妒之外，泓也免不了被朋友們打趣，弄得他與海倫彷彿真有什麼關係似的。這次因為杜比爾夫博覽會，海倫與瓊也來到了香港。所以與英通完電話後，泓便將英打算為他在歐洲辦展覽的事告訴了她們。

「好事呵，先生！我需要先準備些什麼嗎？」海倫熱切地問道。對於英的名頭，她和瓊都不陌生。

「她恐怕先要去工作室看作品，然後大家一起討論主題和展覽形式。」

「去歐洲辦個展，大約也包含要與您簽獨家合同的意思吧，您願意成為她的簽約藝術家嗎？」瓊問道。此前泓從未與任何畫廊簽過獨家合同，這次來杜比爾夫，瓊的畫廊也只是一般性代理。

「可能吧，但她沒有提到這一層。」

「到了北京她一定會提的，這通常也算是行規了。」

「順其自然吧。」

「順其自然？英可是處心積慮的，她的時機掌握得多好呵！您剛當了副院長，這次博覽會又是賣得最好的藝術家，這樣的勢頭哪家畫廊不眼熱呢？」瓊話中有話，略帶一絲醋意地說道。

「如果有排他性的條款那可不行，先生的未來不應該被一家畫廊給限制了吧。」海倫接過瓊的話說道。

「先不談這些，海倫明天跟我回北京，要花時間幫我整理作品了。英小姐明天上午有個學術活動，她特意邀請了，瓊就去聽聽，也跟她先接觸接觸。明天下午是博覽會的頒獎式，組委會已經通知我了，他們給了我一個年度藝術家大獎，瓊就去代我領獎吧。晚上還有最後一場拍賣，也不妨再去看看行情。」

瓊微微一笑，算是回應了泓的安排。但這微微一笑所閃過的那麼一絲微妙的「我明白了」的意味，細心而敏感的海倫一下子就捕捉到了。

四

杜比爾夫是當今世界最高級別的藝術博覽會，在歐洲已有近百年歷史。最近幾年，杜比爾夫每年都到香港來，甚至還吸收了大陸的畫廊參展，顯然是因為中國人越來越有錢，中國的藏家越來越多，也越來越強大。「你想成為一個有品位，有見識，在歐洲人面前也敢抽著雪茄，喝著紅酒，大談藝術的時尚人士嗎？那麼，請到杜比爾夫來！」博覽會的宣傳冊以一種活潑俏皮的方式如是說。這一年的杜比爾夫占據了整個香港會展中心，每天都有大批內地人士專程趕來；除嗅覺靈敏的藝術家和藏家，一些熱愛藝術的白領和時尚人士也都紛遝而至，每天都將會展中心擠得水泄不通。為期七天的博覽會，一段時間成了最熱門的話題。

因為第二天就要回北京，晚上泓與幾位圈中好友便約了一個飯局。九龍距會展中心不遠的地方，毗鄰香格里拉飯店，面朝大海，有十來間品味不俗的餐廳。海倫訂了一間熱情典雅的西班牙餐館，十來個朋友就意氣風發地聚在了一起。豐是其中的主賓，之前也是一所美術學院的教授，同樣在德國留過學，不過晚泓幾年，算得上是泓的學弟了。和豐一起來的，是香港某支望族的三小姐慈和一家法國畫廊的副總裁倫。泓的一位朋友，剛從倫敦回來的比較文化學學者睿，以及瓊的兩位開畫廊的同行及一位尚未成名的藝術家朋友也都如期到了。大家寒暄之後，便在瓊的熱情招呼下落了座。此時餐廳已是一片觥籌交錯的歡樂氣氛。泓因為接受記者採訪，要和海倫稍稍晚到一會，瓊也都代為道了歉，請大家先喝著茶，輕鬆隨意地聊著天。賓客之間，倫是杜比爾夫的老看客了，見識最多，資訊最廣，瓊便先向他請教參展經驗。

「得先說酒店。這幾年的杜比爾夫因為人太多，會展中心附近的酒店一定爆滿。所以你最好提前一個月就預訂好半島酒店，那裡的下午茶最有名，博覽會期間當然也是大腕雲集的地方。」

倫幾年前就已經是圈中少有名氣的藝術家了，後來竟下了海，先在房地產公司混，後來又去做了法國這家畫廊的副總裁。說到杜比爾夫，顯然是他熟悉的話題，便滔滔不絕地聊了起來。

「在半島酒店你會見到許多聞名遐邇的人物。不過參加這樣的聚會你的資訊最好足夠廣泛，聊起當紅的藝術家、藏家和策展人，一丁點都不要有陌生感。」

「你應該提前就有藏家展廳和拍賣會的門票。在一件拍品尚未落槌之前，一定不要露怯，怎麼著也要報一兩次價。正式活動你大可以穿西裝、戴硬領，但非正式場合，穿著不妨灑脫一些。但不管什麼場合，你都要熟悉行情，說得出幾件藝術品在拍賣會上的價格，然後大發感嘆說你是如何落拍的，以及落拍後又如何痛心與惋惜。你也要炫耀你的所得，但同時應該保持神祕與矜持，讓人知道你眼光獨特，注重作品的品質甚於藝術家的名聲。你會因此成為有獨立鑑賞力的行家並受到尊重。在杜比爾夫不買一兩件東西是不成樣的，但追風也會讓人笑話。」倫今天的行頭是一件亞麻質的休閒西裝、剪裁隨意卻十分講究的襯衣加牛仔褲。

「如果在某些場合非談藝術家不可，你最好只談藝術家的逸聞趣事。藝術家都有怪癖，談這些怪癖只會顯示你與藝術家的親密關係，而且藝術家也並不忌諱。因為通常怪癖即風格，怪癖越多，風格也就越獨特。你也可以大膽預測一兩位藝術家的行情，同時暗示你手裡正好有幾張他早年的作品，是你當年資助他時獲得的饋贈，這樣的作品你當然不會出手，因為友情的價值絕非金錢所能比……」

「哦，倫先生，你說的大概不是什麼參展經驗，而是社交經和生意經了。」睿見倫侃侃而談，便略帶譏諷地打斷了他。「可惜像我們這樣的，既住不起半島酒店，又買不起作品，也不敢在拍賣會上裝模作樣，又該如何呢？」

「你是學者，當然是聊藝術啦；像芡小姐明天就有學術研討會。」

「是的呀，她邀請了我，我明天要去的；姐姐，要不明天我們一起？」瓊拉過睿的手，熱情地向她發出了邀請。

「說到聊藝術，其實也有學問。比如聊到風格與流派、潮流與趨勢，用詞只管生澀冷僻。凡事冠上某某主義總沒有壞處。參加這樣的學術活動前，不妨先上百度搜索一些時髦的名詞，再記住幾句冷僻的、有長長定語的句子……，那麼，好了，這碗飯你總有得吃了，這些詞你懂不懂沒關係，你只知道對方一定不懂，在場的大多數也一定不懂就行了。」倫繼續他的宏論，在座的聽了都忍不住大笑。

「我要抗議了！」睿捂住嘴，再次打斷他。「你還真把我們這些人當作混飯吃的了。」

「就是，別理他。倫，我起初是真把你當老師，要向你請教的；可照你這樣說，非得把我們這幫無知的教壞了不可。」瓊在一旁幫著腔，大家便都跟著指責倫玩世不恭。泓和海倫這時正好到了，倫就像遇上了救星似的，與泓熱情地握手、寒暄。

泓在豐與睿之間坐了下來。豐的另一邊是慈，有海倫在一旁陪著，然後便是倫及那位尚未成名的藝術家。瓊則陪著睿，挨著她的自然是她那兩位同行了。因為大家都有過在歐洲生活的經驗，點菜倒也不費勁；兩位開畫廊的朋友對西班牙菜生疏一些，瓊也幫忙推薦了頭盤。幾瓶上好的葡萄酒、一大份西班牙海鮮飯及一大份海鮮蔬菜沙拉是必備的，瓊又為泓特意點了他喜歡的青口[1]……。四位女士，睿是典型的學者打扮，盤著髻，白皙的圓臉顯得教養有加；不過她和其他女士一樣，都披了愛馬仕的披巾。瓊一米七四的高挑身材已經夠醒目了，她和海倫及三小姐慈一樣，也是一頭長長的秀髮，不過稍稍燙過，酒紅色的小波浪獨顯出她的嫵媚與風情。相形之下，慈和海倫要低調一些。慈是玫紅襯衣套了一件淺灰外衫，海倫則是白色薄呢長裙搭了一件鵝黃色的小披巾。女士之外，幾位男士也是品味不俗，泓是小圓頭髮型，短短的山羊鬍鬚，深藍色的格子呢西服和牛仔褲；豐則是淺灰色的亞麻襯衫加了件黑色的薄呢西服……。十來位藝術界人士衣著如此時尚，在整個餐廳倒也格外醒目。倫見四位女士都是一襲的愛馬仕披肩，便問瓊：「現在愛馬仕是不是都成了女士們的標配了？」可話剛出口，便引起了瓊的側目，因為這話彷彿在說四位女士沒個性。他大概沒注意到，女人最忌諱與同伴有相近或相同的打扮。

「什麼話？男士才都是愛馬仕H頭腰帶呢。」果然，瓊立即反駁。

「服飾方面，倫先生就不要班門弄斧了吧；十年前瓊姐姐就已經是朱莉學院的高材生了。」海倫緊跟著搶白道。

「哪裡，我是說四位女士全是一流品味，雖然都是愛馬仕的牌子，但花色與款式又各有意味，就像是愛馬仕專門為四位設計好了似的。」

「總算你嘴甜，反應快。」睿嫵媚地白了他一眼。「不過，我十年前去了英國，這次回來還真是吃了一

---

1 青口：綠殼菜蛤，即孔雀蛤。

驚。想不到十年後，藝術圈的朋友個個都穿著風雅，品味不俗，彷彿全都發了財，又見了大世面似的，倒顯得我們這些剛回國的十分侷促和寒酸了。」

「好姐姐，可別被他們的假象迷惑了。剛才倫不是還在教我們如何來杜比爾夫見世面嗎？姐姐在歐洲浸染多年，我們這些人的眼光又怎能相比呢？」

「說到見世面，來杜比爾夫終究是看作品的，泓，你對這次博覽會的作品怎樣看？」

「很不錯！開放，多元，幾乎所有主流風格的作品都有了。」泓回答道。

「有佳作嗎？我指的是傑出的、世界性的作品。」

「一位美國籍的羅馬尼亞畫家，很年輕；還有豐這次的兩件作品。」

豐一直靜坐著聽眾人說笑，這會兒被泓當眾誇獎，而大家又都將目光投向了自己，禁不住臉紅了起來。

如果說泓是六〇年代生人的藝術家的傑出代表，那麼豐則是七〇年代生人的藝術家的佼佼者。這次博覽會豐也是極耀眼的藝術家之一，他是典型的江南子弟，清瘦、白皙，明亮的眼睛永遠都含著微笑。其實他的情感十分強烈，構圖和用筆也都十分狠。豐出生在商人世家，兩位哥哥生意上都很成功，唯獨他沒出息，學了繪畫，還留在了美術學院教書。但他父親尊重他的志向與才情，也早看出他是家族中的異類。因為父親的支持，豐很早就有了一間座落在西溪濕地景色絕美的工作室。大學畢業後，他繼續讀研究生，之後又出國留學。讓人驚愕的是，豐後來竟辭去大學教職，做了一名所謂的獨立藝術家。朋友們私下議論，所謂獨立藝術家，說到底不過是一群窮困潦倒，甚至永無前途的人。一個人太窮，太沒有出路，就必須靠耍個性來混世界；一旦混不好，便總是憤世嫉俗。豐之所以這樣，要麼是心智不成熟，要麼便是「作」。而「作」算得上是藝術圈最讓人討厭的品質了。父親也反對豐辭職，在他看來，即便成不了大名，在大學當教授也足夠光宗耀祖了。而且當教授也遠比當畫家穩妥和牢靠。那些年，中國人還不習慣將藝術當作是一種職業，不上班總被人看做是閒人和懶漢，而閒人和懶漢又總讓人覺得靠不住。其實藝術的本質就是閒，這一層當然是父親所不能瞭解的。殊不知豐另有玄機。不久他就參加了香港的優才計畫，取得了香港身分，還得到了三小姐家族的長期資助。他移居到了香港，在香港與杭州兩地都有景色宜人的工作室，讓朋友們羨慕至極，他也因之而成了藝術界有名的「豐公子」。至於他與三小姐家族的關係究竟到了什麼程度，則是外人既不清楚也不方便打聽的。然而但凡有他的展覽、拍賣或其他重要的藝術活動，三小姐慈總會到場，則是大家都已經習慣了的事情。所以，與泓的這次私人聚會慈一同來了，大家也都不覺得詫異。

豐這次參展的作品依然是他的「淹沒」系列。綠色中雜陳著血紅、粉紅、深藍及檸檬黃的線條，將整個西湖嚴嚴實實地淹沒在巨大的畫布之中。畫面的情緒緊張得近乎痙攣。雷峰塔被這些強烈的線條裹挾著，顯得無比可憐與猥褻。讓人驚覺的是你完全分不清那些緊張的線條究竟是雜草還是血管，抑或乾脆就是一大堆神經。

睿聽了泓的話，連忙跟豐約時間，說要專門去他工作室拜訪。以她淵博的學識，見了豐的作品，自然免不了要發表一篇有見地的評論。不過她的話題很快就轉到了泓的作品上。

泓這次選了幾件裝置來參展，其中一件用了汽車的展覽形式。一輛勞斯萊斯靜放在展臺上，燈光從十幾隻吊瓶中投射出來，打在車身和車模身上。車依然豪華氣派，從醫院的吊瓶投射出來的燈光連同車模卻是一派的倦慵與病容。另一件作品是雷鋒——雷鋒坐在馬桶上，戴著棉軍帽，很嚴實地繫著風紀扣，微露著他符號般的永恆微笑。作品相當寫實，馬桶與人物都與模特兒一般大小，背景是富裕的中產階級的盥洗間。但雷鋒的表情，尤其是他那符號般的永恆微笑中卻擠出了一絲明顯的難受勁，彷彿是生了痔瘡或得了極嚴重的便祕。

「這一絲難受勁擠在他那招牌一般的微笑裡，便有了極大的意味，讓人錯愕，又在錯愕中會心一笑。這種意味，可以稱之為是一種具有悲劇精神的反諷。問題是這種反諷並不僅僅局限在政治與社會生活層面，顯然，雷鋒也是要大小便的，因為他也是人；可一個普通的人怎麼可能戴著棉軍帽，繫著風紀扣坐在馬桶上呢？但他必須軍容整肅地坐著，因為他是雷鋒。」

「有趣的是，泓將這樣一件極具反諷意味的作品放在了一個中產階級的生活背景中，這是當下生活的日常語境。觀者於是免不了要問，雷鋒的難受勁是因為他軍容整肅地坐在馬桶上，還是因為他處在一個中產階級的生活背景中？」

「顯然，這兩者是一種相互強化的關係，既是對歷史的反諷，也是對現實的反諷。兩者疊加，又延伸出一個新的指向，即對『裝』，或者說是對不真實的生活的反諷。」

睿的評論，讓在座的人都嚴肅了起來。

「學者就是學者，抽絲剝繭，邏輯嚴密，將我們直覺到、感受到了的東西，提升得如此清晰與深刻，讓我們聽了無不動容，同時又有恍然大悟、醍醐灌頂之感。」瓊深為欽佩地說道。

「這件裝置原本是一個系列，其中一件需要一輛解放牌的舊軍車，工作室找不到，只好作罷。」海倫接過瓊的話說道。

「是報廢了的舊軍車嗎？雷鋒軍容整肅，繫著風紀扣，風馳電掣般開著這輛報廢的舊軍車嗎？」睿好奇地追問道。

「不，車斜著，當然也可以理解為在斜著開，或在斜著擺poss——裝！」

「斜著？那他的微笑中還會擠出便祕或得了痔瘡的難受勁嗎？」

「不，痔瘡好了！」

「痔瘡好了！哈哈哈，笑死我了，海倫你真是太有才了！」睿忍不住哈哈大笑起來。大家也都嘻嘻哈哈地笑成一團。

「你們看，這件作品顯然是海倫完成的。」豐也跟著笑道。

「我倒是對那輛勞斯萊斯更感興趣。一種豪華的生活方式與生活狀態，在十幾個吊瓶投射的燈光下呈現出來的病容。」

「這就不再是反諷而是批判了吧。」

「我想泓可能只是在呈現吧，批判與反諷都在呈現之中。」

泓顯然不太習慣在大庭廣眾下談論自己的作品，所以大家笑作一團時，他一直在一旁靜靜地坐著，目光十分空茫渺遠。海倫注意到泓的神情，便轉移話題，向倫詢問這次博覽會的交易情況。

「真正的交易其實並不在現場和拍賣會，而是在ＶＩＰ廳。博覽會今年照例開設了藏家展廳，但僅限於ＶＩＰ客人。是組委會特別邀請的，幾個月前就準備好了。這方面的情況三小姐應該最清楚。」倫將目光投向慈，卻只得到慈一絲淡淡的微笑。

「那好呵，我們來博覽會就是來看行情的，既然藏家展廳另有精彩，三小姐無論如何也要給我們指點一下。」瓊那位尚未成名的藝術家朋友並不識趣，他顯然沒有讀懂慈那絲淡淡的微笑的含意，所以接過倫的話追問道。

「先生這次有作品參展嗎？」慈很輕、很禮貌，但完全是應酬性地避開了對方的話。

「原來你們來博覽會就是看行情來了。」睿卻接過藝術家的話問道。

「是呵，不看行情看什麼？」

「就是說你們看了行情，瞭解到賣得好的作品是什麼路數，便確定自己下一步如何畫？對嗎？」

「對，這也叫產銷對路吧，這年頭可再沒人傻呼呼地埋頭畫畫了。」

「你有痔瘡嗎？」睿又問。

「痔瘡？沒有呵。」對方顯然沒有聽懂睿的話。

「那你難受嗎？」

「不難受呵。」

「他不難受！」睿偏過頭小聲地對泓說，「這不也很反諷嗎？」

「師兄去年曾談到要搞一個獨立藝術家聯盟，不知進展如何了？」豐岔開話題問道。

「不過是一個臨時的想法，還很不成熟，所以也沒有什麼進展。」泓拍了拍睿的手，接過豐的話說道。

「獨立藝術家聯盟？是個什麼概念？」倫問道。

「還給不出一個確切的定義，大致講，是指那些有獨立主張、思想和立場，且不隸屬任何權力機構的藝術家吧。」

「權力機構？你是單指美協或宣傳部門吧？」

「不完全是，如果追溯一下歷史，中世紀的權力機構是教廷；文藝復興是城邦主及新興的實力家族，比如美第奇家族；再往後，中產階級強大起來，民間的富裕階層開始買畫來裝飾房子，個人收藏開始了，於是有了畫廊和拍賣公司。」

「先生講的這個脈絡，倒讓我們對藝術家的生存史有了一個梳理。問題是藝術家究竟如何才算獨立？事實上，比如米開朗基羅，他的大部分作品也都是教廷下的訂單；西斯廷禮拜堂那幅著名的《最後的審判》就是例證。從某種意義上講，羅浮宮的繁榮正是因為路易十四推行了委約制。」倫說。

「恐怕沒有任何人能脫離權力機構吧，包括藝術家。」

「畫廊算不算權力機構？有影響的畫廊就會形成一股勢力，從而對藝術家形成控制。」

「如果畫廊也算權力機構，那麼恐怕只有高更和梵谷才算獨立藝術家了，因為根本沒有畫廊願意賣他們的畫。」

「師兄的意思顯然不會是這樣天真和迂腐的膚見吧。」豐說。

「就是，伊莉莎白女王是權力機構的頂端人物了吧，可佛洛伊德[2]給她畫一幅小小的肖像，她照舊要跑到畫室去做模特兒。」睿應和著豐，用一個例子來說明她對獨立藝術家的理解。

---

2 佛洛伊德（Lucian Freud, 1922-2011），美國當代著名藝術家，著名心理學家西格蒙德・佛洛伊德（Sigmund Freud, 1856-1939）的孫子。

「還有莫蘭迪[3]，意識形態是一個純粹分子，一度還很堅定，很狂熱；可一生中卻只畫瓶瓶罐罐。在他那裡，藝術甚至是獨立於意識形態之外的。」

「我當然明白先生所說的所謂獨立，絕不至於是指類似於宋莊那樣的生態群。他們倒是獨立了——或者根本就是沒人管、沒人要的，但如果有人和他簽約，我倒要看看他究竟是獨立呢還是不獨立，恐怕連最基本的原則與尊嚴也會放棄吧。」

倫這樣說，那位尚未成名的藝術家就紅著臉要反駁。倫也許不知道他就是宋莊生態群的一名藝術家。

「說偏了，說偏了。」豐打斷倫的話，他突然意識到，在這麼一個場合討論師兄顯然還沒成形的計畫是不合適的。

「沒事，大家說得都很好。剛才睿舉的佛洛伊德和莫蘭迪的例子也很好。總有一些人，不屬於任何勢力範圍，卻閃耀著天才的光輝。」

「抱歉，我出去吸支煙，大家繼續聊，滿有意思的。」說完，泓就起身走出了餐廳。

餐廳外面有一個小小的吸煙區，抽煙的倫和那個尚未成名的藝術家跟了過來；豐雖然並不吸煙，卻也過來陪著師兄。

「我是堅決擁護先生的主張的，要是哪天豎起大旗，我一定緊隨身後，搖旗吶喊。」尚未成名的藝術家漲著臉對泓說。

---

3 莫蘭迪（Giorgio Morandi, 1890-1964），義大利當代藝術家。

「你當是搞運動嗎？還搖旗吶喊！」倫拍了拍那位藝術家的肩膀。

「不過先生所說的那類天才，在中國是絕對沒有的；若真有，也不需要一個聯盟之類的組織了。天才就是直達目的地的人，他們自己會出來的。」

「也不盡然吧，早期的印象派哪個不是天才？不是也要擠破腦袋去參加沙龍展嗎？就算梵谷，也一度設想過要搞一個叫藝術公社的組織呢。」藝術家接過倫的話，爭論似乎又要開始了。

「不說這些了。豐，你有計畫去歐洲做展覽嗎？」泓再次岔開話題，將目光淡淡地投向豐。

「你指的是個展嗎？」倫問道。

「對。說到去國外做個展，倫，你們畫廊好像不是這個路子吧。」泓問道。

「當然，這個投入太大了，需要魄力與膽識，我們只做圈子裡的小生意，沒有英小姐她們那樣的大手筆。不過，依先生現在的地位及這次在博覽會的表現，恐怕英小姐早就關注到了吧。」

「還真不熟悉。她的範圍似乎只在上海，豐在杭州有工作室，應該在她的視線範圍內吧。」

四個男人抽完煙回到了餐廳。僅僅過了十幾分鐘，席間的話題與氣氛已經完全不同。正值早春時節，四位女性很自然就聊到了新上市的各色新款。女性之間的話題總是快樂的，飄飄灑灑，像春天的柳絮一樣輕盈飛舞。

泓他們坐下來，話題似乎又轉移到星相上面去了。海倫和睿似乎都是這方面的專家，瓊和慈也參與了進來。服裝和時尚的話題是輕鬆愉快的，星相卻更為神祕有趣。

「我最近在微博和微信的朋友圈都談到了希特勒和東條英機的星盤，也談到了一些藝術家，比如梵谷和高更。」

「一個人成為戰犯、小偷、流浪漢或藝術家，真的是命定的嗎？」

「那當然，佛教也說到前世今生，一切都是前世註定了的。」

「既然我們改變不了前世，那今生的努力豈不都是徒勞？」

「今生的意義就是弄明白前世，換句話說，就是要明白自己生命的來處及去向。比如高更，一定是四十歲那年明白了自己生命的使命，才毅然決然地放棄交易所的工作，拋妻別子去做一個藝術家的。」

「看過先生的星盤嗎？他如此當紅，是不是前世就註定了要成為大藝術家？」

「沒人說過他的生辰，沒法看哦。何況他已經是大藝術家了，屬於那種『我要扼住命運的咽喉，絕不讓它讓我屈服』的英雄人物。」海倫看了泓一眼，語氣中自然流露出來的一絲調皮與嬌憨，卻也被同樣敏感的瓊捕捉到了。

「先給我看看吧，證明真有料，才夠資格給先生看。」瓊略帶挑釁地說道。

「好呵，不過不用看，姐姐今年一定桃花朵朵。」

「桃花朵朵那是當然的，只是不知道會開在哪裡？」

「哎，姐姐，真要看嗎？當著這麼多男士，也不怕暴露了您的祕密？」

「那有什麼了？恐怕只有你們這樣的小姑娘，才會把什麼都弄得像是私藏的寶貝一樣。」

「姐姐可真是豪爽之人。可我今天只對豐先生有興趣，我們姐妹之間的私房話還是回北京再說好了。」

大家便慫恿豐給海倫報生辰。

「師兄和海倫明天還要趕飛機，瓊也有一整天的活動，不如今天就早點休息吧。」豐推說道。

「好的呀。」睿也應和著豐的提議。大家喝了最後一杯酒，又聽倫講了一小段時興的段子，就道了晚安，各自回酒店休息去了。

為期一週的博覽會，泓和海倫參加了五天；這五天，泓都是這樣在流光溢彩的熱鬧中過來的。他讓瓊帶來的兩件裝置第二天就被人買走了；藏家展廳另有他幾年前的三幅油畫，也成了博覽會當代藝術家的價格標杆。但五天下來，他並不快樂，新朋舊友的飯局和酒會一個接一個，他也只是像今天這樣靜靜地在一旁坐著。僅有的一次演講，也不過應主辦方的景，講了一些熱情洋溢的空話罷了。博覽會成了名利場，這原本也沒有什麼可批評的，但他心裡就是不滿足。他想要的博覽會沒有，博覽會有的，他又不想要。

五

第二天一早，泓和海倫就到了機場。辦完登機手續後還有不少時間，兩人便在航空公司的貴賓廳休息。

「現在的聚會，要聊點有意思的東西可真不容易。」海倫為泓挑了一小碟點心，又給他倒了一杯咖啡，在他對面坐下來。今天，她是一條墨綠色的小皮裙，玫紅色的長襪和白色短靴。這間貴賓廳面朝大海，晨曦透過落地玻璃灑在海倫身上，使她格外明媚。

泓知道海倫指的是這幾天的聚會，從一個話題跳到另一個話題，又總是聊不下去，最終便在插科打諢中不鹹不淡地收場。

「已經不錯了，昨天聊了不少，還都滿有意思的。不過現在的人都很浮躁，又總是各懷心事，真的已經沒有中心了。」泓回答道。

「與你們上學那會兒完全不同吧。」

「我們那時候哪有這樣的眼界和場面？不過幾瓶啤酒、一碟花生米，窮聊窮開心，卻盛開著充滿激情的理想主義的花朵。」

「理想主義的花朵？跟我說說唄，你的青蔥歲月。」

「藝術、政治、詩歌、女人⋯⋯『槍炮與玫瑰』⋯⋯」泓笑了笑。

「那可真是一個美好的時代，一個詩歌的時代；詩人振臂一呼，藝術家緊隨身後。在任何一個城市都有一個詩人和藝術家群體，都可以找到藝術家兄弟。我們這些人實際上就是在那個時候鍛造成形的。」

兩人難得這樣單獨閒坐在一起，又是無聊的候機時間，泓的話便多了許多，說話的方式和語氣也與平常不同。海倫便纏著要聽故事。雖然已經三十二歲了，但她的大眼睛依然像小女孩一樣，充滿著虔誠與天真的光芒。

「藝術家兄弟，多麼美好的一個詞！你說的獨立藝術家聯盟，大約也是在追憶你的逝水年華吧。」只屬於兩個人的閒暇是美好的，尤其是在旅途中，更讓人放鬆下來，進入到曼妙的遐想之中。此時的海倫，歪著頭，微微起伏的身子慵懶地斜坐在沙發上，玫紅的長襪襯托出小腿的修長。這樣的身體語言是她到工作室做助理以來從來沒有過的。

泓並不是一個習慣談自己的人，這次卻在海倫明媚的笑容中破例聊到了自己的大學生活，也聊到了自己是如何從鄉下到北京來讀書的。

「令尊好像是一個篾匠吧。」

泓愣了一下，目光停在海倫的臉上，凝視著那張純真無邪的笑臉。來工作室的時間並不算長的海倫，看來早已摸過他的底了。

「世代都是，如果不出來讀書，我也一定會是的。」泓沉吟了一小會兒，回答道。

「我這樣問是因為想到了齊白石，他是木匠出身，也是湖南湘潭人吧。」

「我們同縣，還是鄰村。」

「看來還真有一段勵志故事了。鄉下的木匠成了藝術鉅子，篾匠的兒子少年時代一定也立下了要成為巨匠的志向吧。」

泓聽海倫這麼說，都不知道如何接話。想起自己的少年也只是在水庫工地畫宣傳畫，畫著畫著就在鄉下出了名。然後去了縣文化館，後來參加高考，卻是考了三年才考上的。

因為不知道如何回答，泓便只好將目光再次停在海倫的臉上。海倫那張白皙的臉，再次迎向泓的目光時，潤澤的皮膚竟泛起了淡淡的紅暈。

「我在北京長大，小時候學畫的條件多好呵，可也沒學出來；你在鄉下怎麼就學出來了？看來人的天賦真是不同的。」

泓便老實地講了自己如何在水庫工地上畫宣傳畫，又如何考了三年才考上大學的往事。「也就是勤學苦練而已。記得大學一年級的寒假，我從老家過完年回來，帶了塊臘肉去看老師，老師很驚奇地問我帶塊臘肉來做什麼？我說這是鄉下的禮節，我父親收徒弟也是要收一塊臘肉的。」

「一塊臘肉？」海倫聽了，在機場這麼一個公共場所也忍不住咯咯大笑起來。她還真想像不出帶著一塊臘肉去看老師是一個什麼樣的場景。

「這大概就是鄉下人與城裡人的區別吧，也是你沒有畫下去而我一直在畫的原因吧。」

「你是說你對繪畫比我虔誠？所以我學不出來，而你卻已經是大師級的藝術家了。」

「你用了一個很準確也很有意義的詞——虔誠！除此之外，你的條件太好，選擇太多，而我別無選擇，只有畫畫。」

這樣說著，海倫的心像是突然就被什麼東西抓住了，並深深地感動著。其實除了虔誠，泓身上還有一種很樸實，也很堅守的東西在吸引著她。而這些恰恰是身邊的人，包括昨天晚上那些熱熱鬧鬧的朋友們所缺少的。

「一個虔誠、樸實，認準了就不放棄的男人應該也是值得信賴的吧。」海倫心裡這麼想著，這回卻是自己將目光停在了泓的臉上。這是一個成功的中年男人的臉，即便在最得意的時候，也有一種寧靜和內斂，大概就是因為樸實與虔誠吧。

「不過，從你的作品中，我看見的卻是另外一些東西，與昨晚大家說的很不相同。」過了一會兒，海倫又說道。

「另外一些東西？那是些什麼呢？」

「孤獨，衝突，以及無所不在的疏離感和不安全感，而不是睿說的反諷。」

「我因此想到，你的作品一定另有根由，不是你說的虔誠和勤學苦練那麼簡單。可那是怎樣的根由，卻是我還沒有看明白的。」

泓微微地驚了一下。

「藝術家的經歷與性格應該與作品有很深刻的關係吧，所謂文如其人，藝術也是如此吧。如果真是這樣，那又是什麼樣的經歷帶給你如此巨大的疏離感和不安全感呢？」

「有關係，但並不是直接的對應關係，藝術總是超越個體經驗的。」

「超越個體經驗？這個我明白，好作品總是包含著普世價值，對吧？但從你的作品中，我首先看到的是你，包括那輛滿是倦容的勞斯萊斯，包括臉譜化了的難受的雷鋒，也包括你素描中拿著手電筒走夜路和找東西的少年。不過，我還是想知道你的疏離感和不安全感從何而來？你這麼成功，這些年又順風順水，怎麼會有那麼多衝突呢？你的孤獨怎麼又會那麼深沉呢？」

「你不是會看星盤嗎？也許一切都是命定的，人如此，作品也如此。今天就我們倆，你不妨給我看看，看看我命定的都是些什麼。」泓知道自己很難回答海倫的問題，或者說她的問題都太重了，在機場這樣的環境中沒法回答，便微笑著避開了她的話。

「真要看嗎？也好，我就來看看你命定的東西到底是些什麼？也看看我們之間的關係究竟是相生呢還是相克？」海倫調皮地說道。

時間緩慢地流逝著，泓注意到海倫的神情在微妙地變化，一會兒像是高興，一會兒又顯得惶惑，最後竟蹙著眉頭，輕輕地「呀」了一聲。

「怎麼了？看出什麼來了？不會有血光之災吧？」泓打趣道。

海倫呆坐著，好半天都沒有回應，眉宇間卻明顯地透出一絲憂慮。泓見這個對什麼都好奇的女孩子，一下子變得如此沉鬱，便忍俊不禁想打趣幾句。

「哈，不成的，看來我看希特勒啦、梵谷啦，總之看歷史人物還可以，看身邊的人就總是不成。」海倫耍著小滑頭，避開了泓的話，笑嘻嘻地說道。

「你的意思是說你解剖屍體是行家，給活人看病就不行了？」泓忍不住笑了起來。

「醫生不都這樣嗎？給生人看病沒問題，一刀下去連眼皮都不眨一下。若是親人就只好迴避。」海倫爭辯道，突然又覺得這比喻並不貼切，但話已出口，收不回來了。

「歪理！我怎麼就是你的親人了？」

「看來看星盤啦，八字啦，還真不是輕易就看的，搞不好就露馬腳。以後呢，你也別再裝專家了，我也只當你是小姑娘鬧著玩。」泓用了激將法。

「誰小姑娘鬧著玩了？」

「也是哈，反正等飛機無聊，就當鬧著玩兒吧。」海倫剛要反駁，就意識到了什麼，所以立即改了口。

「可就算鬧著玩你也什麼都沒說呀！」

「說什麼？反正你也不信，一點誠意都沒有。」海倫嬌嗔道。

「有的，我很有誠意的。說吧，我的不安全感從何而來？你剛才『呀』了一聲，是不是有什麼不好的兆頭？」

「哪有什麼不好的兆頭呵，你可正在走鴻運呢。不過女人多了，有點小麻煩罷了。」

「什麼女人多了，純粹胡扯！」

「胡扯？比如這次來香港，明明是我們三人同行的，回北京卻成了兩個人，瓊姐姐一個人孤零零地留在了香港，她就不會有什麼想法嗎？」

「哪能有什麼想法？都是工作嘛；而且她留下來是參加頒獎式的，八面風光，又怎麼會孤零零呢？」

海倫突然覺得不能再這樣聊下去，再聊有些東西就會變得微妙起來。

「您還要點什麼嗎？咖啡，還是茶？」

「不用了，差不多也要登機了。」泓說，接著又問：「你真相信星相嗎？」

「人生變幻莫測，不可理喻，星相學也許也是一種解讀方式吧。」海倫答道。

時光彷彿也善解人意似的，在機場這麼匆忙、緊張的環境下，竟像平靜的、泛著漣漪的溪水一樣，悄無聲息地流逝著。海倫喜歡並享受著這樣一種有著細微漣漪的時光，心裡竟盼著飛機延誤，再過幾個小時登機才好。

可老天並沒有遂她的意，不久航班就登機了。飛機平穩飛行後，泓很快就偏過頭，發出了輕微的鼾聲。海倫獨自坐著，想起泓星盤上呈現的凶兆，又想起他作品中瀰漫的孤獨與不安，忍不住扭過頭，溫柔地凝視著這個年長自己近二十歲的男人，忍不住將自己的手放在了他的手上。

不知過了多久，也不知是睡著了還是醒了，海倫感覺到泓也握住了自己的手。兩人的手就這樣相互握著，傳遞著輕微的顫慄，既不放開也沒有進一步的動作。他們似乎都更願意沉醉在這似夢非夢之中，享受著被絲絨般順滑的睡夢包裹的溫柔與幸福。三個多小時的飛行，海倫的心都是柔軟的，她突然覺得自己對這個男人的情感，除了喜歡和欣賞，竟有了一絲母性的愛。

六

泓和海倫回北京的那天，瓊在香港過得緊張而忙碌。按計畫，上午她要參加英的研討會，下午要參加博覽會的閉幕式和頒獎式，晚上還有一場拍賣。頭天晚上和朋友們鬧得太晚了，她預備睡個懶覺再去英那裡，可一大早睿的電話就進來了——

「Hello瓊，這麼早沒打擾你吧？昨晚說好一起去參加英小姐的研討會的，早晨起來我就動了私心，想約你在君悅酒店吃早餐，然後再一起去研討會看看熱鬧。」

「好的呀，不過你得給我留出弄頭髮的時間。我們九點在君悅酒店見面好了，研討會十點開始，我們有一小時的時間邊吃邊聊。」

「這麼早還說沒打擾，真是討厭死了！」瓊放下電話，嘟囔著起了床。平常有正式活動，她總要花小半天時間先去美容院做髮型。今天肯定泡湯了，好在她利索慣了，兩小時後就十分精緻地到了君悅酒店；睿卻已經在酒店的西餐廳等著了。

早餐照例是自助餐，因為博覽會的原因，客人格外多。不少藝術家和他們的經紀人都已經在座；瓊和幾位熟悉的朋友打了招呼，又挑了一盤蔬菜和水果，就和睿聊了起來。

「瓊，你在歐洲生活多年，回到國內事業又做得這麼成功，所以一早就想到約你，無外乎想多請教一些國內的事情。你知道我剛回國，不懂的事情實在太多。」

「姐姐客氣了，昨晚聽了你對泓那兩件作品的評論，我真的好欽佩，心裡想著，什麼時候有姐姐一半的學問就好了。」

「並不是每個人都適合做學問的。你哪年去的歐洲？學的是什麼？」話題既從做學問開始，睿自然也就流露出優越感來。

「十二年前吧，最早是在朱莉學院，後來又去義大利學了兩年藝術經紀，結果什麼都是半桶水。唉，要是有姐姐一半的天資，就不至於這樣高不成低不就了。」瓊明白睿的話並無他意，她只是習慣了這種說話方式，並且還常自詡為是為人直接、真實。

「是巴黎的朱莉學院嗎？那可是服裝設計的聖殿了。怎麼就沒再做時裝，倒改行進了藝術圈？依我的淺見，既然都拿了朱莉學院的文憑，不在時裝界發展實在太可惜了，否則時裝界就會多出一個才女了。」

「姐姐說笑了，從歐洲回來就沒有再在時裝界混。還不都是因為泓，你知道十幾年前我跟他學過畫，『一日為師，終生為父』，也是沒有辦法的。」

「十幾年前跟泓學過畫？真的嗎？」

「是的呀，當時我還在服裝學院讀書，想從模特兒專業轉到設計專業；朋友介紹，就跟泓補習了一年。他那時剛從歐洲留學回來，在美院當副教授。可能是嫌我天資不夠吧，就勸我別再學了。後來去了歐洲，也是東學學西學學，結果什麼都沒學成，倒成了一個不入流的商人了。」

「什麼話！幸虧你沒再畫畫，那個可真是要天賦的，現在多好呵。我知道你的畫廊在業界也是有名氣的，不然泓也不會讓你做他的經紀人了。」

「畫廊倒是代理了十幾位藝術家，但都是一般性代理，包括泓。這幾年藝術市場的機遇不錯，有實力的話，應該買斷幾個藝術家。至於拍賣公司，我做得很窄，只做當代，規模也就上不去。不過在當代藝術這塊，我們應該是最專業的。」

「基督說：『人呵，你要走窄門。』你路子很對，定位精準，能在一個領域做到極致就好。」

「姐姐一看就是行家，昨晚對泓那兩件作品的評論更是精彩，我還正想求姐姐寫成文章公開發表呢。」

「這個當然沒有問題。什麼時候要？文章在哪兒發？」

「越快越好，博覽會剛結束，《當代藝術》雜誌要發專欄文章，就給他們吧。」

兩個女人又聊到了歐洲的生活及昨晚的聚會。

「哦，對了，你明天不走吧？我昨晚說要去豐的工作室拜訪，不如我來約他，明天我們一起去好了。」

「好的呀，這次來香港，日程實在太緊了，正值春季新品上市，總得去太古廣場逛逛吧。」

「那明天上午我們去豐的工作室，下午去逛太古廣場。最好三小姐也在，我們也享受一下女人的私人時間。」說著，睿就撥通了豐的電話。兩位美女來訪，豐自然是高興的，便說由他來約三小姐。一切都安排妥當了，睿卻還沒有說她的正題，瓊便主動問道：「姐姐，你的家人在哪兒？這次回國是常住還是短住？」

「不走了，是留在歐洲還是回國？我也真是想了很久，這回終於決定下來，還是在國內發展吧，歐洲呢實在也太悶了。」

「至於家人，你指的是父母吧，他們都在南方的一所大學教書。我們向來聯繫少，我也真是獨立慣了的。」她又說道。

「怎麼就不想回父母身邊去呢？」

「並不是每個人都與自己的父母有緣分的，我一生受惠於他們的唯有煩惱，要不是他們的苛求與干涉，我也不會漂泊到今天這個樣子。」

瓊聽出睿語氣中的恨意，知道這背後一定有一長段故事。一個有學問的父母與同樣有學問的女兒，如果只有思想的交流，那衝突就一定不可避免。

「那姐姐的工作定下來了嗎？像姐姐這樣的人才，怕是早就有人在搶了吧。」

「還在考慮啊，所以想聽聽你的意見。我希望去美院教書，屬於自己的時間會多一些，昨天也跟泓說了我的想法。」

「他怎麼說？」

「也沒具體說什麼。不過聽說現在去大學教書必須要有博士文憑？」

「是的呵，好像還是硬槓槓呢。」

「有三本專著和國際頂級刊物的一大堆文章也不行嗎？」

「這個就得問泓了。不過他不分管教學，這件事也許他也是不方便的。」

「是這樣呵……」

瓊這時才明白睿約她的目的。大約是昨晚跟泓談了，泓沒有表態；她自己呢，自尊心又強，不好跟泓再提，因此就想到了瓊。

「在國外這麼多年，走門路的本領可也不比國內的人差。」瓊在心裡笑了笑，又想自己跟睿並不熟，也不知她跟泓的關係究竟怎樣，這件事就不便多說了，以免唐突和尷尬。

「沒關係的，有機會我再跟泓說好了。」兩人沉默了一會兒，睿又說道，語氣中竟滿是落寞與失落。

「其實，依我看，教書也不一定是最佳選擇，學校倒是安靜，可與社會接觸少，相對而言還是很封閉的。」瓊見睿失望的樣子，心裡也不忍，覺得總要儘量幫幫她，哪怕是出點主意。

「哦？瓊，那你有什麼高見？」

「怎麼不考慮做策展人呢？獨立做，或者去美院的美術館，美術館倒是泓分管的。」

「真的嗎？美術館倒也滿不錯哦。」

「有機會跟泓好好說說。不過在官方的美術館工作，要施展自己的才華也不容易。學校現在的氣氛和機關差不多，不知姐姐在國外這麼多年還能不能適應？或許也可以考慮做獨立策展人，與畫廊及美術館合作。不過有一層，姐姐回國定居固然很好，可姐夫呢？還不知姐姐嫁的是中國人還是歐洲人？若是歐洲人，在國內定居他能適應嗎？」

「哪來的姐夫呵，我可是堅定的獨身主義者。」睿見瓊這麼問，便笑著回答。

「你呢？瓊。」她又問。

「我也單著呢，可我不是獨身主義，相反，我是天天都盼著桃花朵朵開。」

「你本身就是一朵大桃花，想怎麼開都可以呵。」

「哪有那麼好？要不，我們姐倆先搭檔做幾年？」

「哈，你還有這個傾向啊，也太直接了吧。我不行的，我是純純的異性戀。」睿咯咯大笑。

「什麼呀，我是想找個策展人做搭檔；泓也一直想做獨立藝術家聯盟，你不覺得他這個主張滿有號召力嗎？」

「我喜歡他的主張，不過藝術需要獨立，學術也同樣需要獨立。和一個商業機構合作，學術的獨立性是很可疑的。」

「那在哪裡做學術不可疑呢？」

「學校呀，研究機構呀，終歸要好一些吧。」

「學校？學校只有三種人——學閥、應聲蟲、混日子的。」

「可社會地位終究不同吧。」

「哦，明白了。姐姐是想做一個純粹的人，一個脫離了低級趣味的人，一個有社會地位的人。」瓊咯咯笑道。

「什麼呀，我可沒有說過商業機構是低級趣味；相反，我向來讚賞商業在推動藝術繁榮方面所做的貢獻，不然這次博覽會我也不會這麼熱衷了。」

「我懂的。」「哎呀，時間到了，得趕緊去研討會了。」瓊知道再這樣聊下去就會無聊了，她看了看錶，結束了兩人的談話。

兩人上了會展中心二樓，找到了研討會會場。

「是瓊小姐吧，英小姐在裡面等您呢。」一位禮儀小姐迎向前來。正說著英就過來了。

「哎呀，果然是名模出身，這麼惹火的身材，恐怕今天的嘉賓都要走神了。」英熱情地拉著瓊，在嘉賓席上坐了下來。

「哪裡呀，今天是專門來領略英小姐的風采的，你在上海的沙龍我們沒資格參加，今天終於有了請教的機會了。」

「什麼話，以後每期的沙龍都少不了你……哦，這位美女是？」

瓊便給英介紹了睿。

「英小姐是不知道，昨天我可是領略到專家的真水準了。」

「好的呀，今天正好是個研討會，請一定不要客氣，乾脆就做我們的特邀嘉賓好了。」

睿正要客氣，工作人員卻走了過來，研討會的時間到了。英走上主席臺，瓊和睿也在嘉賓席落了座。

英主持的這場研討會是博覽會最重要的學術活動，嘉賓層次高、規模大，儼然已成為博覽會的亮點，也引起了媒體的廣泛關注；兩百來人的會議廳濟濟一堂，已經坐滿了各類藝術家、藏家、經紀人、記者、藝術愛好者和有朝氣的大學生。研討會的主題是當代藝術的解構與重建，範圍涉及到裝置、影像、架上繪畫、行為藝術等。中國藝術的當代性及其傳統與傳承又是學者們關注的焦點。不少專家都談到了最具代表性的當代藝術家，泓和豐都被學者們反覆提及。作為主持人，英給人留下了深刻的印象。她顯然熟悉每一位專家的觀點，像一位指揮家指揮樂隊一樣，掌握著整個會議的節奏與調性。她提煉演講者的觀點，恰到好處地提出問題，偶爾也參與對話與討論。她時而風趣，時而尖銳；她贊同一些觀點，反對另一些說法，但無論她贊同或者反對，又總在激發更熱列的討論。她當然更熟悉藝術家，瞭解他們的風格與走向，恰如其份地讚賞藝術家的貢獻與成就；同時對當代藝術的發展與演變，又有著豐富的資訊與廣闊的視野……，總之，研討會開得十分成功，專家們都意興盎然，滿嚴肅的會議還時不時充斥著笑聲與掌聲……

瓊對英欽佩不已，研討會一結束，就專門過去表達了祝賀與敬意。

「瓊，今天忙忙碌碌，可真是照顧不周；還有你這位朋友，也沒時間專門請教，下次來上海吧，好好招待你們。」

「今天我們可真是開了眼了，也總算明白了英小姐的事業為什麼這麼成功。」

「好姐妹就別說客套話了。先生幾點的飛機？這會兒應該也到機場了吧，海倫呢，怎麼沒來？是和先生一起回北京了嗎？」

「哦，對了，我也是剛知道，先生得了博覽會的年度藝術家大獎。提前祝賀哦，好大一筆獎金呢。下午的頒獎式，可惜先生不能親臨致詞，這麼重要的獎，他應該在的。」

「謝了，真的好感謝！先生能夠得獎，英小姐應該是投了票的，我馬上告訴先生。你知道他向來不喜歡在這樣的場合露頭，當了院長之後，更是身不由己。這個獎我就代他領了，答謝詞也由我代讀，希望不至於太丟他的臉。」

「應該的，先生是實至名歸。有妹妹代為領獎，頒獎式一定錦上添花，明天的新聞也一定會多添一份光彩……。這樣吧，還有兩小時才是下午的活動，不如我請妹妹吃頓便飯，大家也再多聊一會。」

「真不敢再耽誤英小姐的時間了，下午的活動那麼隆重，我得回酒店換身衣服，我們就下次吧，下月初到北京，我和先生一定好好招待。」

說完，瓊和睿就與英告了別。下午的頒獎式，瓊換了一件綠色卻開著一大朵桃花的長裙，大紅色的高跟鞋和黃綠相間的小羊絨披肩。當她一身盛裝，高挑、苗條地走向主席臺時，全場彷彿都屏住了呼吸，接著就響起了熱烈的掌聲。第二天的報紙，瓊受獎的照片果然光彩奪目，占據了大版大版的版面……

七

海倫回到北京，休息了兩天，就開始協助泓整理他的作品。她這才發現泓所說的「勤學苦練」意味著什麼。泓的作品範圍如此廣泛，速寫、素描與小稿也總有三四千幅，所以整理工作十分辛苦和繁雜。期間，泓還要處理學校的事情與進行新的創作，進展自然緩慢。但海倫有機會參與這項工作，心裡卻十分甜蜜。整理作品的過程也是觸摸泓的心靈的過程。泓在不同階段受過不同藝術流派的影響，最早的寫實風格足見他功底深厚，但表現主義顯然最長久也最深刻地影響過他。但即便是在表現主義強烈的補色與對比色中，泓的色彩也幾乎全是灰調子。他似乎總是被某種痦啞的情緒所籠罩，卻又總在掙扎著要從大塊大塊複雜而微妙的灰色中突圍出來。八〇後出生的海倫，是在斑斕的色彩世界中長大的，但她理解一位鄉村少年在南方多雨的季節裡泥濘一般的色彩語言，這樣的色彩實際上經常會飛濺起來，甚至會發出轟然的聲響。很多時候，看著這些畫，海倫都彷彿在感受泓起伏的胸膛，她經常忍不住要去撫摸那些畫面，並讓自己不斷地積累對這個男人的情感。她相信在那些厚重的、如刀劈斧砍般的灰調子裡，泓的情感是熾烈的。他的孤單並不弱小，他敏感的心是厚重和有力的。自從他們的手握在一起之後，她對這個男人的疼惜與思念就像種子一樣種在了心裡。現在整理這些畫，她那顆柔軟的心就總是不知不覺地往一個方向跳動，可這是一個什麼的方向？又將指向哪裡呢？海倫在一個週末的下午，就這樣獨自一人坐著發呆。她想起幾個月前，自己那麼毅然決然地辭了職，無論誰勸都聽不進去。難道那個時候她就已經感受到緣分的召喚了嗎？

「你真的是吃錯藥了？放著跨國公司大好的前途不要，非要去一間小小的工作室工作！」三媽姐很嚴肅地和她談了一個下午，但說來說去也只是這麼一句很無奈的話。

「也許吧，可怎麼辦呢？我就是想辭職，想去他的工作室。」實際上，當時的海倫也只知道泓是一名藝術家而已。

「怎麼辦？你自己都不知道怎麼辦誰還能知道怎麼辦？入了魔了——你！」對於海倫的任性，三媽姐只有縱容。

「媽姐」是海倫家獨創的一個稱呼，也是這個家獨有的家庭成員。媽姐既不是媽，也不是姐；可又既是媽也是姐。海倫第一次被媽媽要求這樣稱呼一個女人時，她還是懵裡懵懂的。可時間久了，一切就變得自然。之後的十幾年，爸爸一共有過三個情人——大媽姐、二媽姐、三媽姐。在這個家庭，與情感相關的東西都那麼自然而然地生長著。這些女人就像好看的盆花一樣，是爸爸喜歡的，也是媽媽喜歡的；他們共同養護著這些盆花，家裡才花團錦簇，一派祥和。但在海倫心裡，媽媽就是媽媽，媽姐就是媽姐。媽姐不過是多了一個女人愛爸爸而已。難道會有人不希望自己的爸爸多一個人愛嗎？愛是自私的、排他性的，這樣的觀念在海倫家從來就沒有過。他們雖然不住在一起，可節假日常在一起聚會，有時是三個媽姐一起來，有時是分頭來。但來了，就會像一家人一樣有說有笑地一起聊天、打牌、做飯；天氣好的時候，也會一起去郊外遠足。這麼多年了，海倫和媽媽不僅沒有跟任何一個媽姐發生衝突，三個媽姐之間也相處得十分融洽。之後，海倫去了歐洲，然後又回國工作、結婚、生子。因為工作關係，海倫依然經常出國去，每次出國媽媽總要叮囑海倫不要忘記給三位媽姐帶禮物。媽媽熟悉每位媽姐的脾氣與秉性，誰喜歡使小性子，誰更有擔當與主見，誰喜歡甜食，誰更喜歡酸辣口味……。三位媽姐呢，對媽媽就像對自己的大姐一樣敬重和親近，彼此相處真是少有的相敬如賓。三位媽姐中的三媽姐比海倫只大八歲，所以兩人的關係自然也就更親密一些。在三位媽姐面前任性慣了的海倫，將三媽姐當作了知己，心裡有事，和三媽姐說的倒比和媽媽說的還要更多一些。

這個週末，海倫正獨自一人發呆，三媽姐的電話就進來了。平時的週末，兩人也是常約了一起去做SPA的，但這次從香港回來，海倫竟一個電話也沒有，三媽姐就感覺到不對勁。

「算了吧，今天就不出去了，我想一個人待著。」

「一個人待著算怎麼回事呀？」

「就是累了，想一個人靜一靜。」

「既然是累了，就更應該出來放鬆一下吧。」

海倫拗不過三媽姐，便答應了出去找個安靜的地方坐坐。

「怎麼樣？在工作室還順心吧，那個泓究竟是何方神仙哪？這次在香港情況如何？」

一見面，三媽姐就是一連串的問題。

海倫疲憊地坐在沙發上，一言不發地望著三媽姐。這個年近四十的女人，今天是一身水紅的長裙，白皙的手腕上是一副極水潤的翡翠鐲子，胸前的翡翠項鍊更是綠得醉人……，依她的氣質，應該是不適合戴玉的，但她恨不能全身上下都是翡翠，而完全忽略了自己是這麼一種急切和喜歡熱鬧的性格。

「哎，你倒是說話，說說你的新工作，說說香港。」三媽姐見海倫一副呆呆癡癡的樣子，就像一位可憐的夢人一樣，就著急地問道。

海倫便有一搭無一搭地說了在香港的情形，以及回來後又如何忙著整理泓的作品，如何為歐洲的展覽做準備。

「聽上去不錯呀，怎麼就像丟了魂似的？不至於這麼短的時間就墜入情網了吧。」

離婚一年了，海倫還沒有男朋友，所以感情問題也是她們每次見面最常聊到的話題。

「三媽姐，你相信緣分嗎？就像你和我爸；想必你對緣分一定是很瞭解的吧。」

「緣分嘛，就是前世就有的，像一根紅線那樣，不管不顧地把你們拴在一起的那麼一種東西。」

「不管不顧？就是讓你心疼、痛苦、身不由己、掙脫不掉也逃避不了的那麼一種魔力嗎？」

「唉，緣分不來，心裡盼著；來了又想躲開。我和你爸就是這樣，後來乾脆就認命了，生也好，死也好，都不躲了。」

「你們也一樣嗎？說開了嗎？他有家有孩子嗎？」

「不知道，好像有——應該有吧。」

「那他和你有同樣的感覺嗎？你們到了什麼程度了？」

「什麼程度？在飛機上，我的手放在了他的手上，我們就這樣在半夢半醒中手握著手，飛了三個小時。」

「然後呢？」

「沒有然後。回來就幫他整理作品；他呢，既忙著學校的事，又忙於新的創作，已經好幾天都不理我了。可每次看他的畫，我心裡就總有一種莫名的感動，忍不住想對他好，願意為他做任何事情，也想抱著他，讓他少受些苦。」

「少受些苦？他是功成名就的人，該躊躇滿志才對，有什麼苦可受的？」

「看他的作品就知道了，他是一個很不快樂的人，內心十分孤獨和不滿足，嚴重的沒有安全感。」

「安全感？這個世界誰有安全感？他一個成功男人，要你一個弱女子給他安全感嗎？」

「你不知道，這次在香港我看了他的星盤，今年六月份他應該有一場牢獄之災。」

三媽姐心裡咯噔了一下，她知道海倫看星盤向來都很準，許多事奇奇怪怪的，卻都應驗了。

「一個藝術家會有什麼牢獄之災？星盤上的事，真有那麼準嗎？」

「別人的或許不那麼準，但他的，這回我看得很真切。」

三媽姐依然滿是疑惑，正要繼續問下去，海倫的手機響了；是她婆婆的電話，說孩子不小心磕破了頭，流了好多血，要她趕緊回去。

「媽媽～媽媽～」寶寶在電話裡很傷心地哭著。

「乖寶寶，你是男子漢，不就磕破點皮嗎？不哭，別怕。」

「寶寶不怕，媽媽你早點回來。」

「是寶寶吧，趕緊回去吧。星盤上的事也不一定的。反正你們也沒發生什麼。」

反正也沒發生什麼！真的沒發生什麼嗎？海倫盯著三媽姐看了半天，在心裡這樣問自己。

「三媽姐，這麼多年了，你怎麼就沒要個孩子呢？」不知為何，她突然就問了這麼一個問題。

「再也生不了了……，要是那年不做掉，你也該有個三歲的弟弟了。海倫，要真有個弟弟，你是喜歡呢還是不喜歡？」

三媽姐見海倫突然問這麼一個問題，臉色一下子就變了，而且變得十分難看，像是扭曲著要罵出娘來。但很快，她就笑著這樣反問海倫。

海倫心裡驚了一下。自己問了一個多傻的問題啊，她從三媽姐突然變化的臉色中，感覺到了一種極為複雜的恨意，自己更是不知道該如何回答……

兩個相信緣分的女人，突然不知道再聊些什麼。三媽姐見海倫神思恍惚，也不再追問。她知道海倫這回是動了真心了，作為一個過來人，她知道一個女人只要動了真心，那一切——無論死活、好壞，都將會不可避免地發生。海倫呢，被自己的傻話，也被三媽姐難看的臉色弄得十分懊惱，便尷尬地先走了。

八

海倫的日記

一月一日

今天是新年的第一天，也是我有生以來第一次獨自一人迎接新年，並對自己說：「要澈底告別過去，開始新的生活。」

呵，過去，美麗的青春的尾巴是被活生生剪去的。那個人走了，那種衣食無憂、任性卻既定的生活翻篇了。未來——就讓我完全按自己的想法去迎接你吧，今天就是你的誕辰之日。

說來慚愧，在此之前，我甚至認為連未來也是既定的。我身邊的人總是對我說：「別管了，都安排好了。」我在父母、老師，之後又在那個人安排的生活中生活了三十二年。現在想來這生活真像是從別人手中偷來的，我不過在代人生活，我吃了三十二年別人的剩飯……。「別管了，都安排好了。」他們總是說。果真如此嗎？若果真如此，那麼當債主逼上門時，那人又去了哪裡？若果真如此，我還要再吃別人多少年的剩飯？一輩子嗎？——絕不！

和那人離婚時，我們達成協議，他承擔孩子的撫養費，盡一個父親的責任，但不經允許，絕不能與孩子單獨見面。那個原本英俊瀟灑的人，面色已經空虛，眼神已經頹唐，一個賭徒行屍走肉般的陳腐氣息，絕不能傳染給兩歲多的孩子。作為母親，我知道一個男孩在成長過程中需要什麼；他可以不傑出、不優秀，但一定要健康、快樂、勇敢、善良。稍大一些，他該明白，做人要實心誠意，世上並沒有任何取巧而來的利益。

我曾對那人說，即便家徒四壁，只要下決心從頭開始，局面就會慢慢改變。任何辛勞所得都讓人心安，而且也必有一份尊嚴。可我的話只讓他恥笑。所幸公公婆婆尚明事理，他們支持我的做法。公公曾位高權重，如今被開除公職，世態炎涼，倒也讓他變得平靜。他們答應幫我接送孩子，讓我可以安心工作。當然一個小孫子也正好可以給他們安慰。至於我父母，我懷孕時就已聲明，他們不願意讓一個孩子的尿布片打擾他們的生活。

我向來反對把孩子當作生命的全部，做母親的應該有自己的意志與生活，才能給孩子一個榜樣。若母親堅強自信，則孩子斷不會太過羸弱。他從小就該明白，生活是自己的，沒有人可以代替他生活。

希望這本日記，能記錄我的新生活，也能給他的成長一個紀錄與紀念。

一月八日

獵頭公司年底最為忙碌。不少職業經理人在領了年終獎之後都會萌生跳槽的想法，跳槽甚至成了他們謀求發展的一種策略。我向來藐視這種小伎，但依然會得到獵頭公司的邀約，也有不少公司和職位在誘惑人。一個藝術家工作室的助理職位讓我產生了興趣。這職位與我所學的專業可以掛鉤，離家近，是彈性工作制。重要的是它可以讓我重新回到我熱愛的藝術世界，也正可以讓我與太過現實的生活保持一點距離……

我在既定的生活中待得太久了，我累了，也厭倦了。所以今天已正式辭職，三天後就可以去工作室上班了。

所有人都認為我在辭職這件事上有悖常理。在公司的聖誕晚會上，湯瑪斯給了我一份特別的禮物——他將我連續五年獲得年度優秀員工的證書做成了一個紀念品，當著所有同事的面送給了我。並且表示，任何時候只要我願意都可以回去，就像回到自己家裡一樣……

感謝歲月的饋贈，我為這家公司工作了八年，受它的恩惠甚多。湯瑪斯，我做了他三年助理，從他那裡學到了很多方法，包括心智的訓練和習慣的養成。我因此也成了一名訓練有素的職業女性，有一份不菲的收入和大可稱羨的職業願景。這些都是我銘記在心，心懷感激的。

二月十八日

來工作室一個多月了，一切都很順利。相對前東家，工作室的工作自由而隨性。泓有晚睡晚起的習慣，我就跟著來，每天都可以十點才上班。這樣我就可以送寶寶上幼稚園，並在路上回答他各種稀奇古怪的問題。因為這段路程，我多了與寶寶共同成長的機會，他成長成一個小男人，我成長成一個老母親（笑！）……

作為助理，我的日常工作是安排泓的日程，與媒體、畫廊、策展人、拍賣公司溝通和聯繫。這些人的工作方式也是散漫的，因此家裡有事，我盡可以一兩天待在家裡，兩頭兼顧，而不至於顧此失彼。泓總是說：你自己安排，事情做好就行。他常在夜裡給我發信息安排事情（這一點湯瑪斯從來不會，他知道這是我的私人時間，會涉及三倍的加班費），這正好也是我最安靜、效率最高的時候。因此兩人的溝通十分順暢，效率也很高（有一次我開玩笑說我倆的思想是不是躺在一起的？那麼近，近得幾乎伸手可及，他的臉居然紅了）。我看得出泓認可我，工作室的同事也認可我。不必謙虛，以我多年的訓練，工作室的那點事還真是小菜一碟。

這樣看來，老天是公平的，與前東家相比，我的收入少了近三分之一，工作強度也少了近三分之一。我無須朝九晚五地過機器人一般的生活，因而得以調整身心，不必再陷於沒完沒了的焦慮之中。

再者，一個人能做自己專長和喜愛的事總是福氣；與幫一家公司賺錢相比，我更願意幫助一個藝術家成就與美相關的事業。

三月十六日

春天一如既往地來了，看見院子裡的玉蘭花開了，想起一句舊詩——「春天，春天就是騎馬奔來的梅子，梅子就是倒下的幸福！」這句舊詩含著的天真與浪漫已然逝去，梅子也不再騎馬奔來……。不過今年的春天是令人欣喜的，它在忙碌中怒放著，預示著一年的好收成。

去杜比爾夫香港博覽會參展是工作室開春以來最重要的事情。一切都很順利，泓可以說是大獲成功。他獲得了杜比爾夫的年度藝術家大獎，也成了賣價最高的藝術家之一，這些正是這幾天各大媒體的熱門話題，瓊代他領獎的照片驚爆了無數眼球。但在香港期間，泓是平靜的，甚至於還是寂寞和憂傷的。所謂的藝術盛會，已成為名利的角逐場，藝術快瘋了，藝術家功利與浮躁。我並不認為藝術家就該寂寞清貧，但過於追逐名利，無異於自貶價值。相形之下，泓的平靜與憂傷反而讓我敬重。

三月十八日

三媽姐，都是你惹的禍！本來只是一種心緒，我只須獨處幾天，便可讓它平靜。因為你的執著，它提前從心裡出來，成了一個可以被你拿來討論的話題。

在中國，一個人總是對另一個人的感情生活感到好奇；而另一個人又總是期待有人與他分享。正是這兩種惡習，使原本應該獨享的情感變成了話題，進而還可能演變成事件。在這些話題與事件中人們有各種角色可以扮演——知己、情感及婚姻問題專家、打抱不平者、心生嫉妒的人、插足者、律師、謠言傳播者、幸災樂禍的人，以及各色觀眾與聽眾……

那天在飛機上，我們的手握在一起了，這是無言的愛的傳遞，在我還是一種信諾。但如果真有情緣，我希望這果實是我們私有的。希望它在心裡扎根，有肥沃的土壤，充足的陽光和雨水，也有足夠的生長週期……。總之，一切都來得再慢一些吧，讓它長好，也讓我們盡享它生長的過程。這個世界，一切都太快了，快得都輪不到我們慢慢變老，也輪不到我們慢慢回憶。

九

泓在工作室已經連續工作三天了，他反覆修改著一張小稿，在樓上不停地踱步。三天之中，他吃得很少，睡得也很少，他甚至都沒有和海倫說幾句話。海倫在樓下整理作品，但心裡並不安寧，她知道泓在反覆思考一部新作品，她只能在一旁默默地陪著他。這部作品讓泓如此焦灼，海倫想知道個中原因，是創作本身有障礙還是另有原由？她陪著他，下了班也不回家。偶爾，她會端一杯咖啡上去，可泓甚至都不正眼看她一眼，他似乎入魔了，海倫卻沒有辦法把他召喚回來。三天下來，泓憔悴得面色發灰，到了第四天，才終於下了樓，坐在一張椅子上，直愣愣地發呆，似乎想說些什麼，但並不開口。

「泓，我們能說點什麼嗎？」海倫小聲地上前問道。回北京這麼些天，她在私下已經很自然地不再叫他「先生」了。

「好，你說。」泓同樣輕聲地答道。

工作室的同事都已經下班回家了，樓上依然燈火通明，保持著泓喜歡的工作狀態。可樓下是幽暗的，只有一盞落地燈在沙發邊溫暖地亮著。這是海倫心裡的燈光，為泓留著，並幽獨地訴說著這麼些天來她想說的話。

「這是一幅怎樣的作品呢？泓，你都已經三天三夜沒怎麼休息了。」海倫柔情地看著落地燈微弱的燈光下疲憊不堪的泓。

「椅子，懸空的椅子。」

「椅子？一把什麼樣的椅子會讓你如此焦灼呢？」

「不是一把，而是許多把各種各樣的椅子。幼稚園粉藍、粉綠的小座椅，明朝的官帽椅、皇帝的龍椅、長者的太師椅、農民工的板凳、老闆的大班椅、公司的員工椅、殘疾人的輪椅、公園的休閒椅……，不同年代、不同身分，不同材質、不同風格、不同來歷的椅子，全都懸掛在半空中……。這麼多天，我一直在尋找這些椅子在懸空狀態下的聲音。」

「椅子的聲音？」

「對，不同椅子在懸空狀態下的聲音。這些聲音是金屬、木頭、空氣或者流水發出來的嗎？是鋸齒的聲音嗎？或者是紙、布、絹撕裂的聲音？我找到了不同椅子懸空狀態下的語境，卻沒有找到它們懸空時的聲音。」

「各種不同的椅子，都懸空著？……椅子最基本的功能是坐，坐讓人安全、穩定、閒適、舒服，若都懸空，安全、穩定、閒適、舒服就被打破了，從而進入了一種懸空的狀態……。泓，你又在表達我說的那種不安全感了，但這次更密集、更絕對，所有的人，無論什麼身分、什麼年代、什麼來歷，都是懸空的、不安全的，對嗎？」

「哦，海倫，你真是太聰明了，可為什麼總要把一件事看得那麼透，而且又都說出來呢？」聽了海倫的話，泓沉默了一小會兒，才又說道。

「不過，這只是你看到的和理解的。」
「哦？那你的本意是什麼呢？」
「我的本意不重要，也許只是在表達一種不確定性，但不同的人會從懸空中感受到不同的東西。」
「所以聲音在這件作品中很重要，對吧？不同的椅子在懸空狀態下的聲音，我想，應該是永恆流逝的水聲吧，泓。」

泓愣了一下，站起來，踱著步，反覆地思考和斟酌著。過了好半天，才自言自語地說道：「如此密集的不安全感……懸而未決……不確定性，在永恆流逝的水聲中……，好，海倫，太好了，真的很棒！」

泓停下腳步，呆呆地然而又是熱切地凝視著海倫；他因疲憊、迷惘而黯淡無光的眼睛彷彿突然點亮了，他恨不能將海倫高高地舉起來。

「是很棒，泓，你終於找到了。」海倫也興奮著。「可是我不喜歡！我不想再在你的作品中看見那麼多的不安。太巨大、太密集了，讓人喘不過氣來。」
「我寧願你是閒適的、抒情的，像馬蒂斯[1]那樣，擁有一份坐在搖椅中的快樂。」
「坐在搖椅中的快樂？你覺得這個時代有這種東西嗎？」
「有啊，我的心裡有，很多人的心裡也有啊，像夢一樣，我們心裡的夢。」
「像夢一樣？的確，你這個年齡的女孩子，期待的可不就是美、浪漫與抒情嗎？可這些不是這個時代的

1 馬蒂斯（Henri Matisse, 1869-1954），法國著名畫家，野獸派創始人。

本質。在這個偉大的時代，美、抒情和夢是脆弱的、不真實的，時代的車輪早就已經把美給碾碎了。」

「偉大的時代？你說這是一個偉大的時代？可偉大的時代會讓美碎掉嗎？會有這麼多不安全感嗎？」

「任何偉大的時代都如此，因為它產生並迎接著巨變。不確定性、不安全感是巨變的必然。至於美，好吧，就讓美留在你這樣愛做夢的小女孩心裡吧。」泓笑了笑，他顯然不想與海倫再討論下去。

「海倫，我餓了，我應該好幾天都沒怎麼吃東西了，這會兒真想吃掉一整隻雞！」因為找到了苦苦尋覓的聲音，他的心情變得如此之好，充滿了如獲至寶的快樂。

海倫笑了。「真是個孩子！好吧，我們現在就出去吃掉一整隻雞。」她這麼說，心裡又油然升起那種母性的愛。此時此刻的泓，就像是個大孩子，她願意寵著他，完完全全地寵著他。

兩人驅車進城，到了一家湘菜館，是泓來熟了的。老闆也是湘潭人，因為泓的緣故，常有不同的藝術家來，時間久了，便討了藝術家們的速寫與素描精心裝裱好了，掛在餐廳裡；泓卻送了他一幅早期的油畫，掛在大堂的正中央，使餐廳另有了一種藝術的調性。

「還真有雞，左宗棠雞，不過不是一整隻，而是一大盤。」海倫打趣道。

泓的心情這會兒已經輕鬆了，但坐下來，神情依然癡癡呆呆。他顯然還沒有完全走出創作狀態。海倫的打趣他充耳不聞。他的目光雖然明澈，但依然是空蕩蕩的。那是遠方的目光，不屬於這個世界。

「作為藝術家的泓，像孩子一樣的泓，目光深陷在遠方的泓，可比作為院長的泓要迷人多了。」海倫這麼想著，就在一旁靜靜地陪著這個癡癡呆呆的人。

菜上齊了，兩人還繼續坐著，沒有說話，也沒有動筷子，一個深陷在遠方，另一個深陷在對遠方的凝視之中。

「呀，我的大藝術家，剛才不是說要吃掉一整隻雞嗎？這會兒菜可都涼了。」不知過了多久，海倫才從恍若隔世的凝視中回過神來。

「哦，吃，真的好餓，海倫你也吃。」泓給海倫夾了一大筷子菜，自己也風捲殘雲般吃了起來。

「你已經是功成名就的人了，可內心還是不滿足。泓，你到底在追求什麼呢？什麼樣的生活才能使你平靜下來呢？」一邊吃著，海倫又忍不住問道。

「功成名就？那不過是一種社會歸屬而已，跟藝術有關係嗎？藝術是不可窮盡的，一定要抽筋剝皮才可以找到，我不停地在找，不斷地推倒重來，像你說的總是不滿足。」

「好了，泓，我知道了，你說得真好，我喜歡聽你講這些，關於美，關於藝術，以及你對這個世界的發現與領悟。正如你所說，你的藝術是神性的。可我呢？我也有自己的夢想與追求，一個女人的夢想與追求對你而言可能是微不足道的，可在我心裡，就像你的藝術一樣，也是神聖的，你想知道嗎？」

「想知道啊，我不是一直問你為什麼來工作室工作嗎？通常意義上講，在一家跨國公司工作待遇要高很多，前途也更遠大。我一直在想，這個女孩子一定有自己很獨特的想法，或者有她很特別的原因吧，可究竟是什麼想法和原因呢？」

「我說過，幹膩了，從歐洲回來就一直在外企工作，那是一種表面風光卻十分格式化的生活。我累了，也厭倦了，我想有一種更溫暖、更隨性的生活方式，有心靈的交融，也有對未來的眺望。」

「更溫暖的生活方式？像你剛才說的那樣？閒適的、美的、夢一般的？」

「那只是一種，你的椅子也是啊，也有心靈的交融和想像啊。」

「總之，你想在瑣碎的、按部就班的現實生活之外，有更多的心靈空間。太過現實的生活會讓人喘不過氣來，對吧。」

「是這樣的……」

「泓，你知道嗎？我有過一段婚姻，可一年前離婚了。這些年我真的是喘不過氣來了，所以我到工作室來，就像要衝出一間黑屋子，到曠野之中去深呼吸一樣。」海倫停了一會，又說道。

「曠野之中的深呼吸？那麼你呼吸到了嗎？工作室給了你一些什麼幫助呢？你說的黑屋子又是什麼呢？」

「前一段婚姻啊，還有剛才說到的格式化的生活。」

「哦，可什麼樣的婚姻會讓你這樣一個明媚的女孩子喘不過氣來呢？這可不是一個包辦婚姻的時代，人是自由的，婚姻也是自由的。」

「再美滿的人生都有遺憾，你說到的自由其實也是相對的。我什麼都好，就是這樁婚姻……不過，你有興趣聽嗎？所謂『幸福的家庭人人相同，不幸的家庭各有不幸』。」

泓點了點頭，看見海倫泛紅的眼圈，已經與平常開朗、明媚的樣子判若兩人。

「我們是中學同學，兩家人也都很熟悉，算得上是世家了。那個時候他應該也算是人中龍鳳了。人長得很帥，籃球打得好，鋼琴幾乎夠得上專業水準，高高的個子，鼻子是少有的挺拔俊朗，顴骨相當高，天庭又十分飽滿，一張寧靜的臉甚至於相當靦腆，眼睛十分清澈，彷彿總含著一種溫情但又很特別的光似的……，總之他有一種動人的純潔和瀟灑，讓許多女生都對他傾心。十八歲生日那天，我們瞞著家裡，跑到青島去，在海邊的一家五星級酒店，獻出了彼此的第一次，當時的情景，現在想起來也還是甜蜜的……」

「高中畢業後我們又一道去法國留學。我學的是藝術史，他則像大多數男生一樣雄心勃勃地學了商業。總之一切都很順利，幸福就像普羅旺斯的陽光一樣照耀著我們。」

「回國後我進了一家外企，他呢，利用家裡的權勢做了自己的公司。這樣的公司當然做得很順利，錢真的就像水一樣流進流出。不久我們也結了婚，過著體面和奢華的生活，一切都任性慣了，節假日總是坐頭艙去歐洲豪華遊，天堂的鑰匙彷彿就在我們手裡……。可後來一切就都變了，很多變化都是悄無聲息的，然後突然一下，『啪』的一聲，天就塌了下來……。可能是錢賺得太容易了吧，不知道從什麼時候開始，他迷上了賭博，每個月，後來發展到每週都要去澳門……」

「你瞭解賭博嗎？」海倫停頓了一會兒，接著又說道：「那種傳說中的豪賭，我們在電影中看過的，可現實生活中要更殘酷。起初我以為只是鬧著玩，有人喜歡打球，有人喜歡藝術，他不過喜歡賭博，反正家裡有錢，他喜歡玩就玩好了。」

「沒想到賭博也會像吸毒一樣讓人上癮。很快他就將公司輸了個精光。多大的一間公司啊！不過沒關係，反正他爸有權，一間公司垮了，很快就又支起了另一間。可我不行，我一天比一天恐懼，我知道這樣下去他早晚會毀了我，毀了這個家。我也知道他賺錢的路子，他利用他爸的權力，別人就一定利用他，一旦有事就必定收不了場。」

「可我又有什麼辦法改變他呢？自從做了老闆，那個陽光、俊朗，甚至靦腆的男孩就不見了。人變得驕橫、霸道，又總是焦灼地忙啊忙，一個月也在家裡安靜不了兩天。我就奇了怪了，我們不缺錢啊，犯不著為錢變成這樣啊！」

「好了，二十九歲那年，我懷孕了，他終於在家裡待下來了。我們又彷彿回到了從前，一起逛街、看電影、聽音樂……。可孩子生下來不久，他又忙開了，像瘋了一樣，每天飛呀飛呀。對於這個孩子，我一直心存負疚，懷他的時候我就把他當作了一件武器，想通過他讓那瘋了的人停下來。可那人依然每週去澳門，賭心似乎越來越大，也越來越瘋狂，這件武器很快就失靈了。我再一次陷於絕望，我已經拽不住他了，真的拽不住了……」

「不久他的父親就真的出事了，人雖然沒進去，官職卻沒有了，還被開除了公職。結果不用說，他的公司半年也沒撐過去，要債的人一撥接一撥，好端端的一個家就這樣被攪得不得安寧……」

「現在你該知道我所說的黑屋子一樣的婚姻了吧，絕望就像一間黑屋子，會讓你患上恐懼症，讓你喘不過氣喊不出聲來……」這麼說著，海倫已淚流滿面；止不住的淚水，將一張精緻的臉變得一派悲傷與淒迷。

「他嫖嗎？」不知道為什麼，泓竟這麼問了一句。

「不知道，不嫖吧，一般的女人他可也看不上。不過這重要嗎？無所謂了，不是嗎？難道還不夠嗎？」

海倫抹了抹眼淚，反問道。

「哦，我不瞭解賭博，我以為賭和嫖是連在一起的，就像孿生子。可究竟是什麼讓他深陷其中，日復一日，竟完全不能自拔呢？是無止盡的貪婪還是空虛？」

「或許都有吧，不過雖然我沒有證據，我還是相信至少在開始，賭博一定是別有用心的人對他爸爸權力的綁架，之後就收不了手了。」

「綁架？哦，其實都是綁架。權力會這樣，貪婪和空虛也會這樣。可愛呢，責任呢？他對你的愛與責任呢？難道也改變不了他嗎？」

「我相信你說的愛與責任是一個家庭的護身符。可日常生活中的愛，沒有刺激的愛對他而言是虛弱的，甚至於早就不存在了吧。」

「海倫，愛並不是刺激，從來都不是！愛就應該是日常生活中彼此的溫暖與滋潤。」泓這麼說著，彷彿要為愛立言似的。

「我當然知道，也很高興聽你這麼說。可對一個空虛的人來講，日常生活是多麼乏味呵！」

「嗯，空虛導致厭世，厭世就需要刺激，這也算是飲鴆止渴吧。」

「是這樣的。可如果他不做公司，如果公司賺錢不那麼容易，如果他必須要努力，總之如果他辛苦付出，事情就不會這樣了。」

泓點了點頭，卻不知道再如何安慰海倫。因為空虛帶來的人生幻滅隨處可見，海倫的前夫也並沒有什麼新鮮的案例價值，再說下去只會徒增她的悲傷與煩惱。事實上她已經走出來了，她能夠走出來已經很了不起，她顯然有自己的原則與決斷，而且是勇敢的。

「泓，這就是我毅然決然地離婚，又毅然決然地辭掉工作來工作室的原因，你瞭解了嗎？我需要深深地呼吸，需要一種溫暖的生活方式，也需要打破生活的格式，對遠方有感受和眺望。」

「可你會有困難的吧，你一個人帶著孩子，工作室的工資又不高。」

「這倒不是什麼大問題。我一向有工作，也有些積蓄，當然不可能再那麼任性花錢了。不過我現在只想過簡單的生活，每一分錢都是辛苦所得才讓人心安。」

「那麼來工作室兩個多月了，對你有幫助嗎？」

「每天和藝術打交道，看見自己從小就喜歡的東西當然是開心的，不過我還在找。」

「還在找？找什麼呢？」

「找……就像你素描中的那個孩子，拿著手電筒在空曠的倉庫裡找東西一樣。找什麼也許連他自己也不知道吧。」

「他知道啊，他在找白天丟失的一件玩具。」泓半開玩笑地說道。

「玩具？也許吧，對孩子來說，心愛的玩具就是一切；對女人來說，心愛的人就是一切。」海倫接過泓的話，目不轉睛地看著泓。

「心愛的人？沒有安全感的人嗎？」

「你會有的，泓，你會有安全感的。我想，你也是一個人待得太久了，像我一樣有了慢性恐懼症。」

「你呢？你的故事呢？泓，也給我說說吧。」海倫又問道。

「我？我有過一段短暫的婚姻，也有過一段短暫的戀愛，但實在太平淡、太無趣了。這麼多年，我早已習慣一個人了。」

「一個人？」

「是的，剛才說到綁架，其實親密的情感關係也會是一種綁架。」

「這算得上是一種謬論吧，泓，剛才不是還說，責任與愛是一個家庭的護身符嗎？」

「是一個家庭的，卻未必是一個人的，對嗎？」

「當然也是一個人的。」

「也許吧。」泓這樣回答，已明顯地有些心不在焉了。

海倫聽了，竟不知如何回答。這顯然不是一個可以爭論的問題，也不存在一個人去說服另一個人。愛不需要理由，不愛同樣也不需要理由。愛與不愛既由兩人的緣分來定也由時間來定，而時間既可能是殘酷的也可能是溫暖的，既可能給人好運也可能給人不幸……

「太晚了，泓，早點休息吧，我也該回家了。」海倫起身說道。

「好吧，開車小心點，到了給我發條短信。」

海倫開著車，獨自消失在夜色之中了。一個很累、很快樂，卻又有些孤獨和難受的夜晚。

「綁架！」泓最後那幾句話，尤其是這個近乎野蠻的、刺耳的詞，再一次出現在海倫的腦子裡。

「他在迴避嗎？」

「或者他另有隱情？」

「或者乾脆說是在表明態度了？」

海倫心裡並不能得出結論，可她似乎突然明白了，在她的心裡愛就是一切，可在泓的心裡，愛也許只是一小瓶清涼油，他只是累了才需要抹上一點，如此而已。

這樣想著，一行淚水就順著面頰流了下來，這是委屈、空茫，甚至於沒來由的淚水。

「我愛他嗎？真的很愛他嗎？」海倫流著淚這樣問自己，泓的電話就進來了。

「到家了嗎？」

「快了。」

「哦，那注意安全。」

「他在關心我……」海倫想到，「你陪著我，一直陪著我，不許掛電話！」又在心裡大聲說。「我這是怎麼了？前幾天在日記裡不是還想著一切都來得再慢一些嗎？」她心裡這麼想著，說出來的卻只是一句極平淡的話——「好的，你也早點休息。」

泓回到家裡，又看了一眼幾天來反覆修改的稿子，就給鏞打了個電話，約好明天下午去他的工作室；然後洗漱，上床，在連日的疲憊中沉沉入睡了。他睡得那麼沉，以致於連夢都不忍心打擾他。

十

鏞應該是泓最親密的朋友了。兩人是同一年從南方的鄉下考到北京來的；泓讀的是美術學院，鏞讀的是音樂學院。那個時候，鏞的專業是板胡，一個很奇怪，似乎註定了永遠都沒有前途的專業。

「你怎麼會學板胡呢？」剛認識鏞的時候，泓這樣問他。

「廢話，我一個鄉下人，倒是想學鋼琴，可我認識鋼琴，鋼琴認識我嗎？」

泓一下子就明白了，就像自己是從小人書和水庫工地的宣傳畫開始學畫畫一樣，鏞在鄉下最多也只有條件學學板胡。但二年級之後，學板胡的鏞很快就學會了鋼琴、小提琴等五六種樂器。

從認識鏞的那天起，泓就心悅誠服地認為鏞是一個天才，而且是曠世逸才那一類。鏞幾乎能讓所有的東西都發出好聽的聲音——一疊紙、一排空啤酒瓶，甚至一塊木頭與一把銼刀……。十來個飯盒，再加上幾個玻璃杯，在他手裡就會變成一支樂隊。他的手指滿是音符，鼻子和嘴也是，似乎總能發出一段既奇異又悅耳的旋律來。四年級的時候，他的鋼琴甚至已經達到演奏級水準了；板胡更是，就像他的同學說的那樣——「到頂了，之後再沒有第二個人。」他掌握了那麼多樂器後就開始學作曲，朋友們都很驚奇；殊不知他三歲跟舅舅學板胡，六歲就已經登臺演出；十幾歲的時候，凡是能到手的樂器——像二胡、京胡、嗩吶、笛子……他幾乎都玩了個遍。

「這有什麼？不過是一件樂器而已，任何會發聲的東西都可以成為樂器。」他顯然不願意只成為一個演奏家，更不用說是一個板胡演奏家了。

「我要搞創作，只有創作才能調動所有的樂器與聲音，而且是沒頂的。」對於這麼一個充滿靈性的人，泓相信他做得到。果然，四年級的時候鏞寫出了自己的第一部協奏曲。「雖然有很多問題，感覺到不成熟和無把握，但已經是一部有經歷和心靈的作品了，其中一些旋律甚至令人震撼。」作曲系的老師鼓勵他。朋友們也知道，這個人天生的使命就是音樂，他是為音樂而生的。

那些年有最好的文學與藝術氣氛，藝術院校的學生與綜合性大學的文藝青年總是混在一起；各種社團和油印刊物在各個大學流行。學生們經常自發組織活動——講座、研討會、朗誦會，甚至利用學校的食堂舉辦展覽和音樂會。泓的第一個展覽及鏞的第一個音樂會就是在食堂辦的。鏞幾乎每週都到美院去，有時乾脆就蹺課住在泓的宿舍裡。他每次看泓畫畫，都會說——

「我聽不見聲音，沒有聲音的繪畫就不能算真正的藝術。」

「別扯了，一幅畫怎麼會有聲音呢？繪畫是空間的藝術，音樂是時間的藝術；你用音符和旋律表達，我用線條和色彩表達。時間和空間怎麼可能重疊呢？」剛開始泓總是和鏞爭辯。

「線條和色彩也是有聲音的，你畫雲難道聽不見雲的聲音嗎？雲的輕吟淺唱，或者鏗鏘有力就像鼓角與號鳴一樣的聲音。」鏞總是固執地認為沒有聲音就沒有節奏，連節奏都沒有就根本談不上藝術。

「我也一樣啊，聲音也是有空間和造型的，讓人有畫面感，聯想到海、森林和河流，也聯想到春天和秋天。」

時間長了，兩人就像一對孿生子，經常從對方身上看見或聽見屬於自己的色彩與聲音。如果一段時間不見面，彼此就會覺得自己身上的那個自我是不完整的，甚至於是空虛的。若論性格，鏞是冷峻而勇毅的，泓則熱烈而糾結。他總是小心地不讓自己的行為與外面的規則起衝突，而內心又總是被各種衝突給點燃，有時甚至要燒成灰才算了事……

不久，兩人的關係中又多了一個達和灩。他們經常在一起討論藝術與哲學、文學與政治，以及各種思潮與運動。於是，色彩與聲音之外便又有了文學、哲學與影像的視角。

達是一位詩人，比泓和鏞長幾歲；認識泓和鏞的時候，達已經是師範大學哲學系的研究生了。灩卻低泓和鏞一級，是電影學院的學生。達不僅是四人中的兄長，而且天生就有領袖風範。他總是在組織各種活動，不是講座就是展覽，不是研討會就是一個飯局或一次郊外的遠足。灩呢，在四個人中最桀驁，後來成了一名導演，成名後與一位女星鬧出了緋聞，弄得沸沸揚揚，不得安寧，最後竟因吸毒進了戒毒所。一個青春、靈性、有理想又滿是不屑的人，從此變得頹喪和潦倒。三位好朋友感慨他的境遇，想過很多辦法幫助他，可都沒有用。一個吸毒的人無論用什麼辦法也戒不了，灩只能在令人唏噓的命運中滑落下去……。達畢業後分配到一個偏遠的省份工作，最早只是地方報紙的一名紀者，後來竟做到了處長、副局長、局長，前幾年又調到部裡來，做了副部長。

達做了官之後，鏞總是勸泓少與他來往；泓卻總是笑一笑，不置可否。事實上他與達一年也見不了兩三次面，但畢竟是年輕時的朋友，用不著刻意疏遠。單從友情的角度講，四個年輕人也頗有一些值得回憶的共同經歷——灉大二、泓和鏞大三的時候，達剛讀研究生，不知為什麼，四個年輕人就都有了厭學的想法。大家共同的觀點是繼續在學校讀書實在太浪費時間了，真正的藝術應該來自大自然和底層民眾的生活。四個人都崇拜梵谷與高更，歐文・斯通的《渴望生活》、毛姆以高更為原型寫的《月亮與六便士》，他們不知讀了多少遍，又討論了多少回。最初，應該是鏞的提議，四個人竟同時給學校寫了退學申請；連老成的達也激情滿懷地想去做一個流浪詩人，灉則計畫沿著長江去拍他「史詩般的紀錄片」，鏞要去搜集和整理民歌；泓當然也不例外，總想著要撲入大自然的懷抱，讓自己在太陽的焦點下焚燒……。開始，學校對四個年輕人的想法都沒當回事，厭學是每個學生都有過的情緒，只要稍加引導，學會調整，就會產生新的學習熱情。更何況一所大學通常每年都會有幾個退學的、幾個得精神病或者自殺的。大學與中學不同的是，它認為你已經是成年人，完全可以對自己負責任了。但四個年輕人竟聯名寫了一份聲明，在四所大學的油印刊物上同時發表，還印出來貼在了學校的食堂、禮堂、圖書館和公共教室的牆上。聲明先是批評學校機械、陳腐、扼制人性的教學制度，接著便讚美了獨立、自由的人格與人性的解放；激情澎湃與文采飛揚之間，讓人覺察出怨恨、挑釁與傲氣。這樣的文字在學生中是容易引起共鳴的，他們談論著「四位騎士」的觀點與壯舉，對他們充滿詩意的行為表示敬意，一些人甚至要為他們組織歡送儀式，以對他們特立獨行的計畫表示聲援……。這種情況下，學校的態度當然就變了。沒得說，歡送式沒有辦成，四位年輕人也被認為具有嚴重的自由化思想。達做了檢查，過了一關；泓和鏞被系裡狠狠地批評了一通，灉卻受到了警告處分。事情就這樣過去了，起初是詩意的、慷慨激昂的，之後便成了一個笑話，再之後就什麼都不是，「噓」的一聲就沒了聲息。鏞開始還為灉嗚不平，泓承認那篇聲明寫得太過幼稚與衝動；達學了乖，明白了好些道理，人從此變得成熟；灩浪漫地引用鄭愁予的詩：「那達達的馬蹄聲是一個美麗的錯誤……」，以此來表達他的不屑。他私下裡也罵過幾句娘，之後便照舊吃飯、睡覺、打嗝、放屁……，實際上對於離校出走這件事，比如如何出走、沿著哪條路線走、出走之後幹什麼、靠什麼生活，他們並沒有具體計畫，也談不上有多少共識。真正具有出走勇氣和浪子天性的其實只有鏞，那一年暑假，他真的從家鄉重慶出發，沿著長江走了一個多月。大學畢業時，他又拒絕學校的分配，沿著長江做了兩年多的流浪藝人。他臨走時對泓說：「日常生活是如此平庸和令人生厭，在北京這樣的城市是聽不見真正的好聲音的，聽從學校的分配去劇團拉板胡更是浪費生命。」他要走出去，去傾聽河流的聲音，石壁斷崖的聲音，森林、露水和鳥的聲音，日出日落時太陽、月亮、星辰的聲音。他鍾情於長江邊上縴夫的號子、迷醉大山深處採茶姑娘的歌聲已經很久了。還有農村紅白喜事的腔調、牧羊人在荒坡上的乾嚎、暮色中水手的情歌……，總之，一切原始的天籟之音都是悅耳的，而這些才是創作的源泉。那個時候，泓剛考上研究生，他被好朋友鏞的話振奮著；他熟悉鏞的想法，欽佩他的勇氣，可也擔心他居無定所的生活——

「可是沒有工作，沒有錢，你就這樣漫無目標地走，累了睡在哪裡？餓了吃什麼？病了誰又來照顧你呢？」

「這難道也是問題嗎？在我之前，已經有過不知道多少流浪藝人了。長江沿線有很多城市和鄉村。在城市自不用說；在鄉村我可以教書，遇上人家辦紅白喜事，我也可以當吹鼓手……。總之生活是簡單的，也是容易的。如果一段路途正好是叢林與曠野，那該多好，我正好可以傾聽叢林曠野的聲音，也可以聽日月星辰的聲音，那我就席地而臥，枕石入眠好了。至於病了，相信我，也許我正好可以遇見一位歌特蘿德[1]，一位你在北京絕對不可能遇見的動人的姑娘……」

泓知道自己不能再說什麼，用一個世界的道理去說服另一個世界的人是徒勞的；更何況他們原本就屬於同一個世界，鏞心裡想要的也正是他自己想要的。只是自己的勇氣不及鏞；或者說他剛考上研究生，有了一個現實中的理由來阻止自己，他甚至恨自己不能像鏞那樣說走就走。鏞的出走也將給他留下一段漫長的空虛與失落。

「兩年後會怎麼樣呢？」他悵然若失地問，他問的是一種結果，也是鏞心裡的計畫與打算。

「天知道！難道這是我能操心的事嗎？不過我總得回來，我得回來開我的音樂會。」

的確他問的問題鏞回答不了。他這樣問，恰恰是因為他們都不知道結果，也不知道誰將掌握他們的命運。

「好吧，我唯有祈禱與祝福。」

「不，你唯有信念！對我，對你自己，對藝術的信念。」鏞說。

這句話不僅在當時而且在若干年後，都給了泓極大的鼓舞，尤其是在漫長的探索之路上，每當他迷惘無助之時……

跟泓一樣，鏞幾年前也蓋了自己的工作室，不過他走得更遠，在遠郊的一個村子裡租了一大片桃林，工

1 歌特蘿德，德國作家赫曼・赫塞（Hermann Hesse, 1877-1962）中篇小說《生命之歌》（*Gertrud*, 1910）中的女主角。

作室就座落在桃林中，四周的落地玻璃掩映在一大片粉紅的桃花裡。

泓經常對鏞說：「多美的景色，這該是一個畫家的工作室才對。」「行啊，可你能在這麼偏遠的地方靜下心來嗎？」鏞總是笑著回答。

二十多年前，泓研究生即將畢業的時候，鏞也結束了兩年多的流浪生活，回到了北京。他住在泓的宿舍裡，白天去作曲系進修，晚上去酒吧做樂手養活自己。兩年多的流浪生活使他的性情變了許多，話格外少，又經常是一派悵惘的神情。泓忙於畢業創作，好幾次都想聽聽他對這件作品的意見，可鏞卻沒有什麼可說的。「你怎麼啦？難道那些天籟之音讓你變傻了嗎？我總想著要畫出有聲音的畫來，可你的聲音呢？」鏞並不回答泓的問題，或者依他當時的狀態，實在什麼也回答不了。兩年多來，他的確無數次傾聽過河流與森林的聲音，花草鳥蟲和日月星辰的聲音，這些聲音攝取了他的靈魂，卻也讓他在巨大的岑寂中飄來飄去，無所歸依。他原以為那些強大、豐富、美妙的天籟之音一定會成為創作的源泉，可大自然的聲音、天籟之音和他要創作的音樂並不是一回事。那些聲音太雜、太奇異、太偶然，也太變化無常了。在那些變化莫測的聲音中，他是那麼無助，他集中不了也調動不了那些美妙的，時而澎湃、時而跳躍、時而綿長、時而又尖利短促的音符，兩年之中他一支曲子也沒有寫出來。糟糕的是，他沒法描述自己的狀態，哪怕對自己的好朋友，也只像一個被各種聲音蠱惑住了的啞巴，說不出一句話來。這種難以言說的狀態持續了將近兩年，讓他幾乎完全失去了信心。期間他也給人編過曲，寫過歌，可是完全不對，那些莫名其妙的東西簡直就是一堆垃圾，與他聽見過的河流與森林的聲音根本融合不了。他既空虛又憋屈，他要逃，一心要逃到什麼地方去。於是在泓去德國留學不久，他也因為一個偶然的機會去了美國。兩個好朋友就這樣分了手，一個去了美國，一個去了德國。泓在德國待了三年，竟沒有鏞的任何消息——他在哪個城市？做什麼工作？靠什麼生活？是不是還在創作？泓四處打聽，為他擔心，可沒有任何音訊。一個曾與自己如此親密的人就這樣消失了，連一句話也沒有留下。然而泓準備回國之際卻收到了鏞的一張請柬，邀請他去波士頓參加自己的音樂會——《招魂》，一部大型交響詩的首演，用了屈原的詩來命名，講述的正是他在長江的流浪生活，以及這麼多年，他在各種聲音中迷失又被各種聲音召喚的故事。泓急不可待地去了波士頓，音樂會極其成功，鏞彷彿一個橫空出世的天才，在波士頓引起了轟動。之前沒有人知道他的名字，也沒有人接觸過這樣一種音樂形式。他用各種稀奇古怪的樂器，甚至於直接利用了水聲和風聲，將觀眾的聽覺感受推向了極致。波士頓最頂級的音樂家和樂評人給了他極高的評價，他被形容成一個闖入者和破局者，一個顛覆音樂語言的大師。不用說，首演式給鏞帶來了崇高的聲譽，媒體追逐他，一個又一個樂團邀請他，他不斷推出新作品，馬不停蹄地在世界各地巡演……，直到贏得了無數掌聲和崇拜者，累了，也疲倦了，才隱居在遠郊的這間工作室，卻依然是音樂界的一個標誌，被人敬仰和談論……

泓到達鏞的工作室時已經是五點鐘了。夕陽映照著整個桃林，與粉紅的桃花輝映在一起，顯得既熾烈又溫情；然而透過玻璃窗，落在鏞的地板上卻是一派的倦慵與孤清。鏞的工作室只有兩層，二層是他睡覺和工作的地方，只有一架鋼琴，一張床和一幅泓早年的油畫。畫的尺寸很小，是鏞去長江流浪那年泓為他畫的頭像。一張疲憊、憂傷、略帶神經質的面孔和幾乎占了一半面積、寬大明亮、被激情扭曲了的額頭……，鏞帶著這幅畫走了大半個地球，這是他生命中最重要的一個符號，青春的才華雖然含混，卻也最為勇敢和純潔。

一層的起居室更是空無一物，臨窗的兩個坐墊，一張金絲楠木茶几，一隻日本鐵壺和兩隻開片瓷茶杯，在落日下靜靜地等待泓的到來。

「你還真有口福，昨天剛好有學生從杭州寄來了明前茶。」鏞請泓坐下，自己也盤著腿坐在了另一隻座墊上，他盤坐的身姿似乎在傳遞長久的倦意。

「我已經看了新聞，知道這次杜比爾夫博覽會你得了年度藝術家大獎，畫的賣價也是最高的，看來我得先祝賀你了。」

「少來，這些勞什子你早就厭煩了，有什麼忠告儘管直說。」

「不過是媒體追蹤呵，簽名呵，崇拜者呵，青年藝術家追著要你指點呵，不過有一樣我是不熟的——財富。你知道我從來沒有發過財，也沒有被財富所累；音樂家靠版稅總是不成的，畫家就不同了，像你，一幅畫動輒幾百萬，小心別讓自己成了印鈔機了。」

「那是，看這幢房子就知道，連件家具都沒有。極少主義一定要少到這麼一個程度嗎？」

「極少主義也有窮奢極欲的。」

「究竟是什麼影響到你，讓你喜歡這麼一種連家具和電器都沒有的生活呢？」

「你知道我去了很多地方，聽過很多聲音，現在我不需要任何外來的聲音了，只想停下來，安靜地聽一下靜默的聲音。」

「這與家具和電器有什麼關係嗎？」

「當然有了，任何東西都有自己的聲音，或者來自記憶，或者來自它原本的性格，或者激發了欲望……。東西越少，聲音也就越少。」

「好吧，聲音都不在了，記憶和欲望也都沒有了，那麼表達呢？創作呢？」

「沒有聲音的表達就是最好的表達。至於創作，你呢，最近又有什麼新作品？」

「有啊，所以我來找你。一部新作品需要一段像流水一樣流逝的聲音，只有請你幫忙了。」

「像流水一樣流逝的聲音？這是一部什麼樣的作品？」

泓打開小稿，講了自己對懸空的椅子的構思。

「懸空的椅子？泓，你要表達的終究是什麼？」鏞安靜地聽著。

「我的助理昨天告訴我，她從這些懸空的椅子中看見的是不安全感。椅子是用來坐的，不管什麼樣的椅子，原本的功能都是坐，而坐給了人安穩與舒適。現在椅子懸空起來，坐的功能被打破，自然就進入了一種懸空的狀態。不同的椅子全都懸空，給了她巨大的不安全感。」

「真是一個有靈性的助理！不同的椅子全都在懸空狀態，巨大的不安全感，那麼你的本意呢？」

「我的本意是表達一種懸而未決的狀態和一種密布在整個空間的不確定性。」

「懸而未決？不確定性？這個有意思。不過有幾個問題。一、你準備用燈光嗎？怎麼用？二、你準備用多少把椅子？這些椅子彼此發生關係嗎？」

「燈光是一定要用的，不然吊在半空中觀眾看不見，但燈光不構成這件作品的語言，否則會太過戲劇性；椅子要盡可能多，不同身分與來歷的椅子懸掛在一起，各自獨立，彼此之間並不發生關係。」

「你是說不管什麼樣的椅子，不管什麼身分與來歷，只要改變它原來的功能，就會處於一種懸而未決的狀態，呈現出不確定性？」

「是的，每一把椅子都是獨立的，各有自己的性格、身分與故事，也各有自己的不確定性。雖然身分、性格與來歷不同，但懸而未決與不確定性卻是共同的，這是不同命運的共同處境，只要打破原有的狀態與屬性，就一定會懸而未決，同時也必將帶來不確定性和不安全感。」

「這樣說來，懸而未決和不確定性就具有啟示錄一般的意義了？」

「是的，但正因為椅子各自獨立，彼此之間又不發生關係，視覺上就會顯得散，所以我需要一種東西將它們統一起來，這個東西就是聲音。當各種不同的椅子都處於懸空狀態，置身於永恆流逝的水聲中時，存在與命運共同的祕密也就昭示出來了。」

「明白了，是一部不錯的作品。那麼，你所期待的水聲又是什麼樣的呢？是跌宕起伏的、有暗流的？還是平緩的、波濤洶湧的？你知道流水的聲音有很多種。」

「別那麼具象吧，一段簡單卻不斷循環的旋律就夠了。」

「好吧，我試著寫寫。」

兩位老友就這樣聊著，彼此的默契映印著他們三十餘年的友誼。

「泓，要是我，就不用那麼多椅子，一把足矣。」

「當然，你是極少主義者嘛，可我是表現主義的忠實信徒。」

「這與表現手法無關。在我看來世界的本質是少，在你看來世界的本質卻是多。」

「也許僅僅是表達方式不同吧，你抽離地看這個世界，我卻投身其中。」

兩人正聊著，泓的手機響了，泓接了手機，停了一會兒，問道：「是達，很久不見了，他約我，你願意一起嗎？」

「不了。」

「好的，那我就先走了。」

鏞將泓送到門口，又停下來說道：「泓，我的意見，還是少比較好，椅子一把足矣，其他也是。」

「另外，瓊呢？你們還在一起嗎？以前是戀人，難不成就真成生意伙伴了？兩種角色，怎麼轉換？」

「就別說我了，你呢？要一直單著嗎？你心目中的歌特蘿德就從沒出現過嗎？」

泓上了車，又與鏞寒暄了幾句，就驅車進城去了。

十一

離開鏞的時候已經七點了，正是下班堵車的時候，趕到與達見面的酒店怎麼著也得九點。又是一個忙碌的日子，周而復始，生命就這樣流逝著。不過鏞願意為懸空的椅子作曲，讓泓的心情格外的好；有了鏞的音樂，這件作品將會是完美的。有這樣的好心情，堵車帶來的煩惱也少了許多。他打開音響，找出鏞的《招魂》——那首讓鏞一夜成名的曲子，泓不知聽了多少遍了。二十多年來，他的身邊一直放著這張專輯，無論走到哪裡，只要打開音響，他就能感受到鏞的存在。那個如泣如訴、跌宕起伏的鏞，那個冷峻、緘默、充滿哲思的鏞，帶給他的不僅是孿生子一般的友情，還有才思的啟迪和心靈的陪伴。可這些年，鏞的話越來越少，作品也越來越少了。

「在我看來，世界的本質是少；在你看來，世界的本質是多。」他又想起鏞剛才的話，也想起幾年前兩人關於藝術的一場爭論。在那場爭論中，鏞認為藝術最本質的精神是節制，泓卻認為是自由。幾年過去了，兩人的思想依舊如故，各有自己的懷疑與堅守，也各有自己的遭遇與成就。這些年，鏞的生活充滿了禪意，這是他熟悉的也是他不以為然的。在他看來，生命的欲求是創作的原動力，包括衝動與本能，有見識的欲望，以及由此而來的衝突與痛苦，也包括對這些衝突與痛苦的思考與超絕。他始終熱愛梵谷與孟克，他從梵谷的《向日葵》感受到生命的光焰，也從孟克的《吶喊》中感受到生命的掙扎與張力。所謂畫有聲音的畫，就是從近乎痙攣的掙扎與近乎顫動的光焰中透出生命的意志。生命是複雜的，充滿著各種矛盾與苦難；可也是生生不息的，充滿了各種變化與可能。如果將這些欲求與意志都抽離掉，那麼剩下的便僅僅是藝術家的態度與觀念。這些觀念也許是有意味的，卻難以觀照生命的充沛與豐富。「多與少，自由與節制……，這個老小子！」泓這麼想著，就禁不住在心裡罵了一句。「他今天怎麼還提到瓊了？還提到了戀人與伙伴這兩個角色。」「是啊，瓊，這兩種角色該怎麼轉換？」順著鏞的話，在迷離的夜色與恍惚的車流中，泓的思緒飛到了瓊的身上。「她應該離開香港了吧，這幾天怎麼沒有消息呢？」

瓊最後一次發給他的短信，是她在杜比爾夫博覽會領獎的照片。三十八歲的瓊依然那麼豔麗，歲月在流逝中浸染過她，但從未削弱過她的美，反而使她更加從容和圓融。這是一個成熟女人的巔峰，是山頂上最成熟的那枚漿果，是河水流至開闊處時的平緩與寧靜。十八年前，在盛夏的陽光下，瓊第一次青澀地站在泓的面前，魔鬼一般苗條的身材，充滿好奇的眼睛；一個模特專業的學生，二十歲，想改行做設計，通過朋友介紹，來求泓教她一些美術方面的基礎知識。泓收下了她，讓她每週來工作室兩次，對她進行素描與速寫的基礎訓練。泓嚴謹而靈活的訓練方式讓瓊很快就對繪畫產生了興趣。他讓瓊用各種工具畫靜物：「你可以把一條活魚放進冰箱裡，然後拿出來直接變成一件作品。」「感受力與想像力十分重要……記住你畫的是畫而不是對象。畫畫意味著同時存在四個主體——畫布、對象、畫家及畫家的審美訓練。畫畫的過程就是這四個主體不斷博弈與和解的過程，因此要不斷強化你的審美訓練。」……瓊感覺泓不僅在對她進行繪畫的基礎訓練，更在訓練她的眼睛、意識與觀念。幾個月之後，她感覺自己看世界的方式完全變了，她能夠從一片樹林中看見光與色彩的變化，能夠在紅色中看出黃色或藍色，也能夠從川流不息的人流中一眼就看出不同的身姿與體態。然而泓卻對她說——「你發現自己真正的才能了嗎？不是繪畫，不是做模特兒，也不是做服裝設計師。」

「沒發現啊，除了這三樣，還有什麼呢？」

「做我的女朋友，你最才的才能就是做我的女朋友。」

瓊的臉蹭的一下就紅了。

「你會出類拔萃的，你是做我女朋友的天才，天生就會，天生如此。」

「好好想想，去做最適合自己的事情。」泓一句接一句，說完就走了，瓊卻驚慌得不知所措。

「什麼人？蠻橫得簡直就像是土匪！」「什麼天生就會，天生如此呀！」她待在宿舍裡越想越氣。可靜下來，腦子裡驅之不去的卻又總是泓寬大的腦門、深邃的眼睛、細長的手指，還有嘴唇。她喜歡泓的眼睛和嘴唇，那雙具有洞見的眼睛看任何東西都入木三分，嘴唇卻十分感性。泓畫畫的時候神情十分專注，嘴卻總像小孩子一樣嘟著。那麼一張敏感、多情的嘴似乎不應該長在一個潛心工作的人身上。她迷戀一個男人神情專注的樣子，好幾次站在旁邊看他畫畫，看著那隻神奇的手鬼斧神工般流出生動的線條，就忍不住想去吻那張紅潤的、嘟著的嘴。她知道自己喜歡泓，而且是那種充滿甜蜜與驕傲的喜歡。

「好吧，我就回到自己的角色中，去做最適合自己的事情吧。」幾天後再見到泓，她這樣說道。

之後她問泓：「你怎麼就那麼自信？」

「什麼？」

「說我最適合的就是做你的女朋友啊，還說什麼天生就會，天生如此。」

「難道不是嗎？我學了這麼多年的繪畫，最擅長的就是觀察。」

「那你還觀察到什麼了？」

「還看見了你另一項才能。」

「什麼？」

「做我老婆。」

「去你的，誰答應你了？只是給人家上了幾個月課而已，也太便宜你了。」

那個時候泓離婚不久，對愛情和婚姻還充滿熱切的期待。可擅長觀察的泓，這次卻看走了眼。兩年後他們分手了，瓊並沒有去做另一件適合她的職業。相反她嫁給了一個做絲綢生意的比利時華人。

「為什麼？」分手的時候，泓這樣問。

「一個女人至少應該擁有兩百雙高跟鞋；泓，你實在太窮了，養不起我的。」

泓那時剛從歐洲回來，雖然已經是學校最年輕的副教授，但他的名聲還不夠有人願意為他辦展覽，更沒有買家經常光顧他的畫室。

「會有的，瓊，一定會有的。」

「我信，可什麼時候？等到我老了，拿兩百雙高跟鞋來做什麼？」

泓被噎住了，他給不了一個具體的承諾。一個靠工資謀生的人，一個連進口顏料也不敢買的人，怎麼可能買得起兩百雙高跟鞋呢？。這段「最合適的」戀情只好終止。幾年後，泓當然已經很輕易就買得起兩百雙高跟鞋了。瓊也離了婚，回到了北京。她來看泓，說到自己在歐洲學藝術經紀的經歷。

「我想開一家畫廊，你來支持我唄。」她說。

「怎麼支持？」

「用你的畫呀，這麼多年我一直相信你會成功的。我去歐洲學藝術經紀，就是為了幫你在商業上成功。以後你只管專心畫畫，我會做好你的畫，你也一定會成為中國賣價最高的藝術家的。」

造化弄人，事情就這樣成了，瓊成了泓的經紀人，而且還真如她所說，泓真成了賣價最高的當代藝術家。一對昔日的戀人就這樣——如鏞所說，成了生意上的搭檔，完成了他們的角色轉換。

「老小子，角色轉換？那又怎麼了？有什麼不妥嗎？」泓回憶這段往事，想起鏞提出的問題，便在心裡自言自語地說道。隨即，達的電話進來了。

「泓，到哪裡了？我恐怕要晚一點到，你等我一下。」

「沒問題，部長，我正好可以吃點東西。」

五十六歲的達，已經有了一點肚腩，但國字臉，炯炯有神的眼睛，堅韌的嘴唇和挺拔的鼻子，包括那副精緻的寬邊眼鏡，都顯得那麼氣派而又有氣場。當年的四位好朋友，達是最英俊和最有明星範的；鏞也俊朗，但太瘦；灩倒是很高，但面容清秀，舉手投足又太桀傲。哦，灩，現在在三位好友心中的形象已經是越來越模糊了。

「去鏞那裡了？他怎麼樣？得有三年沒見了，他還好吧？」達坐下來，問道。

「老樣子，整個工作室空空如也，村裡有位大姐每天去幫忙，鐘點工吧。」

「我在做一件新東西，需要一段音樂，請鏞來做是最合適的。」

「先得祝賀你榮獲杜比爾夫年度藝術家大獎。部裡前幾天已經給學校去了賀電，想必收到了吧。這是一件喜事，應該慶賀一下的。可是你知道，事情太多了。年底吧，部裡也在籌備一項大獎，你應該會得到的，到時候一起祝賀吧。」

「獎就算了，給年輕人吧，這些年有不少年輕人畫得不錯，他們更需要鼓勵。」

「再說吧，評獎的事部裡還沒有具體方案。」

「怎麼樣？你剛才說的新東西是什麼？鏞作曲的事說好了？你們的想法能融在一起嗎？」

泓便簡單說了一下對懸空的椅子的構想，以及與鏞所發生的討論，接著又說：「『明月松間照，清泉石上流。』還記得嗎？當年我們經常拿一些經典作品做例子，討論繪畫、音樂與文字的異曲同工之妙。比如王維的這首詩，我就說它更是一幅畫；鏞堅持說它是一段美妙的音樂；只有你，那個時候的觀點就是總結性的，你說：『好東西就是這樣，可觀，可吟，可感，可想像；視覺和聽覺交匯在同一時空，形成了藝術上的通感。』『通感』這個詞我還是第一次聽你說的，懸空的椅子這件作品，這次就用了通感的手法。」

「哈～哈～哈，你還記得？可惜我沒時間再寫了，倒是你和鏞，都成了各自領域的大家。」達聽了泓的話，哈哈大笑道。

「是呵，這件新作品就用了通感的手法，可源頭在你那裡，我這也是飲水思源呵。」

「哈～哈～哈，可惜大家都忙，同在一個城市，一年竟也見不了一兩回。你剛才說到的新作品，叫懸空的椅子？表達了一種懸而未決和不確定性？」

「是的，任何東西，只要改變它原有的功能與狀態，就會進入懸而未決的狀態，面臨著不確定性和不安全感，當然也將呈現新的機會與可能性。這是不同來歷、不同身分的人的共同處境，昭示著存在與命運的祕密。」

「懸而未決……不確定性……不同身分的共同處境……存在與命運的祕密？鏞怎麼看？」

「他認為這部作品具有啟示錄一般的意義，但建議我別用那麼多椅子，一把足矣。」

「一把足矣？」

「是的，我沒同意，我的想法是椅子要盡可能多，不同身分、不同年代、不同來歷的都要有。他呢，給我扣了頂帽子。」

「帽子？什麼帽子？」

「他說：『在我看來世界的本質是少，在你看來世界的本質是多。』他反覆堅持，認為還是少的好，椅子一把足矣，其他也是。」

「世界的本質？多與少？」達沉吟著，過了一會兒，才又說道：「泓，看來我們還在欲望之路奔跑，鏞卻已經走上棄絕之路了。」

「棄絕之路？」

「是的，最近我讀了一些印度教的書，印度教的目標是你要什麼就有什麼，可接著就把問題拋給你——你究竟要什麼？」

「一個人究竟要什麼？幾千年來都沒有答案。印度教認為人要四樣東西——享受、成功、責任、解放。

享受當然是人的天性，成功卻有三個方向——財富、名譽和權力。人起先都是在欲望之路上跋涉。有些人從未得到過，看見別人有錢、有權、有地位，就心生嫉妒、痛苦與不平；有些人得到了但很快又失去了，心裡就更不平、更痛苦；有些人得到了也保住了，卻發現所謂的成功並不是自己真正想要的，於是開始懷疑，心裡叫喊著：『空虛，空虛，全都是空虛！』棄絕之路，最早是懷疑，然後是救贖，即等待欲望離你自去，也就是鏞說的『少』。」

聽達這麼一說，泓才知道鏞說的少還有這麼深厚的精神背景，一時間竟不知道說些什麼。

「泓，今天約你見面，是另有一個情況要先給你打個招呼。」達又說道。

「什麼情況？」

「中紀委巡視組最近進駐部裡。你知道我分管文化產業，藝術展覽又是我著力主抓的，這幾年最活躍，成就也最大。於是有人舉報，說我有收入來源不明的問題。我可能會接受調查。」

「你曾經送給我兩幅畫，其中一幅我交給了瓊。這次調查可能會涉及到這幅畫，瓊我就不見了，你跟她說一聲，恐怕得有所準備。」

「有所準備？什麼準備？」

「我很喜歡你的新作品。恐怕我們這次都會面臨這個問題——就像你剛才說的，任何東西只要改變原有的功能，就會進入懸而未決的狀態，面臨著不確定性。我還有事就先走了，以後也不方便再聯繫了，多保重吧，有機會請代我問候鏞和瓊。」

達與泓握了握手，急匆匆地走了。泓望著他的背影，他顯然岔開了剛才的問題。

泓茫然地坐在咖啡館，心情變得十分落寞和沉鬱，可又理不清頭緒，便給瓊打了個電話，約她明天見面。他不明白這件事與瓊有什麼關係，也不清楚達說的「要有所準備」指的是什麼？他帶著這些疑問回到家裡，手機裡有若干條短信，其中海倫的就有好幾條。

「在嗎？泓。」

「我回家了。你呢？一天沒見，累嗎？」

「在嗎？」

「睡著了？」

「你個狗蛋……，好吧，好好睡吧，我陪著你。」

這些短信顯然是臨睡前發的。他想著要不要給海倫回信，腦子裡卻浮現出達與瓊的樣子，以及達剛才說的那些話。

「睡吧，親愛的，好夢。」

他稀裡糊塗地就回了這麼一條短信，心裡卻一片混亂，連衣服也懶得脫，就在疲憊中睡著了。

十二

海倫的日記

三月十八日

整理泓的作品真彷彿一段美的歷程，他像是只憑情感與精神在生活……

泓的創作涵蓋之廣、類型之多，實在令人歎為觀止。我在藝術史方面的知識本來已經沉睡了，這回卻被召喚著醒了過來。

藝術讓我們超越日常生活，獲得靈性、感受與想像空間。我常想，什麼才是高尚的生活品質？世人都以金錢與地位為標準，殊不知靈性、感受與想像力殊為重要。可惜世人常常如母雞，眼裡只有可果腹的米粒，卻不認識米粒中的鑽石，因為鑽石雖美，對覓食的母雞卻無用。

三月二十日

泓的作品中僅有的兩張人像都是年輕貌美的女子。一張是頭像，面容寡歡，但氣質極為優雅；另一張便是瓊，一襲白裙坐在午後的陽光下，面色紅潤，笑容明媚，氣質極為健康果決。兩幅畫泓都畫得極為用情，但那寡歡而優雅的女子用筆要更糾結，畫面經反覆修改，變得十分複雜和豐富。這幅畫是月白的調性，一派孤冷淒清。瓊的畫像卻灑滿了陽光，在一個慵懶的午後，紫色、藍色、粉紅的光斑彷彿在快樂地跳蕩。總之，一幅是月光的白，一幅是陽光的白；一幅的調性中含著冷與憂鬱，另一幅卻含著熱情與爽朗；一幅的性格滯疑，是抒情與哲思的，另一幅卻開朗明媚，是行動與果敢的。泓曾說他有過一段短暫的婚姻和一段短暫的戀愛，莫非那月光白的女子就是他短暫的妻子，而瓊卻是他短暫的情人？

我想起在香港時瓊的某些微妙處——眼神、語氣和笑容，也想起了我對她莫名的敏感。現在可以肯定，他們曾經是一對戀人，且給過泓少有的一段快樂時光。那麼這段戀情始於何時，又何以沒有繼續？現在這兩人究竟是何種關係？僅僅是一對搭檔？抑或另有期待，並將擇時復合？

我反覆看這兩幅畫，每次看了都會猜忌，我問自己怎麼啦？顯然我已變得十分討厭，我的心情每每受到這兩幅畫的影響，都既失落又憂傷……

泓，你前天那條沒頭沒腦的短信意味著什麼？

三月二十二日

世上竟有這樣的男人！且與我青梅竹馬，之後又成為戀人，結婚生子……

今天那人來找我，開口所說，居然是要終止給孩子撫養費！我曾認為自己是世上最幸福的女人。我實在太順，大凡一個女人經歷過的欲生欲死的戀愛我都沒有經歷過。我們從小相識，熟得沒有任何疑問，也沒有任何神祕與好奇。之後長大，便很自然地擁抱、接吻。他是我第一個，也是我至今為止唯一的男人。我們就像一根藤上的瓜一樣，自自然然地就長在了一起。我甚至從沒想過除他之外我還可以有另外的男人……。客觀地講，這男人對我也曾寵愛有加，我想要的，從不用開口，他自會買了送我；結婚時是市中心的一套豪華公寓，沒兩年又是一套獨棟別墅。如果不出事，恐怕連私人飛機他也已經買了……。可就是這麼一個男人，破了產，債務纏身，今天魂不附體地來找我，而他開口所說，居然是要終止給孩子撫養費……

不行，我怕搞錯，甚至於聽錯，因此一字一句記下我們的談話，不加任何分析與猜測，也沒有任何情緒與臆斷。

「還好吧？」他說。

「有事嗎？」我問。

「我來只為說一件事——從下月起，我不能再給孩子撫養費了。」

「什麼？」

「孩子的撫養費我不能再給了。」

「為什麼？他不是你兒子？」

「還有，從下月起，我父母也不能再幫你接送孩子了。」

「幫我？他不是他們的孫子？」

「他是從你肚子裡生出來的，現在就還給你。他長大了，也不必知道自己有一個犯罪的爺爺和一個賭徒父親。」

「你！」

「我走了，以後不必再聯繫。」

「你混蛋！你知道我剛換了工作，工資少了近三分之一。你一個男人，兒子一個月六千塊的撫養費你給不起？」

「你罵吧，我走了。」

以上就是我們的全部對話，我原樣記錄在此。但願是我聽錯了，或者有魔鬼附耳，讓他說了連他自己也不能信的話（至始至終，他的聲音都彷彿是從某處飄來的，而不是從嘴裡說出）。說好了不加任何分析與推測，也不帶任何情緒與主觀臆斷，然而我還是忍不住要問自己一句——這就是那個我熟得沒有任何疑問的男人嗎？

十三

瓊這幾天都是在燦爛的笑容中入睡，又在燦爛的笑容中醒來。網上到處都是她代泓領獎的照片，這些照片連她自己都覺得真美。這個天生愛美的女人，十六歲就在鎂光燈下做夢，舞臺很早就培養了她對生活的夢想，也形成了她對生活的態度。熱愛美、熱愛旅行與交遊，這幾樣正適合她的性情，並使她的聰明與天性發揮得淋漓盡致。這一天，因為睿約了豐和三小姐慈，瓊特意挑了一件黑色的小禮服，一長串珍珠項鍊，胸前卻別了一枚桃紅的胸針。上午九點豐的車就到了酒店，之後又接上睿，十點多一點兩人就到了豐在火炭的工作室。

火炭是香港郊外的一個舊工業區，工廠廢棄後，開發商很有創意地將它做成了一個藝術園區。豐的工作室在一座半山上，滿目青翠，臨窗即可觀山。瓊和睿很吃驚寸土寸金的香港居然還有這麼一個藝術家的棲息地。

「可惜這地方連師兄也沒來過。」豐笑了笑，請客人落座。面朝山景的客廳在陽光的照耀下顯得寬敞而明亮。

「通常大陸的朋友來香港總是匆匆忙忙，多半又都住在中環、九龍、銅鑼灣這樣熱鬧的地方，所以對香港的印象便總是緊張與侷促。其實香港有山有海，還有很多離島，算得上是休閒的好地方。」慈熱情地介紹道。前天聚會，印象中三小姐一直淡淡地坐在一旁，很少說話，這次也許是半個主人的緣故，笑容中少了些矜持卻多了些熱情。

「下次師兄來，最好多住幾天，可以看看香港的戲，也可以出出海。」豐接過慈的話說道。

「香港的戲？難道香港還有地方戲不成？」睿驚訝地問道。

「其實就是粵劇，到了香港，可能有些改良。以前香港的明星，比如米雪，大家只知道她的電影，其實也常登臺唱戲的。下次師兄來，可以去新光劇院看看。」

「新光劇院嗎？距我的酒店不遠，路過時見到過。」

「是的，這劇院已經有近百年的歷史了，曾經經營不下去，要改做商場。是愛戲的李居明先生心有不甘，用算命看風水賺的錢盤了下來，又對劇院的經營進行了改良，才有了現在場場爆滿的盛況。」

「想不到豐先生對香港的歷史與風物這樣熟悉。」瓊和睿聽了豐講的故事，都情不自禁起了敬意。

「大家看見高樓林立的香港，會誤以為它只是一座現代化的商業城市，其實香港比大陸保留了更多的傳統與習俗。」豐又說道。

「像我們這樣的匆匆過客，瞭解得還真不多。但豐先生的視角是對的，一個城市的魅力正在於它保留了多少傳統。我們喜歡歐洲，恰恰是因為它的街道是老的，房屋是老的，隨便一家麵包店都有上百年的歷史。據說香港很多食店也這樣，都已經是第三、第四代人在經營了。」

「是的。幾十、上百年的老店在香港很多，大陸可能就很難找到了，到處都在拆。」

「『拆』這個字，其實是滿有時代感的；在中國，有一種我認為是很可怕的現象，那就是一切都拆，都扔。舊了就拆，拆了再蓋，扔掉再買，中國的家庭很少有舊物，到處都是『紙杯子文化』。這種情況在歐洲及其他地方就很少見到。我前些天有一篇文章叫〈消費主義與舊物〉，滿系統地講了這方面的觀點。」

「消費主義與舊物？這文章的角度不錯，有機會一定要找來拜讀。」

「不用專門找，上一期的《金融時報》就有，我是搞比較文化的，商業文化也會涉及，所以《金融時報》的中文版有我的專欄。」

「睿，你真是女才人，以後得多請教你如何讀書和寫文章了。」瓊說道。

「才華還分男女嗎？不過瓊，你還真犯不著像我這樣辛苦讀書和寫文章的，你有你的專利呵。」

「我的專利？」

「是的呀，你的美貌與泓的天才呵。」

「美貌是早就不在了。至於泓，就算是天才，可怎麼就是我的專利了？」

「你是他的經紀人呵，昨晚的頒獎式你多風光呵，可真羡慕死我了。」

「不過代人家領個獎而已，人家忙嘛，也該著我們這些跑腿的露露臉。」

「頒獎式很成功，瓊小姐，你真是光彩照人。」慈也插進話來說道。

「藝術家的成功也是背後經紀人的成功，帥兄有今天的地位與影響，瓊小姐當然功不可沒。」

「這是怎麼啦？今天是專門來看豐先生的作品的，主題應該是豐先生，怎麼就跑到我和那不在場的人身上來了？不過，如果豐先生看得起，我倒滿期待有機會與先生合作，泓不止一次誇過你的才華呢。」瓊把話題轉到了豐身上。

「最近畫得少，兩位恐怕要失望了。」

瓊和睿這才注意到豐的工作室是真沒什麼作品，起居室牆上一幅耶穌的畫像，應該也是幾年前的舊作。

「這幅耶穌雖算不上正經作品，卻是我這些年的熱誠所在。」豐見瓊將目光投向牆上的畫像，便說道。

「豐先生是基督徒？」睿問。

「我們都是。」

瓊知道他說的我們也包括了慈，便說道：「我在歐洲時，也有很多次被人引領著要信奉基督，可總是不成。」

「怎麼就不成呢？」慈微笑著問道。

「終究還是不信。很多人都有基督存在的見證，我沒有。」

「其實信仰是先解決『信』，而不是為什麼『信』。」豐說道。

「怎麼講？」

「先解決『信』是因為我們需要。」

「我們需要？」

「是的，是我們需要基督，而不是基督需要我們。」

「我們需要基督？」

……

「豐，瓊小姐她們還要去逛店的。」慈見瓊那樣問，就提醒豐；她當然知道這些問題不是三兩句可以講清楚的。

「看我差點忘了這件大事了。」

瓊和睿就起身與豐告別。

「坐我的車吧。」慈這麼說，旁邊一位極標緻的青年男子就恭敬地拉開了車門。一輛勞斯萊斯，擦得纖塵不染；那男子服務好三位小姐上車，自己便坐在了副駕上。

到了太古廣場，慈領著瓊和睿直接去了愛馬仕的旗艦店。那男子緊隨在慈的身邊，面容嚴肅，步調卻與慈始終保持一致。

兩位店員見到慈立即就迎了上來。

「今天是兩位好朋友過來看新品，我還有事，你們照顧好她們就好了。」慈對其中一位店員說，又淺笑著對瓊說道：「知道你們喜歡愛馬仕，可惜不能陪你們，就自己多試幾件。」

慈走了之後，兩位店員一直半跪著給瓊和睿試鞋。「那位標緻男子是她的保鏢吧。」睿側過身對瓊耳語。「應該是吧，這才是豪門千金呀，平常看不出來的。」

兩人各挑了一雙新鞋，一位店員輕聲說道：「有喜歡的不妨多試幾樣，三小姐吩咐了，今天兩位享受她的待遇，帳也記在她名下。」

瓊和睿互相對視了一眼。

「謝了，就這兩雙吧，帳還是我們自己結。」瓊對店員說。

離開愛馬仕之後，兩人都沒有再逛下去的心情；睿提議去吃點東西，瓊答應了。

「帳就記在她名下？什麼意思呵，我們並不很熟呵。」睿問道。

「人家當我們是客人，不過客氣罷了，你也當真？不過睿，剛才在豐的工作室，他說『是我們需要基督而不是基督需要我們』，這句話是什麼意思呵。」

「很簡單，基督教認為人人生而有罪，基督便是救主。不過他單說這一句，不知道是不是另有所指。」

「另有所指？」

「好啦，我倒是有個問題，豐似乎還是單身，他和慈……」睿問道。

「別瞎猜，不可能的，香港的豪門在骨子裡是看不起藝術家的。這些年藝術家單身的不少，泓和鏞先生也是，你不也是獨身主義嗎？」

「鏞？你說的是大作曲家鏞嗎？」

「除了他還有誰？他和泓是三十年的老朋友了，怎麼？想認識？」

「好的呵……，不過瓊，不是我冒昧，你和泓這麼多年怎麼就沒在一起呢？」

「我們有過呵，十幾年前，我們就是一對戀人。」瓊毫不避諱，很坦率地回答道。

「你是說跟他學畫畫那會兒嗎？」

「是的啦，他是打開我心靈窗戶的第一個男人，因為他，我看世界的方法都變了。」

「怎麼就沒成呢？」

「奇怪嗎？很多事情不是都沒成嗎？」

「沒什麼具體原因？」

「倒也沒有。我曾經那麼迷戀他，可是不成的，我非離開他不可。也許那時候的我實在是太年輕了吧。」

「太年輕了？」

「二十出頭的姑娘，習慣了舞臺與燈光，想要一種光鮮燦爛的生活，出門想坐頭等艙，衣櫃裡想有上百雙高跟鞋……」

「我知道了，可這也不能算錯呵！」

「當然不能算錯，可是他沒有。」瓊笑了笑，繼續說道。

「起初泓還真讓我迷上了畫畫，我也喜歡在一旁看他畫畫。你知道他畫畫的樣子有多迷人嗎？神情那麼專注，嘴總是嘟著，真像個孩子。可很快就不成了，我變得連畫畫也討厭了。」

「怎麼會呢？」

「滿屋子的油彩，多髒呵！」

「他是個工作狂，在學校的工作室畫，回到家裡還畫。我們當時的房子不過一室一廳，一成了他的畫室，滿屋子就盡是油彩。我這才發現畫畫有多髒，一進屋就是刺鼻的松節油味，真是受不了。」

「我對他說，泓，能不能別在家裡畫油畫了，我皮膚受不了。好嘛，他就改畫素描。他喜歡的又是大尺幅，用柳條、抹布甚至於拖把畫。我的天，只要你待在家裡，就全是柳條劈哩啪啦的斷裂聲和一陣一陣揚起的粉塵。一週下來家裡就成小煤窯了。我又說，泓，能不能只在學校畫，別再在家裡畫了，我皮膚真受不了。他就只在學校畫。我知道他在迎合我，心裡並不情願。之後他每天都要在工作室工作十五六個小時，人雖然不在家裡，可滿屋子都是他的資料和小稿，堆在桌子上、床上和沙發上……，這樣過了兩年，真受不了了。」

「我年輕，需要快樂。我不僅想有上百雙高跟鞋，也想有人陪；我還需要高爾夫、騎馬、旅遊和舞會……。兩年裡，他沒有陪我逛一次街，藝術對他而言就是一切，身邊的這個女人，無論多麼年輕和美麗，都只能算是俗物……，而且他實在太窮了！」

聽了瓊的故事，睿禁不住唏噓。這樣的故事其實一點也不新奇，無外乎女人想過有錢人的生活，而男人還在打拚，就錯過了。但這樣老套的故事，經眼前的瓊講出來，睿還是滿感慨的。

「現在他可是有錢了，所以你回到了他的身邊。」

「我回來的時候他也沒錢。我對他說，你安心畫畫吧，我做你的經紀人，你會成為中國賣價最高的藝術家的。」瓊白了睿一眼，繼續說道。

「這麼說，你還是愛他的，為了他專門從歐洲回來？」

「你知道我在歐洲學的就是藝術經紀，中國的機會滿多的。至於愛，我就沒有再愛過誰。可是愛與在一起是兩回事。」瓊笑了笑。

「你們不準備再在一起嗎？這麼多年過去了，情形已經完全不同，為什麼不再試試呢？」

「我們現在是好搭檔。」

「好搭檔！……瓊，我承認你很有品味，不過一個藝術家成功，究竟是因為畫得好呢還是因為賣得好？你敢說，中國就沒有跟泓畫得一樣好的藝術家嗎？」

瓊笑了笑：「這樣的問題，一個有見識的批評家是不應該問的吧。」「不過我也想反問你一句，一個女人之所以幸福，究竟是因為嫁得好還是因為長得好？」

「真是一個有趣的反問。」睿咯咯笑道，「恐怕還是因為嫁得好吧，美人多了，卻不一定有好婚姻。」

「天知道！」

兩人這麼聊著，之後便回了各自的酒店。

十四

瓊接到泓的電話，本來約了上午在城裡見面，可一忙就改在了下午。到達泓的工作室時，海倫和其他工作人員正在樓下忙，瓊打了聲招呼，就直接上樓去了。

「一回來就只知道忙，收到我的照片沒有？收到了也不說一聲。」上了樓，瓊將坤包往沙發上一扔，坐下來就搶白道。

「你領獎的照片吧，全世界都在誇你，還在乎多一句少一句嗎？」

「誇我？不過是代你領獎好吧。」

「這也是你的獎啊。怎麼樣？在香港還好吧？」

「我的獎，得了吧。」瓊一副不屑的樣子，但接下來還是講了去聽英小姐講座的事，也講了頒獎式的盛況，以及去豐的工作室的情況。

「泓，你說豐為什麼要跟我講『是我們需要基督而不是基督需要我們』？睿認為豐的意思是人人生而有罪，可又說他也許另有所指。」

「你認為呢？」

「認為什麼？」

「認為自己有罪嗎？」

「我有罪？天！——我有神經病！」

「基督教的基本教義就是人人生而有罪，人只有信基督，才可以得到救贖。我看不出豐有什麼另有所指。」

「少來，我不是聽你講教義來了。至於救贖，我相信人只有靠自己。哦，對了，剛才在路上，接到英小姐的電話，她下週二到北京，安排了兩天時間和我們討論你在歐洲做展覽的事，你看怎麼安排？」

「你的意見呢？」

「第一天當然要隆重點。所謂看畫不過大家聊聊天，給展覽定個調，比如展覽的時間、地點、規模、主題等等。第二天英應該會談商業上的事，其中一定會涉及與你簽獨家代理的合同。」

「我的意見是，第一天人不妨多一點，請鏞與達一起；睿也到了北京，好歹一個從歐洲回來的學者，也不掉份，就一塊請了，熱鬧。第二天談正事，我們兩個就行了；你要是想，就多一個海倫，下一步實施也少不了她。」

泓聽著，點了點頭，又補充道：「要多注意細節，比如吃什麼菜、在哪兒吃、要不要準備一點禮物？另外，達恐怕來不了了，換成美院美術館的王館長吧。」

「英小姐她們可以做我的獨家代理，但時間要控制在兩年以內；運營方面，你的畫廊和美院美術館要作為主辦單位進來。第二天與她們的商務洽談，你、王館長、海倫和她們談就好了，我不必參加。我想她們事先會準備一份合作文本的。」

「你總得確定一些原則吧，比如獨家代理的範圍，包括哪些作品類型及哪些國家與地區；代理費及支付方式，以及簽約時的定金、保證金、違約金等等。」

「你先拿個意見吧。代理費要等確定作品之後再定；代理範圍之外的其他作品，如果有借用的，應只限於合同範圍內的展覽所用，並由對方承擔相應的保險費。」

「好的，代理費以你近年作品的平均成交價為基準如何？另外，達為什麼來不了，這麼重要的事，他還不來捧個場？」

「這也是我找你的原因。」泓停了一會，便跟瓊講了那天與達見面的情況。

「達專門提到你，說有一幅畫交給了你，是怎麼回事？」

「怎麼回事？交給我當然是賣了。」

「賣了？我送給他的畫，他交給你賣了？」

「賣了，一個人從畫廊買走了；可過了幾天又拿出來讓我拍賣，也拍走了。」

「賣了多少錢？」

「從畫廊買走是四百八十萬，拍賣是六百八十萬。」

「你收手續費了嗎？」

「我傻呵，他是你的朋友，又是副部長！」

「什麼時候的事？」

「去年呵，你要當副院長，正在民主評議，他來找我，我也想他為你當副院長說句話，就幫他賣了。」

泓想起達說的「要有所準備」，心裡就明白了。

「這麼大的事，你怎麼不跟我說一聲啊？我當副院長用得著他說什麼話嗎？」他低聲說道，彷彿在自言自語，語氣卻十分嚴厲。

「達叮囑我不告訴你，我想他可能是要面子吧，再說我也沒想那麼多呵，不就是賣幅畫嗎？你送給人家了，人家當然有權處置了。」

「你就是這樣，好自以為是，好自作主張，想錢都想瘋了！」

「你！我怎麼就自以為是了？怎麼就想錢想瘋了？我賣了這幅畫，得到過一分錢嗎？」瓊一聽，蹭地一下就從沙發上了站起來，大聲說道。

「你還委屈！你知道這件事有多嚴重嗎？這會涉嫌行賄，是要坐牢的！」泓壓住自己的火，從嗓子裡擠出這麼一句狠話，瓊一下子就呆住了。

「這樣吧，這幾天你找個有經驗的律師，先諮詢一下，看看事情有多嚴重？」

瓊點了點頭，呆呆地坐在沙發上，一張美麗的臉因為委屈、氣憤與害怕而變了形。

「現在請海倫上來，我們商量一下英小姐的接待與安排。」過了一會兒，瓊稍微平靜了一些，泓才又說道。

「你們商量吧，商量好了通知我就行，我先走了，這個樣子見不了人的。」瓊說完，就下樓去了。海倫在樓下早聽見了瓊帶著哭腔的聲音，見瓊下來，就迎了上去。

「姐姐，這麼著急走嗎？」

瓊點了點頭，拉著海倫的手朝門口走去。

「英小姐下週二要來，你們商量好怎樣安排就通知我；這是件大事，海倫，拜託你想仔細點。」

「放心吧，姐姐。」

送走瓊之後，海倫照舊在樓下忙自己的事，眼睛卻禁不住朝樓上看了好幾眼。過了一會兒，泓在樓上叫道：「海倫，請上來一下。」

海倫上了樓，見氣氛依然凝重，便坐下來，靜等著泓說話。

泓講了英小姐來訪的時間與安排，同時叮囑道：「鏞向來不喜歡出席這樣的場合，你就說我最近要出一趟遠門，可能會有一段時間不能見面，請他一定來。」

海倫聽到「要出一趟遠門」這幾個字，心裡就咯噔了一下。

「剛才瓊姐姐怎麼了？好像哭過。」

泓望著海倫，一雙深邃的眼睛顯示出來的卻是孩子般的無助，而面色又十分茫然。這樣的一副樣子，實在讓海倫心疼。

「究竟出了什麼事？僅僅一天的時間，你像是變了一個人。」

「哦，前天晚上回家太晚了，收到你很多條短信，我回了。」泓避開海倫的話，像是要解釋什麼。

「先不談那些短信，也許你只是發錯了。告訴我到底發生了什麼事情，好嗎？」

泓緘默著，海倫知道他難以開口。

「還記得我給你看過的星盤嗎？今年七、八、九三個月你最好避開。與英小姐合作給了機會，所以與她們談判時，我想加一條，即展期定在七、八、九這三個月，同時你要在歐洲做三個月的訪問學者。」

「避開？」

「嗯，這次就聽我的好嗎？」

泓不再說什麼，他感覺到海倫已洞察到什麼，或者真如星盤上說的她預見到了什麼。避開三個月一定與達說的事有關。

「三個月？」過了一小會兒，泓又說道，彷彿在問海倫，又彷彿在自言自語。

「好啦，避開這三個月就沒事啦，相信我。」海倫笑著安慰他，又起身給他倒了一杯水。

兩個人分明在心知肚明地說同一件事，但又不說開。因此彼此之間就都感到惶惑，又儘量抑制自己，不讓自己任情流露心事。於是泓和海倫就錯過了這麼一次坦陳心跡的機會。但泓心裡清楚，眼前這個女人愛著他，而且明白即將發生的事情，心裡卻依然有一份鎮定。

「那麼我也愛她嗎？或者說我敢愛嗎？」泓心裡閃過這個念頭，卻聽海倫輕聲說道：「我先下去了，泓，別想太多，自己休息一下吧。」

十五

英如期到了北京，瓊去酒店接她們到了泓的工作室。「英姐姐，終於見到你了！我沒瓊姐姐的福氣，不然在香港就已經領略到您的風采了。」海倫迎上前，拉住英的手，明媚的笑道。

「是海倫吧，早聽說先生有這麼一個助理，在巴黎學的藝術史，又在一家跨國公司受了多年的訓練，今天見了還這麼漂亮，真羨慕先生的好福氣！」

英一行三人，被泓和海倫迎著進了工作室的院子。院子裡的廣玉蘭眼看著就要凋落了，卻依然散發著沁人的芬芳。瓊見睿也到了，便過去對她耳語：「為了你的事，泓今天專門請了美術館的王館長。」

「謝謝妹妹有心了，看吧，有機會就跟泓再說說，這事的決定權還在他。」

「院子不錯呵，工作室也足夠大。先生，怎麼擺這麼多床，是一件新作品嗎？」英小姐問。

「是的呀，先生最近狀態不錯。您來了，工作室也沒放假，有兩件新作品在做。」海倫在一旁回答。正說著，鏞和美術館的王館長就前後腳到了門口。

泓一一做了介紹，一群人就進了工作室的大廳。

「鏞先生，王館長，久仰了，今天沾先生的光，終於見到兩位真神了。」

鏞和王館長也道了客氣，大家圍著一張長桌坐了下來。

長桌鋪了一塊極雅致的桌布，一隻水晶花瓶插滿了盛開的香水百合。兩隻銀製的果盤，一隻裝滿了時令水果，另一隻卻是各色乾果。長桌的一旁是各色飲料，各式點心則是事先在酒店訂好的，一出爐就送了過來。英忍不住稱讚這精緻的準備，海倫在一旁笑道：「表揚一下吧，花瓶、果盤、咖啡具，可都是我在歐洲舊貨市場淘回來的，每一樣不是十九世紀就是二十世紀的世家舊物，今天英姐姐來，才捨得拿出來用。」

「瞧海倫這麼能幹，只怕以後沒婆家敢要了。」

「瓊姐姐，你是咒我嫁不出去吧，沒關係的，反正你桃花多，分我一點就好了。」

「先生，您這兩個左膀右臂可怎麼得了？又漂亮又有頭腦，真讓人羨慕死了。」

「英姐姐要收女弟子嗎？我和瓊姐姐今天就報名。」

「也算我一個，上次在香港聽英姐姐主持研討會，我是真心折服了。」睿也在一旁添著熱鬧。

「先生，您知道捧殺了吧，咱們正事還沒開始，可別把我先捧殺了。」眾人就哈哈大笑……

「王館長，這一年多來，美院的美術館可真是大不同了。接二連三的高規格展覽，全是一流的藝術家，真讓人應接不暇。」海倫給客人上完茶，英便側身對一旁的王館長說。

「這都是泓院長上任後的變化，美院還從來沒有像這樣重視過國際交流與合作。不過我們也只是在摸索。」

「現在國內的美術館是遍地開花，民營美術館已經成了一件很時髦的事情。但水準參差不齊，恐怕還得好好引導與規劃，否則活下去倒也不容易。」

「總的來說，要產生像古根漢那樣的藝術機構尚須時日。上個月我去臺灣，特意參觀了華山和松山文創園區，情形與大陸也差不多。」

「與大陸比，臺灣的藝術園區可寂寞多了。規模小不說，人氣比大陸更是差得遠。你看798，每天熙熙攘攘，都成了北京的文化座標了。」

「那究竟是寂寞些好呢，還是熱鬧些好？早年的798也是寂寞的，有很多藝術家的工作室，現在卻盡是畫廊、餐館和藝術品商店了。」瓊接過英小姐的話，問道。

「我們有時候也矛盾，藝術與商業究竟是一種什麼樣的關係才更合適？是寂寞在滋養藝術，還是喧嘩在製造繁榮？」

「人們似乎總是在寂寞中渴望成功，又在成功後懷念寂寞的美麗與詩意。」

「其實在喧嘩中成就偉大作品的也大有人在。比如毛姆，簡直就是二十世紀二三〇年代歐洲社交界的執牛耳者。事實上凡生前成了大名的都免不了喧嘩，像鏞先生，也是成了大名的，請問您是寂寞更多些還是喧嘩更多些？」睿見英小姐開了這麼一個話題，便參與進來發表自己的見解。

「鏞先生嘛，恐怕從來都是寂寞深處聽驚雷的。」瓊嫣然一笑道。

「就算那些喜歡熱鬧的藝術家，也一定是寂寞更多一些。對藝術家而言，熱鬧與喧嘩總是別人的風景，寂寞才是自己的宴席。」鏞淡淡地說。

「說得好。今天英小姐來，帶給我們的卻是寂寞深處的歡愉。我們就以茶代酒，歡迎英小姐一行的到來。」泓接過鏞的話，端起茶杯，起身說道。

「好有詩意的歡迎詞！好，為了寂寞深處的歡愉，我們乾杯！」英也起身，與各位碰杯致謝。

「先生，從今天起，我們各自就直呼其名如何？——剛才海倫說，你最近狀態很好，有兩件作品在做，能說說嗎？」

「應該的，直接叫我泓就好了。這兩件作品，其實已經構思很久了，只是一些元素一直沒有找到，就拖到了現在。」泓說，又叫海倫拿了那兩件作品的小樀請大家看。

「這一件就是您剛才看到的床。我們知道，床是一個人最隱祕的私人空間，床上的生活——包括做夢、打鼾、失眠、做愛都是神聖不可侵犯的隱私。可生活中很多人都習慣將手機放在床上。於是信息就構成了對床及床上生活的干擾，甚至於肢解。有趣的是，人們似乎已經習慣了這種干擾，並對這種干擾產生了依賴。」

「這件作品我用了五張床，從幼稚園的床一直到太平間的床，分別代表了人生的五個重要階段——童年、青年、壯年、老年、直到死亡。每張床上都會躺一個人，也會放一部手機。躺著的人或許在做夢，或許正情話綿綿，或許已經熟睡……，可手機卻始終開著，並不斷顯示出事先就準備好了的各種信息。這些信息是隨機發送的，於是兒童床上的小朋友收到的可能是凶殺與色情的簡訊；太平間的那張床收到的則可能是股票崩盤的訊息或一樁糾紛與訴訟……」

「另一件叫懸空的椅子，表達的是隨處可見的懸而未決的生命狀態。」泓接著說道。

「對不起，泓，麻煩稍等一下。這張床我還得消化消化。有幾個問題。首先，太平間的那張床是什麼樣的，有人見過嗎？」英打斷泓的話，問道。

「一張手術床而已，人躺在床上，被白單子蓋住，呈現出死亡狀態。」

「OK，手機也放在死者的床上？」

「是的。」

「每張床的手機型號與品牌都一樣嗎？顯示的訊息是變化的嗎？」

「手機型號與品牌不重要，與身分一致就行。訊息當然是動態的和變化的，展覽時有工作人員給每部手機不斷發送訊息。」

「訊息會經過篩選嗎？」

「我們會事先搜索時下使用頻次最高也最有趣的若干訊息。」

「有燈光和音樂嗎？」

「有手機鈴聲，各種鈴聲會在安靜的現場此起彼伏，形成一種情緒與氛圍。手機鈴聲也是事先搜集的，有音樂片段，也有大自然的聲音……這件作品，是行為藝術與裝置相結合的一種嘗試，因而是一件開放且具有參與感的作品；工作人員之外，會邀請觀眾躺在床上去。至於燈光，應該還滿講究的，雖然是一間間黑屋子，卻會有燈光師專門設計，以呈現不同的睡眠狀態。」

「很棒呵，泓，我想你是在探討資訊時代私人空間的安全性吧。」

「是資訊與人的關係，包括訊息對人的干擾以及人對訊息近乎於變態的依賴；每一個人都渴望被人找，哪怕在夢中也是如此。一種沒有人找的生活是可怕的；可連睡覺，甚至於死了都在被人找的生活難道不更可怕嗎？」

眾人凝神聽著，彷彿進入到了作品的場景與氛圍之中，好半天都沒人說話。可泓的最後幾句卻讓人忍俊不禁。

「海倫，你準備躺在哪張床上？太平間那張就歸你了。」瓊打趣道。

「去，當然是婚床啦。不過，真要參與，就算躺在太平間那張床上也無所謂，我還正想知道，我死了之後你會給我發什麼訊息呢。」

眾人便哈哈大笑。

「滿嚴肅的主題，這回卻有了笑聲，也是這件作品有意思的地方吧。」英說道，「好了，泓，請接著說你的椅子，我好期待。」

泓便簡單陳述了對懸空的椅子的構思。「多虧有鏞支持，這件作品才可能完美。」

「是呵，在中國，還有誰能夠如此精準地把握永恆流逝的水聲呢？」瓊點了點頭。

「我已經寫了一段，可惜還不能給大家分享。按照泓的要求，這聲音得是多個聲部組成的合唱。」

「是童聲嗎？」

「是的，只有童聲才最有力量，也最強大。」

「用童聲來表現永恆流逝？」

「是的。」

「懸而未決，不確定性，永恆流逝的水聲，多聲部的童聲合唱……，懸空的椅子，泓，這部作品意義重大，甚至可以說是劃時代的作品。你什麼時候完成，我要帶到歐洲去。」英聽完泓的陳述，又聽了鏞對所用音樂的講解，顯得十分激動。

「這兩件作品已經在同步進行，一個來月就可以完工了。不過這兩件作品都需要很大的展覽空間，通常的畫廊恐怕是容不下的。」

「說什麼呢？泓，你的個展我怎麼會放在一般的畫廊呢？首展定在巴黎，地點就在龐畢度美術館了。展覽的主題和名稱，我曾經想了很久，剛才也已經有了想法，就叫《懸空的椅子》如何？」

「完美！」王館長忍不住擊節讚歎。「懸空的椅子，將關注並詮釋這個變動不居的時代對人類情感、心智、存在與命運的影響，以及人類應對變化所呈現的機會與可能性。」他又說道。

「王館長這句話簡直可以直接用在頒獎詞中了。」

王館長和英這麼一說，眾人都開心地笑了起來。

「英姐姐，這些天我都在協助先生整理作品。這次展覽除了裝置也要考慮油畫與素描吧？實話講，先生的油畫與素描給我的感動甚至還要超過大家剛才談論的裝置呢。」

「當然，我最早就是被先生的素描展所吸引的。這次杜比爾夫博覽會，先生的油畫也是創了紀錄的。怎麼樣？海倫，我們不妨先參觀一下先生的油畫與素描吧。」

眾人便隨海倫上了二樓。短短幾天，海倫已經將二樓的工作室布置成了一個令人震撼的展廳，三十幅油畫和四十張素描與小稿，按年代分成了幾個小展區。大家上了樓，各自安靜地參觀那些精美的作品。鏞卻過來對泓低聲說：「搞什麼搞？前幾天在我家裡還沒說，昨天海倫卻說你要出遠門，到底是怎麼回事？」

「待會兒大家走了，我們單說。現在你且先安靜地待著，也捧捧我的場。」

約莫過了一個來小時，大家下樓，回到長桌前坐下。

「泓，這些作品完全可以說是中國當代藝術的重要構成，從中可以梳理出當代藝術發展與演變的若干脈絡。不過我們先要確定好這次展覽的性質。這是一次階段性的回顧展呢還是以懸空的椅子為主題的主題展？」

「這些年的國際藝術展，架上繪畫所占的比例已經越來越少了。你是第一次在歐洲辦個展，應該以主題切入，這樣更容易引起關注與共鳴。傳播方面，所謂單一訴求，也是遵循了傳播的規律與原則的。」

「所以我個人的意見是將這次展覽辦成以懸空的椅子為主題的主題展，作品還是以裝置為主，可以精選三四十幅與主題相關的油畫與素描。裝置甚至連小稿也要做足。至於油畫與素描的選擇，雖然先生嘗試過各種畫法，但集大成者還是抽象表現主義。所以可以考慮這次展覽另有一個副標題，叫懸空的椅子——一個抽象表現主義藝術家的中國之路。」

「我也贊成做主題展。泓院長才五十出頭，藝術成就還不可限量，做回顧展為時尚早。但是否要加一個副標題則需要斟酌。我認為展覽不需要框得太死，不然會作繭自縛。究竟是什麼風格與流派，讓觀眾自己看，讓評論家自己寫文章好了。」王館長接過英小姐的話說道。

「也好。不過我還有問題，我一直在觀察先生的創作，與一般的藝術家不同，他的作品是建立在一個廣闊的精神背景之中的。可這究竟是一個什麼樣的背景？今天各位都在，我正好請教一二。」

「這恐怕會涉及到泓院長與中國新啟蒙運動的關係，也涉及到繪畫與文學、音樂等藝術門類的關係。鏞先生在，他應該最有發言權。」

「各位，這都到飯點了，不如先去吃飯，邊吃邊聊如何？」海倫插進話，粲然問道。

「哦，海倫，我有個建議，能不能請酒店送餐過來，大家難得一聚，談興又正濃，別中斷了。」

「太棒了，英姐姐喜歡就好。」海倫就去一旁安排酒店送餐的事。

「二十世紀八〇年代，中國的確有過一次所謂的啟蒙運動。詩歌一馬當先，繪畫、音樂、小說、哲學，一度也很活躍，戲劇和電影稍晚一點。英小姐看泓的作品，多有文學及音樂的滲透，而不單是從造型藝術的角度勾線描色。我經常勸泓要盡可能簡單，我是極少主義者，我自己並不喜歡他作品中的文學意味。」鏞接過王館長的話。

「但我不同意王館長剛才說的泓與這場所謂運動的關係。首先我並不認為中國真有過這麼一場運動。那個時候中國剛改革開放，沉寂多年的文化界剛打開眼界，無外乎多出了幾本國外的書，引進了幾個新名詞而已。其次，即便有過這樣一場運動，那也只是開闊了他的視野，他也許會發現——『哦，還可以這樣畫？』但真正構成他的精神與心理要素的並不是這些表面的、技術及資訊層面的東西，而是扎根在他心靈深處的童年記憶，以及這些記憶與後來所謂當代精神的矛盾與衝突。」

「今天大家看了泓不同時期的作品，貫徹始終的主題是什麼呢？是各種各樣的衝突，以及因衝突而產生的疏離感和不安全感。而所有這些衝突與疏離又都來自他的個體人格在當代文化中的錯位與不適應。」

「他本來只是一個鄉下孩子，無論如何也想不到會成為一個藝術家，更沒法想像功成名就之後浮華躁動的生活。他帶著一個鄉下孩子的赤子之心行走在這個所謂的文明世界，小心翼翼地不讓自己與外面的世界起衝突，他一直在努力適應文明世界的規則與範式，包括當院長、獲獎、贏得鮮花與掌聲。可事實上呢，他的靈魂經常會脫離他的身體去尋找或許他自己都不清楚的歸處。在這個世界上，無論做什麼他都是難受的，大家看見以雷鋒為題材的那件作品，會誤認為他在嘲諷某種社會或政治現象，事實上那種擠出來的難受勁完全來自於他的個體人格與體驗。在這個所謂的文明世界，他從來沒有一把真正屬於自己的椅子，椅子是別人給的，也是臨時的，隨時可能被搬走的。自從離開故鄉，到了這個文明世界，他就一直處於各種各樣的『懸而未決』之中。他的靈魂脫離了身體，可脫離之後又將去哪裡呢？耐人尋味的是，他的童年記憶也已經變得越來越稀薄了，他早就成了一個沒有根的人，一個註定了要漂泊和被疏離的人。而這正是當代社會最本質的生存狀貌。從根本上講，我們在座的每一個人，我們的每一種生活，包括財富、愛情、地位、名譽都是臨時的，我們全都處在懸而未決的不確定性中，這是文明世界的共同祕密，也是泓的作品引起了那麼多共鳴的原因，所以我說懸空的椅子具有啟示錄一般的意義與價值。」

……

鏞本是一位慎言者，很少這麼直接地發表自己的觀點，這次卻說了這麼一長串精闢入裡的話，讓在座的人好半天都說不出話來。大家沉吟著，彷彿在思考他的話，又彷彿沉浸在泓的作品之中……

「受教了，鏞先生！謝謝你講了這些，也給了我一把鑰匙。我剛才建議這次展覽叫《懸空的椅子》，其實只是一種直覺，遠沒有先生剛才論述的深度與高度。鏞先生的宏論，請整理出來直接做展覽前言如何？」

「這應該是評論家和策展人的工作，我不過比大家更瞭解他而已，正式寫文章恐怕不行的。」

「我可以執筆，稿子出來後，請先生審訂。」睿自告奮勇地說道。

「這篇前言請先生來寫是最合適的，《懸空的椅子》也有您的音樂，這次展覽也是你們三十年友誼的見證，我們也正好可以借用先生的影響與名聲……」

「泓的展覽不需要借任何人的影響與名聲。不過我答應了，過些天就給您稿子。」

「太圓滿了！真是不虛此行。謝謝各位，現在該是品嘗海倫的美食的時候了，對不住大家，讓大家一直餓著。」英小姐說道。

……

隨即海倫的美食已擺了一桌子。大家落了座，賓主之間又分別致了謝詞。席間大家又談到種種有趣的見聞，也談到臺灣的風物和歐洲各國有特色的美術館……。總之，相當愉快和圓滿的一天。泓與英的合作，將給藝術界呈獻一份厚禮，那些熱愛藝術的人有福了。

十六

客人走了，瓊送英小姐她們回酒店，海倫也回家了，只剩下泓和鏞獨留在空蕩蕩的工作室。

泓給鏞倒了一杯紅酒，也給自己倒了一小杯。

「謝謝了，鏞，很久沒見你發表這樣的言論了，說得真好，我也很感動。當年我每畫一幅畫你都要發表評論，可惜達和灩都不在。」

「不單是為給你捧場。今天看到你各個時期的作品，還真是有感而發。」

「那時你總說我的畫沒有聲音，可現在你看，每一幅都有，甚至直接用上了音樂。不過你還是第一次說到童年記憶與我的創作的關係，說實話我自己也沒意識到。」

「你不認可我說的？」

「倒也認可。只是我從沒意識到。」

「意識到了，你還能畫嗎？」

「這麼說今天該是我畫句號的一天了，我以後再不能畫下去？」

「可能會停一段了，不能總畫；但會有新的視角給你，生活會改變人，當然也會改變你的創作。」

「不談這些了。我只想問你搞什麼鬼，前幾天在我家還沒說，昨天海倫來電話，卻說你要出遠門，好長一段時間都見不了面。」

「不是怕你不來嗎？知道你不喜歡這樣的場合。」

「真的沒事？」鏞看著泓。泓垂下眼睛，又喝了一小口紅酒，沉默著不知如何回答。

鏞平靜地等待老友說話，心裡卻已明白一定有什麼大事要發生。兩人靜默了幾分鐘，泓才一五一十地將他與達見面的情況跟鏞說了。

「天！」鏞輕輕地嘆了一口氣。「可這事跟你有什麼關係？朋友間送幅畫而已，我也有你的畫。」

「只是朋友當然不會有事。可達是一位副部長，我們學校又正好歸他管。」

「明白了，死活都要牽扯在一起了。泓，你實話說，你當副院長與達有關係沒有？」

「你認為呢？」

鏞沉默了一小會兒，又說道：「我早勸你少與達來往，在中國官員是最不靠譜的。可連你最後也當了什麼副院長。」

「畢竟是年輕時的朋友，當年也有約定，一人呼喚，另外三個就要回應。」

「現在這四個人，灩是早毀了，你和達又面臨這麼一檔子事，吉凶未卜。這個時代——他媽的究竟是怎麼回事？這就是你一直在讚揚的偉大的時代嗎？」

「跟這個時代是否偉大沒有關係。鏞，我只是心裡不安，不知道能不能過這個坎？你知道這關乎我的名譽、創作……甚至一切。還有瓊，這件事可能也會牽扯到她。達要我有所準備，可準備什麼？跑掉嗎？」

鏞走到窗前，默默地喝著杯中的紅酒。夜已經很深了，窗外一片漆黑，四周沒有一點光明，既沒有一顆星星，也沒有一盞燈光。

「我不是法律專家，對這類事情毫無經驗。但我知道任何事情只要來了就躲不掉，除了直面，別無他法。」「我實在預測不了事情的結果，但既然出了這麼大的事，也到了該告訴你的時候了。」過了一會兒，鏞才從窗前慢慢走到泓的身邊，他坐下來，意味深長地說道。他的語氣讓泓既茫然又詫異。

「泓，你有一個孩子，今年已經二十二歲了，七月份大學畢業，計畫八月來中國看你。」鏞望著泓，緩慢而又明確地說道。

「你說什麼？孩子？」

「是的，你和雪潤的孩子。你們分手時雪潤已有身孕，後來生了下來，是個女兒。雪潤曾叮囑我，說不到恰當的時候不能跟你說。現在我想你應該有權利知道這件事了。」

泓手中的酒杯「咣」的一聲就掉在了地上，鏞的話如晴天劈雷，令他從沙發上站起，又跌坐在了沙發上。

……

雪潤是達的師妹，當年達、鏞、泓、灩在一起時，熱愛詩歌的雪潤也常跟著一起玩。她是真正的大家閨秀，祖上名人輩出，到了爺爺和父親這兩代，也仍是訓詁學界的巨擘。幼年喪母的雪潤，隨爺爺在滿是故紙堆的老屋裡長大；十八歲上了大學，學的卻是哲學；到了二十歲，依然是家傳的古板嚴肅作風；所幸喜歡詩歌，一副清瘦的身子和寡淡的薄臉，才在激情澎湃的圈子裡補充了一些青春的血色。泓喜歡雪潤的名字，也喜歡她身上的書卷氣；他相信一個家學淵遠的人總有些不俗的東西做人生的底子。雪潤呢，喜歡泓的執著與拙樸，幻想著通過戀愛讓自己的人生得到改變——兩人就這樣成了一對極純潔的戀人。研究生畢業後，泓和雪潤結了婚；之後泓去德國留學，雪潤以陪讀生的身分跟了過去。原本是樁老實可靠的婚姻，一俟學成回國，便可以有自己正常的幸福軌跡。可魔鬼不答應——雪潤在泓即將回國時，居然出了軌，而出軌的對象居然是他的同門師弟——一位來自美國的黑人畫家。

人這一生所發生的任何事其實早就千百次地發生過了。但事情所引起的痛苦，若不親身經歷，其實是體會不到的。我們大可同情那些不幸的人，但也該明白，若非親歷，這同情無論怎樣真摯和深切，都一定既膚淺又無用。在藝術圈，出軌並不是一件稀奇事，但泓接受不了，也不能面對。他是鄉下長大的孩子，有些腦筋總是舊腦筋。雪潤是他的初戀，她的性格、氣質、學識、涵養、家風……都不至於使她做出這樣的事來，而且，還是跟一個黑人。他無法忘記那個場景，那個在一瞬間就將他撕裂了的春天的下午……

那本來是泓心情大好的一天。畫了兩個多月，他的畢業創作終於完成了，而且受到了導師難得的好評。他特意買了一束花和一瓶酒，想早點回家和雪潤一起慶祝。一段時間以來，他埋首創作，應該也冷落雪潤了，這束花正好可以表達他的歉意。結婚三年多，泓對自己其實不甚了了，他以為自己已把身心全都獻給了雪潤，之前他從未愛過一個人，這應該足可以保證他們的美滿生活。雪潤呢，從小沒有母親教導，也並不知道自己想要什麼，她抱著與泓相同的想法，以為自己的婚姻是最牢靠的，她把愛情理解成浪漫，卻把婚姻等同於溫情、理解與相敬如賓……。那個下午，泓比平時早回家，他打開門，很習慣地換鞋，卻發現鞋櫃上另有一雙男人的鞋子；一雙很大、他似曾見過的運動鞋，散發出怪異的氣味；而雪潤也沒有像往常那樣來開門迎他。他的心微微地驚了一下，但未及細想，放下花就推開了臥室的門。他們的房子實在太小了，他開門、換鞋、再推門的時間，短得都沒有讓屋裡的偷情者反應過來。哪怕在聽見開門聲的那一瞬間，雪潤能夠從那人身上翻滾下來，哪怕她能稍稍遮掩一下（比如裹一件浴巾），哪怕她不是那樣大汗淋漓、滿臉被快樂扭曲得恨不能死去的樣子，泓都不至於受到那麼大的刺激。可造化弄人，泓看得很真切，他看見的正是雪潤騎在那人身上瘋狂扭動的場景，以及她的表情——哦，天，那不堪的、變了形的表情，那紛亂的、甩起來的長髮……。幾秒鐘，僅僅幾秒鐘，這殘酷的場景就把泓撕碎了。事情過去之後，很長一段時間他的腦子裡都會浮現這個場景——「太髒了，太噁心了，居然是個黑人！一個滿頭鬈髮、一身狐臭的黑鬼！」這場景刺激他，那雙有怪味的鞋也刺激他，然而更刺激他的還是雪潤！雪潤二十歲將處女之身獻給他之後，從來就沒有這樣興奮過，她是舊家庭成長起來的淑女的典範，是平衡理智、情感與欲望的能手，她怎麼可以讓自己的身體在一個陌生的身體上如此取樂？泓消除不了那幾近於瘋狂的快樂所帶給他的創傷，他彷彿永遠都能聞著雪潤身上的怪味，那混合著鞋臭和狐臭的怪味讓他窒息。沒得說，這樁婚姻保不住了，只有分手，他必須將這個女人從自己的心裡澈底抹掉……，於是這對原本正常得不能再正常的夫妻悄悄地離婚了。這麼多年他不允許任何人在他面前提雪潤這個名字。雪潤消失了，消失得連一聲嘆息、一滴眼淚都沒有留下。可現在這個名字又如幽靈般出現，而且還帶著一個孩子　起來了……

「鏞，那年我去波士頓參加你的首演，跟你說過我和雪潤的事，你答應過我不再與雪潤聯繫的，也絕不再在任何場合提這個名字。」

「是的，我答應過。我信守承諾，從沒有聯繫過她，也沒有在任何人面前談起過她。你知道我好幾年都馬不停蹄地在各地巡演。一次在芝加哥演出，我的經紀人告訴我有一位中國的老朋友在後臺等我。我怎麼也料不到會是雪潤……」

「那個時候你已經回國，大約也已經在和瓊戀愛了。雪潤呢，你們分手之後，她就正式和你的黑人師弟在一起了，之後結了婚，回到了美國，家就安在了芝加哥。」

「她來見我，也是割捨不下對你的感情。她詢問你的情況，知道你在美院教書，有了新的女朋友，倒也很欣慰。後來她就跟我講了那孩子的事。」——

「和泓分手之後，我很快就發現自己有了身孕，我當然知道這孩子是他的。可依當時的情況，我已經不可能去找他，更不可能告訴他我們有了孩子。兩個成年人的事，無論對錯都不應該拿孩子當籌碼，夫妻關係更不應該靠孩子來維持。自從出了那件事，泓的憤怒猶如山洪暴發，他對我恨意難消，更甚者是厭惡有加。我知道我犯下的錯已不可能靠懺悔來彌補，我也不願意一直生活在陰影中；我曾想打掉那個孩子，可亨利不同意，他反覆勸我並保證對孩子視同己出；我也缺乏勇氣，或者在心裡也存有一絲要留住點什麼的私心，總之孩子生了下來，亨利也真如他保證的那樣，對她視同己出。」

「孩子一天一天長大，我的心卻一天比一天重。你知道亨利是黑人，人種上的差異很容易讓人知道她另有父親。而我既無權剝奪一個孩子認父親的權利，也無權剝奪一個父親認女兒的權利。我已經錯過一次了，這件事不能再錯！」

「可我沒有處理此事的方法與機會。直到你來芝加哥，我想這祕密若必須有人知道，就只能是你。因此我來找你，告訴你一切，目的只為在最恰當的時機你能告訴泓，並幫助他們父女在合適的時候見面……」

鏞停了一會，繼續說道：「之後，雪潤每年都會給我寄那孩子的照片，以至於我為你保存了那孩子二十二年來全套的影像資料。前一段雪潤來信，說孩子七月大學畢業，她預備八月帶孩子回國；並與我商量如何讓你們父女見面。『無論我的錯有多大、罪有多深，我總算為泓留下了後代，孩子長到二十二歲，生活得很幸福。可是她有與她生父見面的權利，父女倆也應該相互擁有並為對方祝福』……」

「我本來想過一段再將此事告訴你，可聽了你剛才說的事，真怕八月份你會失去與孩子見面的機會。所以現在講給你聽，達說要有所準備，這件事才是要好好準備的……」

泓聽鏞講完，心中就像乾河漲水，發出一陣陣轟鳴。他的腦子裡不斷放映著一段接一段混亂的默片——關於那個孩子，關於雪潤、關於鏞，關於亨利，也關於他自己。他的心抽搐著，巨大的疼痛帶著同樣巨大的驚愕，像加夾著泥點的暴雨一樣襲擊著他——

「鏞，明天好嗎？我們明天再聊，也請你明天一早就給我發那孩子的照片。」

十七

泓完全不知道自己是如何回家的。他打火、轟油門、發呆；將車停在路邊繼續發呆，再打火、轟油門……終於回家了。鏞擔心他，打電話來問時，他已經在書房裡呆呆癡癡地坐著了。姐姐在樓下已經熟睡，這套複式住宅，這幾年都是他和姐姐在住；樓上是他的臥室與書房，樓下是姐姐的臥室與兩間客房。姐姐大他一輪，今年六十四歲了；鄉下的家裡有兩個女兒，都已經嫁人生子。因為姐夫混帳，前些年父親去世後，泓就將姐姐接到了身邊。姐姐是大姐，泓的上面本來還有一個哥哥和一個小姐姐，但哥哥和小姐姐都夭折了。更悲哀的是，母親也在他六歲時離開了人世。

在泓的記憶裡，母親總是在生病，只要變天氣就會沒完沒了地咳嗽。泓經常被母親咳嗽的樣子嚇得大哭，她捫著胸口，咳得臉色發紫，又由紫變白，有時還咳出血來。泓沒有能力幫助母親，他想再咳下去母親一定會死掉的；就像小朋友說的那樣，母親死了就會變成癆病鬼，每天夜裡都會咳著嗽來抓他。姐姐見泓哭得那麼傷心，就把他抱到自己的房間給他講鬼故事。這些故事都是奶奶講給她聽的，有紅頭髮的吊死鬼和綠頭髮的落死鬼，還有癆病鬼和討吃鬼……。鬼故事比媽媽咳嗽的聲音更有趣也更可怕，講到精彩處，姐姐就總是說：「你再哭鬼就會聽見！你看，來了，鬼來了……」泓就會嚇得鑽進姐姐的懷抱，或者蒙上被子恨不能馬上睡著。姐姐用鬼故事讓泓好好睡覺的辦法很有效，父母乾脆就讓泓跟著姐姐睡。

「姐姐，媽媽會死嗎？死了會變成癆病鬼嗎？變成癆病鬼半夜會來抓我嗎？」泓有很多恐怖的問題問姐姐；姐姐總是說：「瞎說，媽媽怎麼會死？你還沒長大呢，你沒長大媽媽是不會死的。」

雖然長期身體不好，母親的性格卻很剛強。她是接生婆，只要不是咳得太厲害，有人要接生，無論夜有多深，路有多遠、多難走，她總要撐著趕過去。方圓幾十里，不知道有多少人是她接的生，又有多少人對她感恩。在外面父親是一個溫和老實的男人，許多人都喜歡和他商量事情，有些事他並無主意，可大家還是願意跟他說。他是一個寡言卻讓人信賴的聽者。……這樣的一家人，不用說人緣總是很好，但很不幸，泓六歲時，母親就過世了，還真是咳嗽死的。聽姐姐講母親死得很痛苦，臨死時還在咳，咳得連死的力氣都沒有了，就又拖了幾天，可剛有了一點力氣就又咳，最後還是咳死在醫院裡了。母親死了不久，哥哥和小姐姐也死了。哥哥是在河裡淹死的；小姐姐得了和母親一樣的病，也是咳死的——真可憐，那麼弱小的身體，沒日沒夜地咳，最後咳出血來，像母親一樣咳死了。後來父親經常怪姐姐給泓講鬼故事講多了——哥哥是被淹死鬼拖走的，小姐姐則是被癆病鬼媽媽帶走的；母親太孤單了，就把小姐姐帶去陪她……

媽媽、哥哥和小姐姐死了之後，泓的性格變得又陰又古怪。父親的性格也變了，在外面依然溫和老實，在家裡卻總是發脾氣。不是因為姐姐，就是因為泓；或者乾脆什麼都不因為，只要心情不好，事情不順，就發脾氣……，但父親像是再也沒有心情好的時候，他每天都黑著臉，不是在堂屋裡做活，就是在屋角抽水煙，抽著抽著就咳。泓經常想父親會不會也會像母親那樣咳死？

泓很崇拜父親。父親的篾匠手藝遠近聞名。他上山伐竹，將碗口粗的竹子分解成薄薄的竹片和軟軟的竹條，當這些竹片和竹條在他手裡嘩嘩抖動，之後又編成涼席和斗笠時，泓就覺得父親是最了不起的。一家人靠父親的手藝生活，但母親不在了，家裡的事就全靠姐姐操持，父親做了竹床、竹椅、斗笠和涼席，也總是姐姐拿到集市上去賣，一家人的衣服要姐姐縫補，飯要姐姐做，豬要姐姐養，泓在外面受了欺侮或在家裡挨了罵，更要姐姐心疼……。在所有罵人的話裡，泓最受不了的就是那句——「你這個癆病鬼養的！」外面的小朋友這樣罵，他總有辦法回敬，可父親有時候也這樣罵，他就只有哭，哭得在地上打滾，哭得都要昏死過去。姐姐說：「爸，你罵得也太毒了吧！」父親就縮在屋角抽水煙……。泓小時候膽子小、愛哭，哭得兇的時候不是打滾就是撞牆，姐姐就對父親說：「你罵吧，你再罵，總有一天他會撞死！」這樣的時候，父親就會默默地討好他。所以愛哭的泓、哭得在地上打滾的泓，也有自己的快樂時光——當父親做了口哨、水槍、笛子和鳥籠子，或者去山上捉了畫眉鳥回來給他的時候，他總是開心的。而且他的開心還大可炫耀——全村，哪怕全縣的小朋友，誰有他那麼好看、那麼好聽的口哨、水槍和笛子呵！

他拿父親給他做的口哨和水槍出去炫耀，有時候還會讓小朋友摸一摸、吹一吹、玩一玩；至於鳥籠子，哪怕再好的小朋友，也只能到家裡來看一看。這樣的時候，泓心裡的驕傲就總含著對父親的崇拜。他想跟父親學做篾匠，父親也有心教他，做活的時候便總讓他在一旁看，偶爾也讓他打打下手。泓很快就學會了自己做口哨和水槍。父親常說：「泓伢子有靈性，手很巧，長大了是個做篾匠的料。」可姐姐不允許，要他每天坐在堂屋裡讀書，他卻畫起畫來；他臨摹小人書，畫的張飛英武雄壯，畫的孫悟空精靈古怪。慢慢地就有很多小朋友來求他畫畫，之後還有大人來求。到了十三四歲，公社修水庫，居然給他工分，讓他去水庫工地畫宣傳畫……。泓就這樣在遠近出了名，後來就被本地的瓷廠招去當了臨時工，之後又被借調到縣文化館，成了姐姐心目中有前途的人。

長姐如母——幾十年來，無論走到哪裡，也無論幹什麼，泓只要遇上難事，就會想起姐姐。只要和姐姐說說話，或者在姐姐身邊坐一坐，他的心都會變平靜。泓知道無論他有多大的成就、出多大的名，也無論他年紀有多大，姐姐都是他心裡的根，只要這根還在，他的心就會發芽……。所以，此時，當泓身心疲憊，枯坐在書房裡時，心裡想的就是姐姐。達和鏞說的事他都應該跟姐姐說。哦，不，達說的事怎麼能說呢？頂多只能說要出遠門，很遠，要去歐洲講學，講兩年三年……。夜太深了，姐姐已經熟睡了。讓她睡吧，他自己也得睡一會兒，明天才好有精神跟姐姐慢慢講這兩件要緊的事情……

泓起床的時候，天已經大亮了，他打開電腦，鏞的照片還沒有發過來，他洗完臉，還刮了刮鬍子，便下樓去跟姐姐吃飯。

「昨天又一夜沒睡？」

「睡了。」

「什麼睡了？你回來都三點了。」

泓便知道姐姐又像往常一樣一直在等他。「姐，開春都一個多月了，今天天氣好，我陪你去逛逛公園吧。」

「不去了，你今天也不要出去了，先上樓睡一會兒，我出去買點菜，給你做釀豆腐，今天就好好休息——看你的臉色，早晚會把身體搞垮，五十出頭了也不結婚，王家要是無後，我怎麼跟爸爸媽媽交代？」

「姐，你又來了！」

這樣的話，姐姐每個月總要說兩三次，但這一次泓聽了心裡十分難受，他知道自己拗不過姐姐，就不再說什麼，獨自上樓去了。

鏞的照片還沒發過來，泓心緒不寧，心裡發空，就在床上躺著，拿了本書茫然地翻看，最後居然真睡了過去……。大約睡了兩三個小時，到了臨近中午的時候，再打開電腦，鏞的照片發過來了——

這就是我的女兒！按湖南的習慣，雪潤給她取了個小名叫蕊妹子。蕊，植物的心尖尖，當然更是泓的心尖尖！泓一張一張照片地看，每一張都看了好幾遍，之後他眼含熱淚，幾乎要哭出聲來……

「吃飯了，下樓吃飯！」姐姐在樓下叫了。泓下了樓，四道他小時候最愛吃的菜已經熱氣騰騰地擺好，姐姐還為他溫了半壺米酒。

「姐……」

「先吃飯，有什麼事吃完再說！」

還是小時候的規矩，吃飯的時候，姐姐是不准說話的。

「姐，你剛才又說了……」

「說得不對嗎？五十出頭了，又不討老婆，又不生伢崽，你要讓王家絕後呵！」姐姐邊給泓夾菜，邊不滿地數落道。

「我有了！」

「什麼有了？女朋友呵？」

「有了伢崽了，是個妹子，都二十一歲了。」

「鬼話，你和瓊分手後，女朋友都不找一個，鬼給你生呵！」

「雪潤生的，在美國，七月份就大學畢業了，計畫八月份回來看我們。」

「真的，昨天鏞說的，剛才他還發了照片來。」

姐姐驚愕地望著泓，眼圈已經泛紅：「給我看看，快給我看看。」

泓邊打開電腦，邊給姐姐說了這件事的來龍去脈。

「蕊妹子！……泓伢子，你看，她的眼睛、腦門，還有手，多像你！……爸媽，你們也看看啊，泓伢子有伢崽了，是個妹子，長得像他，都快大學畢業了……」說著，姐姐竟推開電腦，趴在桌上大哭起來。

姐姐這樣哭著，泓陪著她，眼裡也噙著淚水，大約過了十來分鐘，才又說道：

「姐，還有一件事，我要去歐洲講學，下個月就走，可能要去兩三年。要不過幾天我先送你回湖南老家去？我走了，你一個人在北京我不放心。」

「什麼話？你不等蕊妹子回來？」

「等不了了，早安排好的。」

「我不管。你走，我等她！我要帶她回老家去看爸爸媽媽。爸媽墳前的碑也要重做，得刻上她的名字……」

十八

海倫的日記

四月五日

英小姐如期來了。大半天的會談，一多半時間都在討論泓的創作，討論他與某些思潮和流派的關係。藝術評論的基本功能應該是引領人們更好地欣賞藝術家的作品。說到底，評論家應該是藝術欣賞的嚮導而不是藝術創作的裁判。藝術評論對創作可以無益，對欣賞和理解藝術卻應該有所幫助。但長期以來，評論家已經習慣了高高在上（誰慣出來的？），而且極易形成思維定勢，以至於常將藝術家活脫脫的創作硬往某種東西上靠。就像一個人，本來十分生動的身體，硬要套上一身也許時與合理卻並不一定合體的衣服，生動的身體便不再被人看見和感受到……，藝術家對此總是無語。

我暗自得意，沒有受到太多束縛（實在也是因為我離開這一行太久了），因此才對泓的作品有更深切的理解，而這更深切一點的理解，恰恰是因為我脫去了他的衣服，看見了他的身體，感受到了他的體溫（笑！）……

也許只有鏞的敏感與睿智，才能道出泓在創作上的根由——一個鄉下孩子在這個所謂文明世界遭遇到的各種衝突，以及因這些衝突而產生的疏離感與不安全感。鏞的觀點讓我恍然大悟。然而對於這些衝突、疏離感和不安全感，我真有切身感受嗎？我從小在城市中長大，我與這個城市，或者說與當代這個文明世界是一體的。泓卻是鄉下的一粒種子，隨風飄落到了城市鋼筋水泥的叢林。但城裡的土壤、空氣、水已與鄉下迥然不同。那些他熟悉並習慣了的東西，如草垛上的露水、菜地裡的霜、田野上的薄霧、屋簷上的冰棱……那些竹林、水沼、池塘、蟲鳴鳥叫……都早已經沒有了。我想起家裡的陽臺上，不知怎麼就長出了一株野菊和一個燕巢，泓在城裡，不就像那株頑強的野菊和那隻孤單築巢的燕子嗎？

鏞說：「他的靈魂經常要脫離他的身體飄出去，可脫離之後又要飄去哪裡呢？」我突然明白了，我對他的情感何以總是心疼與憐惜，又何以有一種母性的愛。但我對他的這種情感終究能成為他的歸宿嗎？泓，不拘如何，我願意為你做一切，也願意為你奉獻一切。

鄉下的生活沒有了，童年的記憶也早已破碎，說到底泓需要與這個文明世界和解……。然而，一俟和解，他創作的根由還存在嗎？我突然想到，如果說我一直被命運的必然性所支配，那麼泓就一直被生命的偶然性所主宰。我要打破格式化的生活，到曠野之中去深呼吸；他卻隨風飄落，成了城市叢林的一株野菊；我渴望遠方，他卻漂泊無根。我又十分心疼地想，如真這樣，那麼，那黑色的三個月他不僅避不開，而且還可能是好事。災難將無比深刻地改變著人的命運，也將產生另一種新生，這也許正是命運格外的青睞與饋贈吧。

四月六日

以瓊為主，我、王館長——我們仨，今天和英小姐的團隊進行了商務會談。進展殊為順利，甚至可以說是相談甚歡，成果頗豐。我是第一次參與藝術品交易的商務談判，瓊的表現給我留下了深刻印象——她精明、幹練、爽朗、大氣，熟悉這一行的行情與規則，卻又左右逢源，進退有餘。會談紀要經泓審核後當即簽署，律師將以此為基礎起草合同，十天之後就可以在上海簽約了。正值英小姐每月一次的沙龍活動，英小姐就建議同時舉行一個簽約儀式，正式對外公布此項合作。我期待這項合作早日啟動，泓能夠在七月去歐洲，避開星盤上顯示的黑色三個月。開始，大家對我堅持要為泓安排三個月在歐洲的訪問甚為疑惑（雖然我昨天已另有思考，但我依然本能地希望泓能避開這場災難），但最終還是一致同意了，並將此等事項確定為英小姐他們的義務。我看出瓊對此項提議似有所悟，並與我心照不宣。

……

這份合同一經簽署，泓將成為中國少數幾位身家過億的藝術家。對於他的藝術成就，我們當然大可期待，他此生已無須再為金錢發愁，而只須關照好靈魂、提升幸福的能力就好了。

四月十二日

寶寶病了，連續三天，我那兩歲的小男人一直高燒不已。39.5℃，可憐的他三天來都處於半清醒半昏迷的狀態。他緊緊依偎著我，即便在昏睡之中，一隻小手也依然要抓住我的手，我一動，他就會發出弱弱的聲音，這聲音讓我寸步不離。我向泓請了假，在家裡用物理療法為他退燒。我相信他弱小的生命所蘊藏的抵抗力，堅持沒有去醫院給他打針。三天過去了，我一直在給他做冰敷，每隔半小時就用酒精棉球給他擦身體，餵他稀粥，讓他喝富含維生素的飲料。雖然我有自己的原則與信念，但我依然十分緊張，如果今晚他還不退燒，我也真害怕他會得腦膜炎或引致其他病症……。我這才知道，一個母親盡可有自己的原則（像我，就總相信一個孩子新陳代謝的能力），但面對疾病卻難免緊張和害怕。我期望有人鼓勵自己，我幾乎三天無眠，心裡盼著泓的鼓勵……。然而直到寶寶的燒終於退去，泓居然一個電話也沒有來過。我有理由沮喪或失望嗎？我在心裡罵這冷酷自私的人，可終究還是找出了原諒他的理由，我不怪他了。

泓，這些天你過得如何？此時你在哪裡？學校？工作室？還是家裡？寶寶退燒了，喝了粥，已經很香甜地睡著了；我也得以下樓，在院子裡稍稍散一下步。月明星疏的夜晚，空氣十分清爽。記不清哪本書的主人公說過：「我不喜歡回憶，總覺得那會阻止未來的到達，我寧願將現在與未來混為一談，也不願相信過去。唉，過去全是死東西，任何死的東西我都不喜歡……」可我還是想起你上次的短信，你像是在沒頭沒腦地說：「親愛的，睡吧，好夢。」這麼多天過去了，我們一直沒有機會談這短信，它像是半夜裡落下的一滴露珠，看似無聲無息，可在我心裡，它有過一輪滿怪異的漣漪……。我先得怪自己那天睡著了，也滿遺憾你的短信為何在我睡著時來，而且完全沒有上下文的呼應，讓人疑心這信息全無來由，或乾脆是你發錯了。可過了好些天，你確認給我回過短信。這短信看來真是給我發的，你並無一個可以同時發這樣的短信的人。

不是我較真，我將我的短信以及你的回信複述於此，我總認為這短信另有蹊蹺。

「在嗎，泓？」

「我回家了。你呢？一天沒見，累嗎？」
「在嗎？」
「睡著了？」
「你個狗蛋……，好吧，好好睡吧，我陪著你。」
……
上面是我的短信，一條接一條，你都沒回；直到凌晨一點才收到你的回信，僅僅一句：
「親愛的，睡吧，好夢。」
我想弄清楚，你這沒頭沒腦的回信，是夜深了怕吵醒我嗎？或者，僅僅是一句犯了迷糊的應對之詞？我也想起你說過的話：「只要是兩個人的關係就會是一種綁架，包括親密的情感關係。」
泓，是人都看得出我對你的感情，我也不必避諱。可你這話，若是對我說的，我得說它很傷我；你那短信，若只是應對之詞，則讓我十分厭惡。

四月十六日

今天真讓我既愕然又難以名狀。上午，我照例打開信箱，收到的卻是一封鏞給泓的郵件。郵件的內容讓我十分震驚，問題是，我完全不知該如何處理。我想，鏞一定是因為不知道泓的郵箱已由我管理才發錯了。總之，這郵件陰差陽錯就到了我手裡，令我知道了我不該知道的祕密。現在，若我將此信轉給泓，則一定令他尷尬，或者我該給鏞退信？可這信也的確補充了我對泓、鏞及瓊的認識。我且將這信暫時保留，另擇時機再看如何處理。

下面是鏞給泓的電子郵件，我全文記載，並無刪減。

鏞給泓的電子郵件

泓：

英小姐來的那天，我已知道天將大變。一些大事將發生，一些人的命運也將因此而改變。你固然是這變化的主角，我卻也不能倖免。與英小姐的合作固然會使你再獲成功，但你知道這已不是重點。那天，客人散了之後，只剩下我倆在你樓上的工作室，你講了達的事，我也講了雪潤的事。我原本已有衝動給你講另一件事，但看你當時的狀態，又實在不忍心。我怕你連遭變故，既吃不消，又亂了分寸。這樣過了幾天，我猶豫是再約你見面呢？還是像這樣寫封郵件？若當面講，我既怕講不完整，也怕不客觀——我可能被你打斷，也可能與你發生爭執；再者我得顧忌你的情緒，從而使我當講的話不能完整講出。我想得很明白，我必須將此事的原樣及我的真實想法全告訴你，否則，我們三十餘年的友誼就會有所保留。我同時擔心，再晚一些，這封信你是否還能收到？

我先告訴你結論，再告訴你原由。你聽好了，從明天起，我決定追求瓊，並請求她儘快與我完婚。我也不妨告訴你，在寫此信的同時，我已給她去信，約她見面。在信中，我已對她坦陳心跡。

促使我做出這個決定最直接的原因有二。其一是你上次來我工作室，我問你如何處理與瓊的關係。我看出你眼神閃爍，態度曖昧，完全迴避了我的問題。我當時就明白了，你已不準備再考慮與瓊重修舊好，更無與她結婚的打算。你只需要她做你的經紀人，或按你的話說，你們是好搭檔。其二是你講了達的事。我清楚你現在吉凶未卜、前程難料，你忐忑不安，更無能力應對。顯然你已不具備再與瓊重修舊好的條件。可我，已經五十三歲，瓊也三十八歲了，我們都耽誤了太多美好的年華，現在不應該再耽誤下去。因此，雖然本無必要，我還是要在此聲明，我在這種情況下追求瓊，並不違背兄弟情誼，我沒有橫刀奪愛。我將你既無心也無力做的事接了過來，也不是為了幫你。說得再透澈一些，我的情感與你並無交集，你的情感也與我無關。我追求的瓊不過是你的經紀人，我沒有做任何對不起你的事情。當然，會另有他人對此橫加議論，可這與我何干？

接下來，我要告訴你我這樣做的原由——我想這也是你急切想知道的。很簡單，我需要她，她也是我在這個年齡想要的女人，至於我為何需要她，我也不妨直言——我獨自一人生活得太久了，我想找合適的人結婚，生兒育女，也想從孤冷的音樂世界回歸到平淡的日常生活。一個五十三歲的老男人想享受一下生活當然沒什麼可奇怪的，可你接下來一定會問——為什麼是瓊？這當然會是你關心的重點。好了，我不用「愛」這個俗詞，這是你們年輕時用濫了的，我頂多用「欣賞」或「需要」這樣更真實的字眼。瓊可以彌補我生活和天性的不足，會引領並改變我。你知道，我因為長期獨處，生活的欲望已越來越少，內心又太過冷僻，對這個世界已再無好奇與熱情。但瓊不同，她是真正熱愛生活的人。呵，熱愛生活，這頂桂冠豈是誰人都可以戴的？捫心自問，我們四個——你、我、達、灩，哪一個對生活沒有過頹唐和厭倦？哪一個沒有過絕望和沉淪？又有哪一個不是只愛生活中的自己？

只有瓊，無始無終地熱愛生活，無始無終地保持著熱切的目光和充沛的活力……

下面，我很遲疑，要不要告訴你我的一段經歷？一方面，這會涉及瓊的隱私與名譽，而我並未徵得她的同意，另一方面我也拿不準你聽了之後的態度。但我反覆思量，最終決定告訴你。直接說吧，瓊與你分手後，嫁給了一個做絲綢生意的比利時籍華人。可不久她的丈夫就破了產。那位仁兄原本也只是一個小商人，瓊只是為了出國，或按她所說的，她總得嫁人，才與他結婚的……，這種情形下，兩人很快也就離了婚。瓊在比利時過了一段很窘迫的生活，之後就去了巴黎，申請了朱莉學院的學位——這些想必都是你知道的。那一年，恰好我到巴黎，有一天和朋友去一家演藝廳消遣，是那種有豔舞和包房的狎邪場所。二十幾個豔舞女郎在臺上扭腰劈腿，燈光炫目，紙醉金迷，其中一個我總覺得似曾相識，便動了好奇之心，讓舞廳經理請她到包房。她進來之後，先是一愣，但很快就像平常招待客人一樣招待我。雖然燈光幽暗，我還是馬上認出她就是瓊。我十分驚愕，試圖和她聊聊舊事，也想瞭解她的近況，但她只把我當作客人，陪我喝酒，並多次打斷我，說我大約是認錯人了。顯然她並不打算與我相認。之後，我便一直在舞廳的門口等她，而她只打發人給我遞了一張字條，上面只有八個字——「各有尊嚴，善自珍重。」當晚我未能再與她見面。第二天，我去了朱莉學院，也找到了她，還在學校的咖啡館請她喝了咖啡。她已與昨晚在舞廳的樣子判若兩人，完全是一所名校的學生打扮，氣質高雅而清純，讓人只見出她快樂爽朗的天性。這情形——老實講，讓我頗有些窘迫，我只低頭攪動手裡的咖啡，不知如何開口，而她照舊是一派明媚開朗的樣子，問了你的情況，並恭喜我演出成功。我問她是否遇到困難，朱莉學院是天價學費，她孑然一身，我委婉說出可以資助她的話，誰知她立即翻臉，很嚴肅地說道：「你以為你是誰？你有名有錢就很了不起嗎？」隨即她不辭而別，卻又在走時回過頭說道：「請記住我字條上的話。」我猜想她一定是遇上了難題，才去兼職做豔舞女郎。可這職業對她的名聲不利，而且一旦學校發現，定會終止她的學位資格，所以才去學校找她，想幫她承擔學費⋯⋯。之後我再無她的消息，直到前些年回國，才知道你們已成了搭檔，有了一番滿成功的事業。如果不出現前面那些事，也許也不會有我這封信，我一直認為你們早晚會重修舊好，卻不知老天給我留下了機會⋯⋯

我猜，讀到這裡你一定已經驚愕不已。我知道我們共同認識的許多人，包括你在內，都認為瓊是趨利避害之徒。你在心裡其實一直對她心存鄙薄。而且正是這心理阻止了你們的復合。你的邏輯在於：你把瓊當年因為你窮而離開你當作是背義，又把瓊在你狀況好的時候回來當作是趨利。依中國的傳統，趨炎附勢向來被文人雅士鄙棿。你當自己是文人雅士，當瓊是勢利小人。但若撕開面具，文人雅士最關心的就是功名，功名之徒又有哪個不是勢利的？再者，趨利避害又有何不可？當年你那麼窮，瓊就應該離開，她這樣做又有何錯？等你情形好些，有條件一起做事，這是成就彼此的事情，若說她是趨利，難道你就沒有受過恩惠？想想之前有多少人去你畫室買畫，現在你又如何成了中國賣價最高的藝術家，並有機會與英小姐簽約，躋身於少數幾位身價過億的藝術家行列，這期間難道就沒有瓊的功勞？這樣說來，還真虧了瓊的趨利避害。今天我可以坦言，趨利避害就是她的道義，對自己和對他人的道義。我還大可再列舉她的若干優點，比如真實、健康、精明、幹練，善於處理各種矛盾，也善於為自己爭取到利益……，凡此種種，我們四人之中又有誰人能及？這些年，我常被她似乎永遠熱切的目光感染，我也突然覺出，我比你更瞭解也更懂得欣賞她。正是因為這樣，她對我的意義也遠大於對你的意義——你只當她是一個搭檔（現在好了，你又有了英小姐，這搭檔或許也可以不要了），而我卻把她當作伴侶，我們自可相濡以沫，相伴一生。

我又想到雪潤。自從我告訴你蕊妹子的事，你當明白，雪潤將這孩子生下來，悉心照料，養大成人，又要在她大學畢業時帶她回來，與你相認——你難道真認為她是只為自己贖罪嗎？她究竟犯了多大的罪要用二十二年來贖？她當蕊妹子是你們愛情的結晶，這麼多年，她一直愛你。我也坦言，瓊也是，她當年從歐洲回來，一門心思做你的畫，才使你有了今天的成就，難不成你真以為她只是為了錢？不，你錯了，你認不出一個女人的真心，你瞎了眼，才一次又一次地失去……

藉了這兩個女人的事，我願再講幾句真心話，我下面說的，但願你能當作逆耳忠言。你知道英小姐來的那天，我對你的創作有過一段評述，概言之，我談到了你，作為一個鄉下孩子，以未泯的赤子之心與這個文明世界的各種衝突，以及由此而引致的各種疏離感與不安全感。現在我要說，這僅是從同情及理解你作品的角度講的話，從創作的角度看，這一切都是好的。但從一個人完善自我的角度看，你想過沒有，你離開鄉下來到城市已經三十餘年了，你與這城市的和解僅僅是你順認了它的某些格式與規則，你當了院長，成了所謂最成功的藝術家。可你真正理解這個與你相衝突的文明世界嗎？你有過必要的寬容與胸懷嗎？坦率講，僅從雪潤和瓊身上（其實也包括從你的作品中）看，你沒有。不僅沒有，你心裡還殘留著很濃的鄉下人的狹隘意識與本土觀念（鄉下人，這個詞在這裡僅是借用，並無歧視）。你功名心太重，什麼都想要；可要是得到的東西與你的某種意識或潛意識發生衝突，你就會毫不留情地把它撕毀。你因此會永無歸宿……。我曾多次對你說：凡事還是少些好，少的東西你總會留住，那才是你真正需要並可以歸依的——椅子一把足矣……。不過你從不是一個缺少運氣的人，雪潤沒有了，瓊也一定會走，可據我觀察，另有一人已經在一旁愛你，但願這次你懂得珍惜。情感如此，事情也一樣，這個世界總會有我們安身立命之所在，這起碼的信念，我相信你會有。」

以上便是鏞寫給泓的郵件。到了晚上，我又重讀了一遍。我決定轉發給泓——無論如何，他有權立即看到。

鏞顯然在為瓊辯解，且將這辯解發揮到了讚美的程度，這是戀愛中人常有的偏激與熱情，從中亦可看出鏞可愛的天真之心。

泓，真是只從自己角度考慮問題的狹隘自私之人嗎？鏞的例證僅來自雪潤與瓊。雪潤，一定就是泓那短暫的前妻了吧。她既為贖罪而來，瓊又因避害而去，那麼，在這兩段感情中，泓便都是受害者。至於鏞關於趨利避害的觀點，我也並不贊同。愛一個人就該與他同甘共苦，這應該也是最基本的原則與道義。

給泓轉發郵件時，我也寫下了附言：

泓，這是鏞寫給你的郵件，他應該是發錯了，以至於讓我知道了不該知道的事情。這郵件的內容令我震撼！我看見鏞、瓊、雪潤，無一不是愛你之人。我只想說：你好福氣，命運既有如此饋贈，我們又何懼之有？

十九

收到鏞的郵件後，泓打電話約海倫去他家裡。英小姐走了之後，他們又有十來天沒有見面了。泓忙於學校的事情；除了那兩件裝置，工作室最近也無大事。海倫繼續整理他的作品，確定好要參展的作品後，則要一一標注。

下午四點，海倫特意提前到了泓的家裡，她想和泓姐先見見面，多瞭解一些鏞所說的那些對泓的創作影響至深的「童年記憶」。泓姐的身形如此瘦小，實在讓她吃驚，相形之下，泓要強壯多了。但姐弟倆的神態、表情、說話的口吻卻驚人地相像。她熱情地接待了海倫，在稍後的閒聊中，海倫才知道她是早產兒，生下來還不足四斤，是十分勉強才活下來的。泓六歲時母親就去世了，正是這位「勉強活下來」的早產兒姐姐帶大了他，讓海倫強烈地感受到了她的堅毅與頑強。

「這個家已經好多年沒有來過妹仔了，我這個弟弟，只曉得工作，不懂得生活。可你看，一個家沒有女主人就沒有人氣。」

泓姐沏好茶，坐下來說道。海倫注意到她的步履似乎有些畸形，猜想她小時候是否患過輕微的小兒麻痹症。

「他經常提到你，今天見了才曉得你這麼漂亮。他對你還好吧？」

「好呵，先生現在是大忙人，他沒時間陪你，以後我就常來。」藉著閒聊，海倫打量了這個家的布置與陳設。正如泓姐所說，這家的氣氛真冷，一個客廳和一個餐廳，雖然家具都很精緻，但一看就知道很少有客人來；餐廳也很冷清，看來除了早餐，泓也很少在家裡陪姐姐吃飯。

「泓姐，前些天開會討論先生的創作，專家們都談到了他小時候的經歷與他的創作的關係，你給我說說他小時候的事唄。」海倫說。

「他小時候……不就是膽小愛哭嗎？我媽走得早，他成天哭，要哄他睡覺，就靠給他講鬼故事。『鬼來了，鬼來了，你再哭，鬼就真來了。』他就不敢再哭，抽抽泣泣，蒙著被子就睡著了。」

「他很膽小呵？」

「膽小呵，跟個小姑娘似的，從不敢見生人。但脾氣倔，人很聰明，做事情也滿專心。我爸是個篾匠，做活的時候他總在一旁看，一看就學，一學就會。爸爸一直後悔，說沒讓他做篾匠很可惜。」

海倫笑了笑，聽泓姐繼續說：

「就說玩泥巴吧，鄉下孩子天天都在石板上玩泥巴，他當然也玩，可別人玩的是泥巴，他卻用泥巴捏出了小雞、小鳥、小鴨子……。有一回，他抱了個還沒長熟的西瓜回來，我爸一看就罵，說一定是他從隔壁王大爺的瓜地裡偷的，瓜還沒熟就偷了，真是造孽。他大哭，硬說不是偷的，是王大爺給他的。這次連我也不信。王大爺那麼摳的人，怎麼可能瓜還沒熟就給他？就把他叫到屋裡去盤問。他說是和王大爺打賭贏的。又說他看地裡的瓜慢慢長大了，就天天趴在地裡看。王大爺說：『你饞了吧，可就算天天趴在地裡看也不會給你吃。』『要是你的瓜死了呢？』『我種了這麼多年瓜，瓜好好的，怎麼會死？』『那我們打賭，如果過兩天瓜死了，就給我吃。』『打賭就打賭，我天天在地裡，你也討不了巧。』沒過幾天王大爺的瓜真就死了，老爺子願賭服輸，就給了他一個瓜。『那瓜怎麼會死呢？』我問他。『我用針扎死的，用針扎瓜藤，藤死了，瓜也就死了，可外面看不出來。』……

海倫聽了，禁不住咯咯大笑。

「這件事在我爸那裡卻成了天大的事情。他開始認為瓜是泓伢子偷的，聽我講了事情的經過，更認為是泓伢子耍奸！手藝人吃的是本份飯，我爸那天真是氣壞了，把他痛打了一頓不說，還把他關進了豬圈，不認錯就不准他吃飯。泓伢子呢，當然不明白爸爸的苦心，在豬圈裡哭了一天，居然也不肯認錯……」

正說著，泓就開門進了屋。

「說什麼呢？這麼開心！」

「說你小時候的糗事呢。」

「什麼糗事？」

「膽小、賴皮、耍奸呀……」

「姐，我和海倫上樓談點事，你做幾個湖南菜，留她吃飯吧。」

說著，泓就領海倫上了樓。樓上只有一間臥室和一間兼做工作室的書房，但氛圍已與樓下完全不同。書房看上去是兩間房打通了改大的，一面是坡屋頂，有兩扇長方形的天窗，陽光照進來，使整個工作室格外明亮。

兩人在書房的沙發上坐下來。夕陽正好從天窗斜照在泓的身上，使他的臉色看上去比平時更紅潤。海倫覺得，與泓單獨在一起的時候，時光總是很靜很慢，好像要停在那裡，再也不願往前走似的。這會兒正是兩人靜靜聊天的好時候。

「我這個姐姐可真不容易！小時候受苦，嫁了人，又被男人欺侮。」

「姐姐小時候是不是得過小兒痲痹症？」

「是，我就是這個小兒痲痹症的早產兒姐姐帶大的。」

……

「海倫，鏞的郵件你看了吧？」停了一會兒，泓才又問道。

「看了，我也給你留了言。」

「我想聽聽你的想法。」

「這信的內容讓我很震驚，尤其是瓊姐姐，還有雪潤，你們好像有個孩子，叫蕊妹子。但我不知道詳情，也不好多說。」

「我也是第一次知道這麼多事情，鏞喜歡瓊，還想儘早娶她。」

「剛開始我也很震驚，但再細看鏞先生的郵件，倒也在情理之中，不難理解。我當然也好奇，瓊姐姐回國這麼多年了，你們一起搭檔做事也很多年了，怎麼就沒有重修舊好？你和她在一起應該也是滿開心的吧。」

「感情上的事沒道理可講，來了就來了，去了也就去了。瓊的確是一個有熱情和感染力的人，但她只喜歡我的成功。若真要分析，只能說我們的生活態度與目標不同。她很清楚自己要什麼；而我呢，恰恰對自己又總在懷疑。說白了，我是一個沒有明確生活目標的人。所以她給我的壓力就總是很大。我總覺得像是一直在被她拖著走，我想停下來看看路邊的風景，想漫不經心地發發呆，可她既無興趣也沒心思。她是一個直達目的的人。至於她為了求學做過一段豔舞女郎，我倒也沒什麼可驚奇的；這符合她的性格，她也不會在意這些，她一直敢作敢為，而且萬事不求人……」

「你呢，在意嗎？」

「不在意，只要她想好。」

「如果你還愛她，你也不在意嗎？」

「……哦，也許，當然很在意了！……」泓雖然遲疑，但還是很明確地說道。

「你剛才說你是一個沒有明確生活目標的人，可你當院長、畫畫、出名、成為賣價最高的藝術家，這些不都是你正在追逐並一個一個實現了的目標嗎？」

「看上去都是目標，其實只是一個又一個的欲望，或者說白了，在這個世界上，你得這樣做而已。可當這些欲望滿足之後，心裡就會無比空虛。這些所謂的成功，本質上只是與人交往上的成功——無外乎你得到了別人的認可，可你自己認可自己嗎？只要你心裡還是空的，你就沒有真正認可你自己。」

「所以你就一直飄著，沒有目標，沒有安全感。」

「是的，可瓊只喜歡我被人認可，卻看不到我不被自己認可時的痛苦與迷惘，甚至完全忽視。在她看來，只有被人認可才是真實的和有價值的，不被自己認可則是無病呻吟，也是虛幻的，無意義的。這也是我們最終不能在一起的原因吧，老實說鏞和她在一起，結果會怎樣？我也是擔心的。」

「鏞說他想回歸日常生活，而他認為瓊正是熱愛生活的典範；至於你們倆，瓊要的只是結果而你卻迷戀過程。」

「也許吧，可鏞想要回歸的生活與瓊熱愛的生活是一回事嗎？」

「泓，對於鏞先生和瓊姐姐我們唯有祝福。」

「那麼雪潤呢？」海倫接著又問。

「說實話，這個名字我總有二十來年沒再提起過了。她是一個老實人，可就是這麼一個老實人，幾乎毀滅了我對愛情與婚姻的信念——連她也不能將愛情貫徹始終！……也許她和我一樣，也不知道自己想要什麼。」

「也許她真是一時失足，犯了錯而已。生活中到處都是錯誤，也到處都是犯錯的人，你是不是如鏞所說，該寬容一些？」

「生活並不是由對與錯、是與非、好與壞構成的，生活是一顆顆活潑、跳蕩、敏感、脆弱的心。」

海倫被泓的話深深打動，她轉移話題，問道：

「那蕊妹子呢？她計畫八月份來看你。」

「我還能見著嗎？也許見不著了，這也是命！」

這個可憐的男人！突然變得那麼迷惘、那麼絕望和憂傷。海倫站起來，拉起他的手，將他抱在了自己的懷裡，泓也順從地將自己的頭埋在了她的胸前。兩人就這樣長久地抱著，誰也沒有再說話。他們都恨不能被夕陽收了去，好熔化在一起，變幻成天邊寧靜的晚霞。

……

吃完飯，兩人又上樓。

「海倫，你一切都知道了，我就像個透明的人站在了你面前。這些事本來打算在合適的時候講給你聽，鏞的郵件給了我機會，讓我今天講了，雖然有好些我也是剛知道。」

「像透明的人一樣站在了我面前？那你還在等什麼？」海倫這麼說著，熱烈的目光便充滿期待與快感地迎向泓。

「我在等時光、命運與裁決。」

「泓，不需要裁決，往後的時光是屬於我們的，命運也是。今天我就留下，我留下好嗎？你喜歡嗎？」海倫的聲音已越來越熱切，心也撒了歡似地跳蕩著。她伏在泓的懷裡，緊緊地抱著他。

「海倫，你聽我說。」泓直了直身體，捧起海倫紅得發燙的臉，凝視著，又十分嚴肅地說：

「你也看出來了，有場災難要來。我現在是吉凶未卜，預測不了任何結果，更給不了你任何承諾。」

「再大的災難都會過去的，我也不要你什麼承諾。可是你一直沒有跟我說究竟是什麼事，現在能告訴我嗎？」

「我約你來，就是要跟你說這件事，有些事也要與你商量。」

接著，泓就將達的事前前後後地說了一遍。

「瓊諮詢過律師，這件事可能不那麼簡單，眼下的形勢你也知道，我可能會涉嫌行賄，要是那樣的話……」

「這叫什麼事呵，一個藝術家不當官、不發財的，將自己畫的畫送了一張給朋友……」海倫打斷泓的話，很激憤地說道。

「海倫，你聽著，接下來有些事我們要安排好。首先是與英小姐的合作；我們已經簽了合作備忘錄，按約定過幾天就要去上海簽約，她還要開新聞發布會。所以，我滿猶豫簽不簽這份合同。若是簽了，沒幾天我卻被帶走了，這會成為一個笑話，對英小姐她們更不公平。」

「可你又有什麼理由不簽呢？英小姐她們是國際大公司，這項合作他們的董事會一定已經開過會了。你突然不簽，又沒有一個正當的理由，那置英小姐於何地？公司董事會會怎麼看她？人家是職業經理人，受不了這個的。」

「瓊也這麼說。可一旦簽了，我要真有事，又怎麼收場？」

「你就肯定你真有事了？不過是達的一句話，我說過的，只要避開七、八、九三個月就沒事了。何況你出了事，你的作品又有何罪？」

「話是這樣講，可要是有事，我的畫在市場上就會有波動，這對英小姐她們不公平……。好了，我們都再想想。」

「如果真有事，學校的工作校方自會安排，副院長是一定會被免掉的，也許還會開除公職，……不過無所謂了。讓我放心不下的只有姐姐和那個將回國的孩子……」泓繼續說。

「我前些天對姐姐說要去歐洲講兩三年學，想這幾天送她回湖南老家去。可她不同意，非要留下來等蕊妹子，還要帶她回湖南老家去……。其實最終也瞞不住她，只是我不能面對也沒有勇氣對她說。還有那孩子，之前她是如何想像自己的父親的？這會兒面對的卻是一個罪犯……」泓說著，已有哽咽之聲。海倫明白他心裡的苦楚，抱著他，輕輕地撫摸他的頭髮和臉頰。

「別想了，事情還沒有出現，誰也不知道結果。不過你放心，你要真有事，我會常過來陪姐姐，慢慢地也會跟她講清楚，她是受過苦的人，這點事不算什麼的。至於蕊妹子……」

「我想，如果她真回來，你和鏞就一起去接她，陪她逛逛北京，和她成為朋友，慢慢地再跟她說。總之，希望這個父親不要讓她太失望了。」

「不會的，別想太多了，泓，我也是做女兒的人，我瞭解一個女兒的心。」

「還有，如果我們繼續與英小姐簽約，瓊的公司就是合作一方，可我要有事，瓊一定會被牽連，依她的性格，她一定會馬上去歐洲躲起來……。瓊提出了一個想法，想將公司全權委託給你，她不在期間，由你出任總經理……」

「這都是你們商量好了的嗎？」海倫直起身子，問道。

「是瓊提出來的，讓我先問問你的意見，她會將公司30%的股份無償轉給你。」

「那她自己為什麼不說？這是你的公司還是她的公司？」

「她只是不好跟你說，讓我先問問你的意見。」

「好啦，泓，你太操心了，看來鏞說得對，你是什麼都想要……。你也累了，現在你休息一會兒吧，把眼睛閉上，什麼也別再想。我下樓跟姐姐說幾句話就走。」

說完海倫就下樓去了。泓呆呆地坐在那裡，不知道海倫的態度為什麼突然就變了。他獨自在沙發上坐了一會兒，心裡實在不安，就又下樓去。只見海倫在樓下跟姐姐有說有笑，完全沒有剛才惱怒的樣子。

「我走了，泓姐。」

「我送送你吧。」

「不用，我自己走。」

海倫出了門，甚至都沒回頭看泓一眼，就將敏感而多思的泓獨留在淒迷的黑夜裡了。「愛女人或者認識女人，兩者必須擇一。」他想起尚福爾的話，自己已經五十二歲了，卻還是不懂女人，他感到既傷感又沮喪。

二十

海倫的日記

四月二十日

真是倒楣的一天，就像見了不該見的汙穢之物，噁心得直讓人反胃。我幾乎要朝天罵娘了——操，什麼東西！

三媽姐一早就約我，我無心見她，可她說有正事，似乎還很急。我們照例在外面的咖啡館見面，她問起我的情況，依然十分關切。

「平連孩子的撫養費都不給了吧？而且他父母……」

「您怎麼知道？」我愣了一下，這事我連父母都沒說，她怎麼就知道了？

「甭管我怎麼知道，是不是吧？當初我就勸你別換工作，現在好了，工作室那麼點錢，你還帶著孩子，又是過慣了好日子的，難不成真要一夜回到解放前去嗎？」她一副先知先覺的口吻，但不知為何，我聽到的卻只是她的幸災樂禍與洋洋得意。

「你看我像嗎？」我笑著問。
「還嘴硬，缺錢就說話，別一個人扛。」
「遵命，一定！有三媽姐在，我犯什麼愁？」我調侃著，跟她開起了玩笑。
「這麼著吧，我有個客戶，見過你一面，之後就常唸叨你，說……」
「怎麼著？要當紅娘呵。」我打斷她。
「也不是正經對象啦，人家是有家的，不談婚論嫁。」
「那是什麼？」
「他就想找個喜歡的女人，每週見一兩次面，調節一下心情。」
我大吃一驚，但忍住了，繼續問：
「然後呢？」
「錢，你隨便花，你也可以說一個數。兩人相處無論長短，大家隨緣。哪天你有了正式的男朋友，他就自動退出，絕不糾纏。」
「就是包養唄。」
「是包養，可不是一般的主兒，人家根本不在乎錢。」
「夠了！」我要罵人了！可我還是笑著說：
「我先問您個問題。您說，一個女人能將自己的感情與身體分開嗎？」
「可以啊，有什麼不能的？」

「那你跟我爸呢？」

「你瘋了？這怎麼能比？我和你爸，當然是因為愛情。」

「愛情？可我爸同時就有好幾個女人，你有幾個我不知道，但至少有老公。你們的愛情又該怎麼分？」

「你以為是分糖果呵，愛情從來都是獨一份，只能給一個人。」

「哦？那你給我爸爸的是肉體還是愛情？如果是愛情，你卻把肉體給了另一個男人，你對得起我爸爸嗎？」

「越說越不像話了。說你自個兒的事吧，你現在有困難，有個人幫襯多好呵，而且你三十二歲，正是虎狼年華，也需要有個男人……」

「你給我滾！」我終於忍無可忍了，將手裡的熱茶朝她臉上潑了過去，她驚叫起來，萬分驚訝地看著我，接著就撒起潑來——

「你以為你是什麼貞潔聖女嗎？你爸當年就是這樣跟我說的，那個老東西，啐了我一臉，我就啐還給他閨女！哈～哈～哈～」

我氣得發抖，卻再也沒說一句話。這卑汗之人就是我叫了多年的三媽姐嗎？她侮辱了我也侮辱了我的父親。回到家，我忍不住大哭了一場。我突然想起我的父親，那些所謂的媽姐是不是也只是他包養的一具具臭肉？我想起媽媽，這麼多年她到底在扮演什麼角色？她和父親以及三位媽姐之間究竟是一種什麼關係？所有這些，我之前居然都沒細想過，我滿以為我的家充滿了愛，我信任一切相愛的人。我幾乎是在狂怒中給媽媽打了電話——我要她立即來，來給我講清楚。

媽媽來了，我將那女人的話原樣講給她聽。沒等我說完，她就咬牙切齒地罵道：

「這個賤人！禍害了一個還不夠，還要來打我女兒的主意。她是在報復呵，報復你爸，也報復我們全家。」

「什麼禍害了一個人還不夠？她禍害誰了？」

「平呵，平最早就是她拉到賭場去的呀！」

我腦子「嗡」的一聲，這才想起這個女人是在澳門經營賭場貴賓廳的；而平每次去澳門也都是找她……。還有，她居然知道平停了寶寶的撫養費，難道？……呵，老天！普天之下怎麼會有如此邪惡之人？

「她報復什麼？為什麼要報復？」我儘量克制著，我今天一定要讓她把一切都告訴我，關於媽姐，關於爸爸，也關於她自己。

「她原是你爸單位的，本來已有男朋友，都要結婚了，是你爸插了進去；之後又不和人家結婚。這麼些年過去了，她年紀也大了，才隨便嫁了一個人。也不知道你爸當年給過人家什麼承諾，總之多年來她一直恨意未平。我早就知道她會惹出事來，她是一個不安分的人，我也一直在勸你爸早一點跟她分手，可他當斷不斷，才有今天……」

「這麼邪惡的人，您們還姐妹相稱！您這麼多年扮演幸福的樣子，又是給誰看？您也是受過良好教育的人呵！」我憤怒地責問道，媽媽竟大哭起來。

「我願意嗎？你以為我願意嗎？」她幾乎是撕心裂肺地喊道。

「我向來身子弱，生了你之後，得了婦科病，心情就一天比一天抑鬱，對性也越來越冷淡，越來越反感。可你爸這方面又強。我覺得虧欠他，就只好隨他去。不就是找個女人嗎？這種事現在還少嗎？只要他對我們母女好，這個家就還在。」

「那你也不用裝呵，還往家裡領，還媽姐媽姐讓我叫。」

「人心險惡呵，你知道有多少人是因為情婦舉報才出事的嗎？一個女人就是一個坑，你爸的那些女人，一旦關係處不好，鬧出點兒事來，就是滅頂之災。我得護著你爸，護著這個家呵。」

我愕然地看著她，心裡翻江倒海，卻不知道再說什麼。

「您先走吧，讓我靜一靜。」我低聲說道。

媽媽走了之後，我已亂箭穿心。我噁心、憤懣、悲傷、羞辱，我是一個多麼天真的傻女人，我不瞭解這個世界，還以為有自己的原則與見解……

四月二十二日

翻開前天的日記，禁不住又噁心起來，這麼汙穢的事我竟完整地記了下來，我恨不能撕了這日記，也撕了那些卑汙之人。可我要撕裂的人也包括我的父母嗎？他們地位不低，但尊嚴何在？他們何至於如此？簡直就是背德，甚至更有甚之。然而如此背德之人竟不在少數，此類現象也不足為奇！看來，潘朵拉的盒子真的已經打開，我們無處可逃。相形之下，泓的品德多麼高尚呵，泓，真得感謝你，你與這個世界的衝突正是你有獨立人格與高尚情操的表現，你的疏離感是純潔的，一切的美皆因為你純潔，一切苦難也不例外……

四月二十四日

今晚泓、瓊、王館長和我到了上海。明天上午是我們與英小姐的簽約式，下午是新聞發布會，晚上是歡迎宴；後天是英小姐的沙龍活動。很自然，泓是這期沙龍的主旨人物……。這次出行，大家談話甚少。泓、瓊和我都是各懷心事的人，王館長最無辜，他莫名其妙地夾在了三個心事沉重的人中間，話多話少都不討好，便只在一旁看赫塞的《荒原之狼》。

「這小說不錯，赫塞另有一部長篇《知識與愛情》和一部中篇《流浪者之歌》也相當精彩。」泓與王館長閒聊著。

「在赫塞身上，美還是完整的，浪漫的，之後就破碎了，人格也開始分裂，一切都變得碎片化了。」

「是的，榮格也曾說過——『今天的世界命懸一線，這根線就是人的心靈。』泓院長，你在歐洲多年，對德國文學應該多有涉獵吧，照你看，中國作家和德國作家相比最缺什麼？」

「這題目太大。以我的淺見，他們最缺乏真誠及對終極價值的追問。」

「那麼，中國的藝術家呢？缺的又是什麼？」

「同樣，缺乏誠意、精神與靈魂……。以我剛才提到《知識與愛情》為例，歌爾德蒙的遺作是一幅聖母像，是他歷經世事，愛過無數女人，又用了一生的熱忱與夢想，將他感受到的美凝結而成的。畫畫完了，他人也死了！他一生的愛，他生命最後的氣息與光澤，都在他的作品中了。」

我在一旁聽著，心裡禁不住又湧起對泓的愛。這個男人在談論藝術的時候可真美。而瓊此時正好看見我的眼神，我猜她心裡也一定在想：「當年我也是用這種眼神看泓的，我迷了他那麼多年，現在到頭了。」

我在想，瓊是否知道鏞給泓寫了那麼一封信，而且我也看過了。我們仨，其實都知道謎底，但誰也不願揭開。我感到泓在避免與我們坐在一起，他心裡一定還有某種尷尬，有些事他並沒有放下。我呢，很想當著瓊的面挽他的手，可他似乎在迴避。加上又有一個外人王館長，所以我們真成了有隔膜的三個人。老天讓我們缺席了另一個男主角——鏞。要是鏞在，情形又當如何？如果有一天，我們四個人的關係確定下來，我們一定會是這世上最知心的兩個家庭，那該是何等美妙的福祉！我真盼著自己成為這個有福的女人……

毋庸諱言，那天在泓家裡，說到讓我出任總經理時我所發的無名火，證明我對瓊心存嫉妒。可我嫉妒她什麼呢？泓的行為告訴我他已不再愛瓊。可事實上，我依然能看出她在他心裡的地位。他們相識那麼多年，她那麼深刻地影響過他。而我，留在泓心裡的印痕還十分淺顯，我們還沒有產生命運上的關係。那麼好吧，也許我真該接手瓊的公司，在這麼一個複雜、微妙甚至危機的時刻，我要努力保全他的事業。瞧，我這個熱戀中的傻女人！

四月二十六日

兩天的活動十分圓滿。簽約之前，泓堅持讓律師在合同中加了一條特別約定：「合同各方任何一方若有違法行為並導致刑事訴訟時，其餘各方可以單方而無條件終止本合同，並有權向違約方追索相關賠償。」我明白泓的用心；他沒有理由不簽這份合同，只希望自己一旦有事，能給英小姐她們最大的選擇權。這個善良的男人再一次讓我感動！

新聞發布會上，泓回答了記者大約七八個問題，無不真誠、得體。當記者問他未來兩年有什麼創作計畫時，他說自己只想滿懷誠意地畫畫，畫有靈魂和精神的畫……。這本是他對當下藝術創作的批評，卻成了對自己的鞭策與勉勵。

豐、倫和睿都專程來參加了新聞發布會和沙龍活動。豐從杭州過來，身上依然帶著他清瘦卻絕塵的風雅。他希望泓能藉此機會去他在西溪濕地的工作室小住。

沙龍活動幾乎成了泓的專場。英小姐在德國的合作伙伴也專程飛了過來。英照例請了藏家和評論界人士。王館長的發言很觸動我，他可真快，昨天還在讀赫塞的《荒原之狼》，今天卻在發言中善加引用了：

「他是一個陌生的、野性的，也是膽怯的生物，因路過來到我們中間，來到城裡，來自另一個與我們完全不同的世界。」

英引用了鏞上次的觀點，也充滿詩意地善加發揮：

「先生的作品，令人信服地表達了他的不安、飄泊與鄉愁，而這些正是藏在我們心靈深處，並讓我們時常悸動的情感……」

睿寫了一篇長文，分別從社會學、比較文化學和飄泊者的角度詮釋了泓的作品，她認為泓的創作具有多方面的喻示……

「他像一個夢囈者和恐懼病患者一樣揭示生命的孤獨與無助，他的創作打破了傳統繪畫藝術的邊界——

將視覺與聽覺、詩意與哲思、敘事與戲劇衝突完整地融合在一起。」

兩天中，泓的態度裡一直有一種令人感動的東西，我們的目光有好幾次交接在一起，我看出他像是在祈求，他的臉上再一次顯示出孤獨、惆悵與渺遠……

晚飯後，泓讓我和瓊去他房間。我一進去就看見他孤獨地坐在沙發上，幽暗的燈光顯出他的無助與茫然。

「這合同還是簽了，明後天消息就會傳開。」我們坐下來，他滿腹心事地說，臉上盡是無奈的憂色。

「既然簽了，就別想太多了，你已經做了自己該做的事情。」瓊安慰道。這個女人，無論遇上任何事情，似乎都能泰然自若。這兩天的活動，她的熱情始終讓人著迷。

「不過，你加的那條特別約定，會讓我們很被動。」她接著又說。

「我必須這樣做，否則心裡會不安。由英小姐自己選擇吧。」

「我們會盡全力的，只要積極面對，任何事情都會有轉機。」我接過泓的話，他木然地看著我，又看著瓊：

「明天我想去豐那裡看看，你們辦完事就回北京吧。」

「要不讓海倫陪你去吧。」瓊說道。

「不用了，馬上就到五一節了，海倫還有孩子，早點回去吧……。海倫，我要跟瓊單獨說幾句話，你先回房間休息吧。」

我回到房間，心裡十分難過——失落、妒忌、委屈、擔心……。暴雨來臨前，燕子都會低飛；泓剛才的樣子，就像是暴雨來臨前無措低飛的燕子。

我忍著，等了一個多小時後，終於忍不住了，就給泓的房間打了電話：

「泓，我想和你待一會兒。」

他同意了。我徑直去了他的房間，瓊已經走了。

「忙了兩天了，該做的也都做了。泓，別想了，讓我們有個傻傻的夜晚好嗎？」我望著他，心疼地說道。

「怎麼個傻法？」他心不在焉地問。

「要不我們做個遊戲吧，像小時候那樣，做一個詞語接龍遊戲。我說一句，你接一句，但必須與愛情有關。看看我們能不能往愛情那千百年的陳詞濫調中注入一點新的含義。」

「我先說了——不許耍賴，你要緊跟哦。愛情是不可捉摸的……」

……

「說嘛，說下去你會有意外之喜的。」我見他沒有反應，只呆呆地看著我，神情十分疲倦，便嬌嗔道。

「好吧——神魂顛倒。」

「不可捉摸後面你接神魂顛倒對吧？那我再說——像種子一樣結實。」

「像氣泡一樣美麗、易碎。」泓開始有興趣了，也變得有熱情和專注起來。

「像山崖一樣堅守。」

「像生命一樣易逝。」

「是信諾。」

「是伴侶——生命中的伙伴關係。」

「執子之手，與子偕老。」

「你儂我儂
忒煞情多
情多處熱如火
把一塊泥
捻一個你
塑一個我
將咱兩個一齊打破
用水調和
再捻一個你
再塑一個我
我泥中有你
你泥中有我
與你生同一衾
死同一個槨」

「多好呵，泓，我們說了這麼多關於愛情的詞語。現在我們只選一個，這個詞既要讓我們怦然心跳，也要是最美的和我們最想要的。」

「那就是執子之手，與子偕老了。」

我吃了一驚，望著他說：

「呵，泓！幾年前我在瑞士有過一次難忘的經歷。有一天我一大早去公園散步，清晨的公園裡空寂無人，空氣格外清爽冷冽。我正獨自一人在白雪皚皚的樹林裡走著，卻看見一張椅子上坐著一對老夫妻，各自捧著一本書在專心閱讀。我十分好奇，忍不住走了過去，那位老夫人手裡捧著的是葉慈的詩集，打開的那頁，正是那首著名的小詩——〈當你老了〉……」

「多美的一對老人！」泓也沉浸在那個故事和那首詩的意境中。

「是呵，泓，當你說出『執子之手，與子偕老』時，我就想起這個故事，想起那片樹林和那對老人。你看，全世界都一樣，古代的和現代的也一樣，真正的愛情就是這樣既怦然心跳又綿長久遠。」

我們又談到了一些經典的愛情故事，談到了蕭邦與喬治・桑、柴可夫斯基與梅克夫人、錢鍾書和楊絳，也談到了趙孟頫和管夫人……。在做接龍遊戲的時候，我們的手一直握在一起，這會兒我已經眼含熱淚，蜷伏在他的懷裡。這是一個滿是愛情的夜晚，是詩意與美的夜晚，也是我們兩個人傻傻的夜晚。我凝視他，熱吻他，我們的吻是那麼綿長，含著我的眼淚，彷彿過了一個世紀，那是最溫柔、最深情、最誠篤的熱吻。

「泓，我想……你呢？」我夢囈一般地小聲說道。

「不！」他的話像是來自夢裡，聲音很小，卻很明確、堅定。

「為什麼？」我直起身子，望著他。

「海倫，你聽我說，我已經五十二歲了，這個年紀談一次戀愛不容易；這應該是上帝給我的最後一件禮物了。我誠惶誠恐又萬分珍惜，只想著這一次有最完美的愛情，開始是完美的，過程和結果也要是完美的。就算是一個夢吧，一個老男人的夢，我希望你成全。」

「最完美的愛情……，我們現在不完美嗎？今天不就是一個完美的開始嗎？」

「是的，可過程呢，接下來的過程卻撲朔迷離，沒有把握……。海倫，等這場災難過去吧，等我們對一切都有了把握，也等我們有了更純淨的心境，好嗎？」

我知道他心裡有一大片陰影，這片陰影已越來越重。我沒有再說什麼，只是抱著他的頭，讓他躺在我的身上，我像撫摸孩子一樣撫摸他的頭髮，心裡默唸著葉慈的那首詩——

當你老了
爐火旁打盹
睡思昏沉
請取下這本詩
慢慢地讀
……

二十一

連續數日泓都感覺到有一雙腳步在跟著他；他停下那腳步也停下，他走那腳步也走。他先是追英小姐，等追到了，跟她說完該說的話，那腳步就緊跟著過來。他開始跑，拚命地跑，最後跑不動了，前面也沒有路了，乾脆就停下來，對緊跟他的腳步說：別跟了，放心，前面已是懸崖，我跑不了，也不想跑了⋯⋯。這情景在夢裡，也在大白天他一個人發呆的時候反覆出現。他太累了，所以當豐邀請他去西溪濕地時，他滿口答應了。他彷彿聽見那腳步也微笑著對他說：去吧，再去玩幾天。這是勝利者的憐憫與寬容，他接受了。於是辦完上海的事，他就到了西溪濕地；瓊與海倫也乘當天的飛機回到了北京。一切繁華與苦惱、衝突與驚懼都在一瞬間離他遠去，他將暫時被時光遺忘，並在遺忘中得到臨時的解脫⋯⋯

正是萬物瘋長、鮮花綻放、草木芬芳的初夏。難得一個好天氣，碧空如洗，陰霾盡去，大自然蘊藏的活力全部舒展開來，行人的臉上洋溢著溫潤而充盈的笑容，風箏在空中自由放飛，魚兒在水裡暢快地游曳。總之，所有的生靈都在盡情享受一年中最好的時光⋯⋯。泓雖然遺憾西溪濕地已不是當年僻遠、野性的模樣，公路、建築和遊人都多了起來。但豐的工作室在濕地的僻靜處，還沒有受到遊人和城市過度喧嘩的打擾。工作室是一幢三層的小樓，臨著一汪清水，正是荷花盛開的時候，門前的一株櫻花更是分外嬌嬈⋯⋯

「這是一株老樹了，一起移栽過來的本來還有一株海棠和一株石榴，可只有這株櫻花存活下來，似乎特別適應這裡的氣候與土壤，長得十分茂盛，花也開得絢爛喜人。」豐見泓在門前駐足，便饒有興趣地在一旁介紹。

與豐在一起，泓心裡是寧靜的；他們遠離了上海的繁華，英小姐的沙龍與宴會也已經絕塵而去，只剩下泓和豐在這臨水的窗前品著一壺新茶。

兩人聊著過去的一些舊事。豐是浙江本地人，對本地的風物與吃食無不瞭若指掌。他很高興師兄能有閒過來，所以一切物用都已準備周全。

「豐，這次就只我們兩人聊天、休息，本地藝術圈的朋友就不見了吧。」

「當然。這兩天我們且效仿古人，只談風月不談人生，只談快樂不談藝術，只談生命不談意義。我們可以租隻漁船，到湖中心去，效仿古人遊；也可以去附近的小鎮，吃遍本地美食。總之，這三天我們都只要快樂。」

「好，這三天我們就像神仙一般，想吃就吃，想玩就玩，想睡覺就睡覺，不管東南西北，也沒有愁苦哀怨，就讓這明媚的麗日洗盡我們的風塵。」泓受到豐的感染，也頓生豪情，大發了詩意。

「說到快樂，我前些天讀金聖歎的書，他在《西廂記》的批語中曾寫下他覺得人生最快樂的三十三個時刻。這是他和朋友在十日的陰雨連綿中，住在一所老廟裡統計出來的，殊為有趣。前些天我用小楷抄了下來，師兄不妨一起分享。」

泓接過豐的幾張宣紙，滿是流暢精緻的蠅頭小楷，寫得十分專注和有誠意，正是金聖歎的「不亦快哉三十三則」，泓忍不住誦讀起來——

其一：夏七月，赤日停天，亦無風，亦無雲；前後庭赫然如洪爐，無一鳥敢來飛。汗出遍身，縱橫成渠。置飯於前，不可得吃。呼簟欲臥地上，則地濕如膏，蒼蠅又來緣頸附鼻，驅之不去。正莫可如何，忽然大黑車軸，疾澍澎湃之聲，如數百萬金鼓。簷溜浩於瀑布。身汗頓收，地燥如掃，蒼蠅盡去，飯便得吃。不亦快哉！

其一：十年別友，抵暮忽至。開門一揖畢，不及問其船來陸來，並不及命其坐床坐榻，便自疾趨入內，卑辭叩內子：「君豈有斗酒如東坡婦乎？」內子欣然拔金簪相付。計之可作三日供也。不亦快哉！

其一：空齋獨坐，正思夜來床頭鼠耗可惱，不知其戛戛者是損我何器，嗤嗤者是裂我何書。中心困惑，其理莫措，忽見一狻貓，注目搖尾，似有所瞷。斂聲屏息，少復待之，則疾趨如風，唧然一聲。而此物竟去矣。不亦快哉！

其一：於書齋前，拔去垂絲海棠紫荊等樹，多種芭蕉一二十株。不亦快哉！

其一：春夜與諸豪士快飲，至半醉，住本難住，進則難進。旁一解意童子，忽送大紙炮可十餘枚，便自起身出席，取火放之。硫磺之香，自鼻入腦，通身怡然。不亦快哉！

其一：街行見兩措大執爭一理，既皆目裂頸赤，如不戴天，而又高拱手，低曲腰，滿口仍用者也之乎等字。其語刺刺，勢將連年不休。忽有壯夫掉臂行來，振威從中一喝而解。不亦快哉！

其一：了弟背誦書爛熟，如瓶中瀉水。不亦快哉！

其一：飯後無事，入市閒行，見有小物，戲復買之，買亦已成矣，所差者甚少，而市兒苦爭，必不相饒。便掏袖下一件，其輕重與前直相上下者，擲而與之。市兒忽改笑容，拱手連稱不敢。不亦快哉！

其一：飯後無事，翻倒敝篋。則見新舊逋欠文契不下數十百通，其人或存或亡，總之無有還理。背人取火拉雜燒淨，仰看高天，蕭然無雲。不亦快哉！

其一：夏月科頭赤足，自持涼傘遮日，看壯夫唱吳歌，踏桔槔。水一時湀湧而上，譬如翻銀滾雪。不亦快哉！

其一：朝眠初覺，似聞家人歎息之聲，言某人夜來已死。急呼而訊之，正是一城中第一絕有心計人。不亦快哉！

其一：夏月早起，看人於松棚下，鋸大竹作筩用。不亦快哉！

其一：重陰匝月，如醉如病，朝眠不起，忽聞眾鳥畢作弄晴之聲，急引手搴帷，推窗視之，日光晶熒，林木如洗。不亦快哉！

其一：夜來似聞某人素心，明日試往看之。入其門，窺其閨，見所謂某人，方據案面南看一文書。顧客入來，默然一揖，便拉袖命坐，曰：「君既來，可亦試看此書。」相與歡笑，日影盡去。既已自飢，徐問客曰：「君亦飢耶？」不亦快哉！

其一：本不欲造屋，偶得閒錢，試造一屋。自此日為始，需木，需石，需瓦，需磚，需灰，需釘，無晨無夕，不來聒於兩耳。乃至羅雀掘鼠，無非為屋校計，而又都不得屋住，既已安之如命矣。忽然一日屋竟落成，刷牆掃地，糊窗掛畫。一切匠作出門畢去，同人乃來分榻列坐。不亦快哉！

……

其一：久客得歸，望見郭門，兩岸童婦，皆作故鄉之聲。不亦快哉！

……

其一：推紙窗放蜂出去，不亦快哉！

其一：做縣官，每日打鼓退堂時，不亦快哉！

其一：看人風箏斷，不亦快哉！

其一：看野火燒，不亦快哉！

其一：還債畢，不亦快哉！

其一：讀〈虬髯客傳〉，不亦快哉！

泓一氣讀完，禁不住擊節讚歎。

「豐，想不到你一個基督徒，畫風痛苦而分裂，竟也喜歡這樣的情趣與文字。明清小品，像李漁的《閒情偶寄》、張潮的《幽夢影》等，也是我的床頭書，卻未曾讀到金聖歎的這篇妙文。而你竟有如此誠意，用精緻的小楷抄錄了。」

「我信奉的是基督，在生活態度上卻也傾慕中國古代文人。你看剛才的那段文字，生命的快樂無不來自於日常宵小。若生命以快樂為目的，那我們這一生本可以過得多麼愜意和有趣！」

「的確如此，可我們已完全忽略了這原本就是生命的目的，你看金聖歎，只是在『篋中無意忽檢得故人手跡』、『看野火燒』、讀〈虬髯客傳〉、『夏日自拔快刀，切綠沉西瓜』……就如此快樂！這種能力和心態我們早已喪失，至於那份將新舊欠條『背人取火拉雜燒淨，仰看高天，蕭然無雲』的超絕與灑脫，現在的人更是沒有了。」

「現在的生活態度與生命哲學太過分裂，比如我們這些所謂的藝術家，就總自以為崇高而不屑於日常宵小。豈不知萬物相通相融，比如帥兄剛才提到的張潮就曾說：『善讀書者，無之而非書；山水亦書也，棋酒亦書也，花月亦書也。』」

「是的，不過剛才說到信仰，豐，你又是如何信仰基督的？」

「也是機緣吧，是受了三小姐慈的引領。我們生活在一個既無宗教又無信仰的國家，我又總覺得人必須得有信仰。有慈引領，很自然就信奉了基督。」

「人必須得有信仰？」

「是的。一個人若無信仰，就只看得見屋頂而望不見天空，那生命的格局將何等侷狹！一個望不見天空的人，又怎看得見靈魂的去處？有信念的人，看見現世的愁苦會有寧靜的心境。他也會知道我們所歷經的一切，包括愛情、成就、苦難與不幸，都是臨時的和渺小的，我們應有更高遠的目標，即信神，並和神一起享有靈魂的安寧。」

「這就是你對瓊說『是我們需要基督而不是基督需要我們』的本意吧。」

「是的，瓊跟你說了？看來這個問題很困擾她。其實我也只是想說人必須要有信仰而已。」

「你說得真好。你剛才說到的古人的生活態度也充滿了詩意與喻示。這樣吧，豐，我喜歡你手抄的金聖歎不亦快哉三十三則，就用我的一幅畫換你這份抄本如何？」

「師兄的畫已近天價，我又豈能討巧？那抄本你要喜歡就儘管拿去。師兄如有雅興，明天我們可以租條船去湖中寫生。麗日明媚，好酒當歌，我們只管盡興，無論好壞，這次的畫，我畫的你帶走，你畫的我留下，如何？」

「好！就這麼定了。」

……

泓和豐這兩位臨時的世外之人，就這樣過了三天優遊的快活日子，兩人都關了手機，或畫畫或聊天，或在暖日下發呆，或在月光下飲酒……。偶爾兩人也會談到藝術圈的事情，卻也只是一時的笑談，輕描淡寫，一笑而過。豐提醒泓：「但願這次與英小姐合作，師兄的畫不至於炒成天價。」他認為所謂藝術的繁榮，不過一些別有用心的人在炒作。就像曾經的炒房、炒地、炒君子蘭、炒普洱茶一樣，只是一個又一個擊鼓傳花的遊戲。泓聽了便大笑：「那些畫畫完之日起就已屬於別人，價高價低又有何干？只有未竟之作才是自己的，不是嗎，豐？」豐見他如此灑脫，知道此時正如張潮所說，「人莫於閒，非無所事事之謂也」，也從心裡為他高興。兩天後，豐要離開杭州回寧波老家去，這是與家人事先約好的。他邀泓一同去，告訴他寧波的風情另有一種清朗與豪邁，可泓謝絕了，他請豐為他在雁蕩山找了一個僻靜的酒店，想獨自一人去山上清淨幾天，豐自然也安排妥帖。第三天兩人便分了手，豐去了寧波老家，泓則去了雁蕩山上……

二十二

豐安排的酒店位於雁蕩山的一個山谷，十幾幢獨幢小樓遮掩在一大片蒼松翠柏之中，四周是一片絕美的靜謐。泓到了山中，住進了其中的一幢小樓，推窗即是鳥鳴；一株老松遮天蔽日，旁邊竟有一澗潺潺溪水，不知從何處流來也不知往何處流去；溪水的兩旁草木芬芳，蝶飛蜂舞，十幾株芭蕉鬱鬱蔥蔥，張揚著濃重的綠意……。稍事休息，泓便走出小樓，沿著那條小溪隨意散步，不覺竟出了酒店，又沿著一條小路蜿蜒走著，可剛拐了一個彎，就迷失了方向。

正是下午四點來鐘的和煦時分，陽光充足而溫暖，泓完全忘記了疲勞，默默地走著，只感到心胸舒暢，感官和肉體都處於十分愉悅的狀態。昨天還和豐在一起，現在他已經開始獨自一人諦聽這巨大寂靜中的微響。這地方真靜，這片不知來路也不明去向的山谷，彷彿是時間之外的禮物，它充滿了光與影、寂靜與微響，也充滿了萬物的聲息與安詳……。他繼續默默地走著，開始沿著歪歪斜斜的小路上山。陽光十分柔和，但他的身體已微微發汗，他停下來，佇立在山上柔和的光線之中；極目望去，四周已是一大片茶園。春茶最好的時節已過，可茶園裡依然人影綽綽。他佇立著，什麼也不想，在這樣秀麗蔥鬱的景色之中，思想又有何用？……正待他微閉雙眼，意醉神迷之時，遠處傳來了新的聲音，他睜開雙眼，仔細辨聽，又被這聲音引領，就沿著採茶人的小徑繼續往前走。很顯然，這聲音讓他有了一種異樣的感覺。沿著小徑，翻過一個山坡，再舉目眺望，卻見山下有一座瓦房。此時，他已辨明那聲音正是從那瓦房中傳出來的歌聲，並且已變得越來越悅耳、越來越清亮……

太陽開始西沉，落日彷彿勞作了一天的紅臉公公，正從山頂慢慢往山下移動。歌聲已經停住，山谷中盡是落日的餘暉。泓貪戀這山谷的美景，便與那落日一道緩緩下山。下得山時，他再回望，方知已是茶園的盡頭，那座瓦房應該正是茶園主的居所……

「先生怎麼從我們的茶園裡出來？」待泓走近瓦房時，一位明眸少女笑意盈盈地過來和他打招呼。泓停住腳步，瓦房背後又是一座山坡，山上已是另一片綠意充盈的茶園。

「我是前面酒店的客人，出來散步迷了路。看見這片茶園，又被一陣歌聲領著，迷迷醉醉就過來了。剛才那唱歌的人想必就是你了。」一連爬了幾道山，又走了一大段山路，泓已經十分疲憊；這會兒見姑娘問，便流著汗，紅著臉，氣喘吁吁地回答。

「看來先生是久不走山路的人，不過從那邊的酒店過來，也走了有一個多小時吧，不妨進來喝杯茶，休息一下。」姑娘見泓臉紅撲撲的樣子，便咯咯笑著，又端出一把竹椅，請泓坐下。泓喜歡這落日輝映下的瓦房，被四周的茶園包圍著；屋後是十幾株高大的楠竹，屋前是一大塊空地，地上曬滿了新殺青的茶葉，在落日的餘暉下散發出馥郁的清香和綠中帶黃的絲絲光澤。泓坐下來，接過姑娘端上的新茶。「這茶真好，有一種含著野性的清香；這一大片茶園都是你家的吧。」

「是我爸爸的，都十幾年了。我在杭州打工，要過五一節了才回來的。」

泓邊喝茶，邊打量姑娘的身形與模樣——看上去顯然已不像是一位農家姑娘了，二十出頭的年紀，衣著滿時尚，頭髮精心做過，身體十分健美，臉色更像是吸飽了陽光似的，散發出紅潤而飽滿的光澤。

「那家酒店可不便宜呵，看來先生是生意人了。」姑娘沏好了茶，也在一旁坐下。

「你猜猜。」

「從氣質上看吧，不像是一個商人，倒像個藝術家。可藝術家怎麼住得起那麼貴的酒店呢？」

「藝術家？商人？……」泓聽了小姑娘的話，忍不住哈哈大笑。

「你說嘛，到底是做生意的，還是真是藝術家？」

「這個很重要嗎？或者，你對待商人和藝術家會有不同的待遇嗎？」

「要是商人呢，你就買我幾斤茶葉；要是藝術家呢，我就送你幾斤茶葉。不過，藝術家現在也有很有錢的，昨天我看新聞，就有一位叫什麼泓的畫家，身價都過了億了。隨便一幅畫都要賣幾百萬呢。」小姑娘說著，就進屋拿出了一張報紙，泓接過來一看，正是他與英小姐簽約的報導。他十分愕然，見小姑娘說話可愛，便忍不住和她開起玩笑來。

「如果我就是這個畫家呢？你是要我買茶，還是……？」

「吹牛吧，不過，也難說呵，你能住那麼高級的酒店，而且看上去也滿像是一個畫家的。要是你真是，那我就送你幾斤茶，可你也得給我畫幅畫。」

「哈～哈～哈，好，一言為定。明天一早我還要去山頂看那片茶園，我想看看雲霧中的茶園是什麼樣子的，如果你也一早到山頂上去，我就給你畫。不過現在我得走了，這麼著，我先買你幾斤茶葉吧。」

「說好的，你要真是那位畫家，明天你給我畫畫，我送你茶。」

泓回到酒店，已覺十分疲憊，他是久不鍛鍊的人，來回三個來小時的山路，好幾道山坡，讓他渾身酸脹。洗完澡，簡單吃了點東西，泓躺在一張躺椅上翻閱紀德的《如果種子不死》。這可能是世上最美的自傳了。紀德的文字向來是他喜愛和敬畏的。那種優雅、精緻、曲徑通幽的美，在冷冽而清朗的空氣中微微閃亮，又在疏密有致中呈現出微妙而驚悸的心靈景致。這本百讀不厭的書，更是詩歌、音樂與哲思反覆漿洗的結果；那從日常瑣事中一層一層呈現出來的平地驚雷與驚濤駭浪，是一代知識分子靈魂的絕響。他讀的那一段，描寫的是紀德年輕時參加運動的情景──「那時我們似乎或多或少都自覺地服從於某種模糊的口號，而沒有一個人聽從自己的思想。」他從這句話想到了鏞，想到了他們一起退學的往事。「渴望生活」正是梵谷對他們幾個年輕不羈的心靈發出的口號。多麼幼稚而有趣的年華，可對於一個敏感善思的人來說，又有哪一種生活不蘊藏著靈性之美呢？接下來，他又想到達與瓊。離開上海的頭一個晚上，他還向瓊詢問有關達的事情，她現在恐怕已經在準備回歐洲的事情了吧。她會接受鏞的追求嗎？想到這些，他的心就緊縮起來，肝區也傳來了一陣隱隱的刺痛。他似乎又聽見了那個反覆出現的腳步聲；他下意識地跑到窗前，將窗戶緊緊關上。窗外的夜色彷彿在剎那間凝固了；院子裡的寂靜，下午還那麼怡人，這會兒卻像死一般沉重、駭人。面對這種寂靜，他越來越不安。他抓住自己的手，一會兒是左手抓住右手，一會兒又是右手抓住左手。他這樣做是為了感覺自己的存在，可這存在感是多麼空乏！他重新躺下，再次捧起紀德的那本自傳。《如果種子不死》──這書名似乎也含著某種喻示。他繼續讀，不，嚴格地說只是繼續翻，並且很快、很隨意、很著急。

他像是在找某種聲音。是他崇敬的紀德的聲音嗎？或者只是紀德那顆同樣空虛絕望的心所引用的某句神啟般的箴言？他從頭到尾，又從中間隨意翻開了一頁，看見的卻是一段對同性戀性愛的描寫：「穆罕穆德離開之後，我久久地沉浸在激動不已的狂喜狀態，在他身邊我已經五次達到高潮……」這文字激發了他的想像，讓他彷彿看見了肉體在夜色中心蕩神迷的狂歡。不知道是因為前兩天與豐在西溪濕地的悠閒與快樂，還是因為今天下午在山上被陽光沐浴過的緣故，泓這會兒感覺到了身體那久違的欲望。而在這沉寂的夜裡，一邊是靈魂的不安，一邊是肉體的不安，雖然前者是死寂的，後者卻新鮮並具有活力……。他沉浸在那段文字所激發的想像與激奮中，下午在茶園遇見的那位少女居然明媚登場——她紅潤的、笑意盈盈的臉，她全身滿溢的茶園的清香與陽光的氣息已經向他靠了過來，並且越來越近，越來越熱烈……。「明天，明天早上我會見到她！」他像是在夢中呢喃著，這個突然而至的勃興的夢是如此令人疲憊！

次日清晨，天剛濛濛亮，泓就到了那座山頂。他原本是來看雲霧之中的茶園的，這會兒卻變成了來等待一個奇遇。他呆呆地坐在山頂上，又站起來，在茶園裡心神不寧地遊蕩著。他已經完全看不見茶園的景致了。可這樣等著、遊蕩著，心裡又充滿自嘲，昨天與那個小姑娘說的話顯然不過是閒聊，可他竟當了真。此時，天已經大亮，太陽已經穿過薄霧漫上了山谷。他在近乎滑稽的等待與自嘲中變得煩躁起來，並對自己說：「你必須馬上走，不能這樣荒唐下去。」正當他準備走時，遠處卻出現了一個跳躍的紅點——正是那個姑娘，穿了一身紅色的運動衣，跑到了山頂。他的腦子轟然一片，禁不住跑了過去，而且，抓住了姑娘的手，恨不能猛然一下就把她攬入懷中。

「你還真來了？」

「是呀，可我起晚了，你著急了吧。」

兩人幾乎臉貼著臉地站著，又四目相對，就都笑了起來。

「你真的是那位大畫家嗎？」

「是的。」泓很認真地回答。

「那我們昨天說好了的，我給你茶，你給我畫畫。」

「在山上嗎？我連紙筆都沒有呵。」

「我可以跟你去酒店呵。」

兩人回到酒店，吃了早餐，泓也真給那位姑娘畫了一張速寫。自從進了這幢小樓，姑娘就處於亢奮狀態，她一會兒跑到客廳，一會兒又跑到樓上。

「哇，我從來沒有見過這麼大的房間，也沒有吃過這麼豐盛的早餐，太奢侈、太氣派了。」對她而言，這一切都是新奇的，也是令人激動的。

「出了一身汗，我得洗個澡。」

「我也去。」

……事情就這樣成了，魔鬼在一旁看著。泓疲乏至極，可腦子裡揮之不去的依然是銷魂的快感。「穆罕穆德離開之後，我久久沉浸在激動不已的狂喜狀態，在他身邊我已經五次達到高潮……」他的目光又一次落在了紀德那段美得讓人窒息的文字上……

姑娘滿面潮紅地伏在他的胸前，胸脯長久地起伏著。對她而言，這一切彷彿是在夢中，她呢喃著，夢囈般的話語傳到了泓的耳朵裡：

「你知道嗎？和我們一起打工的姐妹，有很多都在兼職，我的一位姐姐也老勸我，可我總想，畢竟是第一次呵，我得遇上一個好男人，我就等，一直在等這個人出現……」

「兼職？」

「是呵，你懂的。」

泓一下子就明白了，他原以為是奇遇終究卻只是一場交易。他笑了笑，翻身下床，從行李箱抽出一疊鈔票給了她。她咯咯地笑了，穿好衣服，快樂地、心滿意足地走了，甚至忘了帶走剛才的那張速寫。

偌大的小樓又只剩下泓一個人了，寂靜再一次襲來，可與昨天的寂靜不同，這次是慵懶的、含著欲望滿足之後的疲乏與空虛，也含著隱匿在快感後面的悲哀與絕望……。然而魔鬼不讓他僅僅是累了，也不讓他僅僅是欲望滿足之後的空虛，魔鬼還把海倫帶到了跟前。泓彷彿看見了海倫，他面前揮之不去的全是前幾天在上海時海倫的模樣。那個滿是愛情的夜晚反觀出他剛才的迷醉，也反觀著他心裡的絕望與悲哀。

「不，這與愛情無關。」他在心裡抗辯著。

「要是海倫看見了呢？」他又想。

「我說過要給她最完美的愛情，開始是完美的、過程是完美的、結局也要是完美的……，可我們還沒有開始，就已經被愚弄和恥笑了！」

「不，她看不見的，這只是肉體的臨時需要，是我對抗空虛與恐懼的方式，這些潛意識的欲望恐怕連上帝也看不見。」他再次為自己抗辯，卻已近於哭泣。

「呵，不行，我得走，馬上走，我要去見海倫，這地方不能住了，這裡的靜謐已經破碎……」他踉踉蹌蹌，下了床，收拾好行李，快速結完帳，飛也似地趕往機場。三個小時之後，他回到了北京。

「我們是檢察院的，請配合我們的工作，跟我們走。」飛機落地後，幾個陌生人攔住了他，那低沉的聲音帶走了他，幾天來他腦子裡反覆出現的腳步聲已經到了跟前，看見了他空洞無力的樣子……

二十三

兩輛警車駛出機場，上了高速公路。泓被兩名便衣夾在中間，坐在其中一輛警車的後座上。他的眼鏡、手機、錢包、皮帶……，總之，一切重要的，可能成為證據及危及安全的東西都在上車前被收繳了。他要求對方出具相關證件和手續，也要求給家裡打個電話，可沒人搭理。車很快就駛出了北京城，朝一個無標識的方向奔馳而去。他問這是要去哪裡？依舊沒人搭理。他的腦子裡快速閃過一連串名字，但所有這些，包括他本能的求救意識都在一瞬間裂成了碎片，又像垃圾一樣被人從車窗扔了出去……。海倫、姐姐、蕊妹子！——他在心裡呼喊著，同時又咬緊牙關對自己說：不能哭喪著臉；人生總有一些難關要過，這一次只是其中最難的一道……。他在上車時的那一瞬間就明白他已經喪失自由。但同時也注意到自己並沒有被戴上手銬，這就意味著他目前還只是在接受調查。車裡的氣味難聞極了，他忍著，極力不讓自己嘔吐出來。前面副駕上，一位檢察官在兇狠地抽著煙，並時不時從後視鏡看一眼被夾坐在後座上的泓。有兩次泓閉上眼，似乎要睡著了，那人便對後面的人說：杵他，讓他醒著。事實上，在這樣的氣味中他不可能睡著。那氣味如此怪異，混合著煙酒、汗漬、口水、痰及各種骯髒甚至罪惡的體味；它鑽入他的胸腔和腹腔，肆無忌憚地攪動他的腸胃；時而像魔鬼一樣哈哈大笑，時而又像無恥小人一樣露出陰冷而惡毒的嘴臉……，然而，恐懼與噁心更甚之，它們和那些刺鼻的氣味一起占領了他的臟器，泓再一次閉上眼睛，恨不能昏睡過去。

晚上十二點左右，兩輛警車進入了一個小縣城，接著又駛進了一個小院。泓被架著從車裡出來。下了車，他想辨識一下方位和環境，但做不到，漆黑的夜裡什麼也看不見。緊接著，他像是又被人架進了一幢小樓，進入了一個房間，坐在了一張鐵椅子上。屋裡的燈光刺得他眼睛生疼，他坐下來的一瞬間，就知道自己已經像一攤白肉堆在案頭上了。這時，不知從何處進來了幾個人，其中一個瘦高個兒斜著眼看了他一眼，又在他面前轉了幾圈，像是在審視一隻剛捕獲的獵物；而且很明顯，他很嫌厭這獵物的樣子——太難看，也太乏味。

「這是什麼地方？我要見你們領導，我要給家裡打個電話！」泓掙扎著問道。那人又看了他一眼，扭過頭對旁邊的人說：「看好他，給他點吃的。」便揚長而去了……

房間裡只剩下泓和兩位像看守模樣的人了，兩個人都嚴肅得有些滑稽，其中一個是圓臉，光頭；另一個是長臉，頭髮和鬍子茂盛地長著，彷彿要進一步拉長他的臉型似的。這兩位彷彿剛從哈哈鏡裡走出來的人，恪盡職守地坐在兩把椅子上，一動不動地看著泓，無論泓問什麼都不說一句話，更沒有任何表情。

「吃吧。」大約過了半小時，另有一人拿著一個饅頭和一碟鹹菜進來；那圓臉光頭——或者乾脆說，那南瓜臉打開泓椅子上的鎖，將饅頭遞過去說道。泓這才發現自己坐的那把鐵椅是被螺栓固定在地上的，另有一塊厚厚的木板，像枷鎖一樣將他鎖在了椅子上。那兩人再沒搭理他，他也沒吃東西。過了十好幾分鐘，那長臉——簡單說，那冬瓜臉才說道：「不吃？不吃就再給他上上鎖。」

泓繼續被鎖在鐵椅上，兩位哼哈二將依然在他面前一動不動地看守著他；那南瓜臉開始打哈欠，夜已經很深了。「睡吧。」他說。「在哪兒睡，床呢？」泓被疲憊襲擊著，本能地問道。南瓜臉撇了撇嘴，很藐視地回答：「床？你還想睡床？就在這把鐵椅上睡吧。」泓一下子就被激怒了——「什麼？你們這是虐待，我還不是犯人，就算是犯人，也有權利在床上睡覺。」「權利？你在談權利？」那冬瓜臉聽了泓激憤的抗議，一個健步就衝了過來，他湊近泓的臉，一臉不屑地說道。「都這樣，我們也是坐著睡，習慣了就好了；你還可以眯一會兒，我們卻要一直睜著雙眼。」那南瓜臉溫和些，甚至像是在開解泓。泓澈底絕望了，同時又是多麼地無助……。倦意再一次侵襲過來，他已經沒有一絲力氣，表達自己的唯一方式，就只是像一攤白肉一樣癱在那把鐵椅子上……他睡過去了！

（不知道什麼時候，泓被一陣聲音吵醒，兩位看守正在換班，這回輪班的兩位，樣子十分模糊，但似乎年輕許多，其中一位甚至可說是英俊……。泓灌滿漿糊的腦子開始脹痛，燈光照舊刺眼，疲倦再次襲來，他再一次睡去，當然，也可以說是再一次醒著……）

次日清晨，昨晚那個瘦高個兒帶著兩個年輕人又來了。房間的空氣混濁而凝滯。那人坐下，朝天花板吐了一口煙，對旁邊的年輕人說：「給他辦手續，辦完審他。」兩位年輕人拿出兩張表要泓簽字，一張是羈押物品清單，另一張是監視居住通知書。泓拒絕在通知書上簽字，再次要求見對方的領導。那瘦高個兒拍了一下桌子，蹭的一下就站了起來，掏出證件在泓的面前晃了一下，又指著泓大聲說道：

「我就是領導！看來你是要和國家機器對抗了！搞清楚，你現在唯一的身分就是犯罪嫌疑人。沒點事兒我們會讓你到這裡來？」

泓簽完字，那人又說：「你要明白自己的處境，你的事說大不大，說小不小，關鍵就在你的態度。」那傲慢之人的態度似乎平緩了一些，已是一副語重心長的勸導與關懷。

審訊開始了。作為犯罪嫌疑人而不再是藝術家的泓，希望得到對監視居住的法律解釋，也想弄清楚究竟哪條法律規定了一個犯罪嫌疑人在監視居住期間不准與家人通電話，也不准在床上睡覺。可他得到的只是那瘦高個兒兩記響亮的耳光。他眼冒金星，盯著對方，腦子裡閃現出還擊對方的畫面：他已經一個左勾拳將對方打倒在地上，並且十分輕蔑地朝對方冷笑了一聲。可顯然，是他的嘴角流出了血，殷紅的血讓他進一步明白了自己的處境，也明白了那傲慢之人的態度是隨時會改變的，且無論態度好壞都在控制他的處境……

「行賄罪嫌疑人泓，我們是ＸＸ省ＸＸ檢察院的工作人員，現在依法對你訊問……」

「姓名？」

「年齡？」

「家庭住址？」

……

「婚姻狀況？」

「有無孩子？」

當問到有無孩子時，他愣了一下，低著頭不知如何回答。

「有無孩子？」那年輕的檢察官又問。

「沒有。」最後他很乾脆地答道，腦子裡卻閃現出蕊妹子的樣子，分明聽見了她的抗議。

在隨後的訊問中，這樣的開場白不知出現了多少次，以至於成了他的條件反射。這樣的條件反射隨後還有很多，比如聽見手銬的聲音，比如喊報告，比如放風時唱歌……，很快泓就明白了，剛才瘦高個兒的那兩記耳光只是給他上了第一堂課，他有太多的東西要學習。

此時此刻他還站在一個自由人的位置上，還當自己是一個院長和一個有思想的藝術家，還有自己的立場、觀點與態度，總之，他還在對抗，還在表達，還在想像自己有尊嚴和反擊能力。他甚至準備了與對方辯論。他動腦筋，打腹稿，相信有理走遍天下，也相信法律代表的乃是公平與正義……。但很快，他的第二堂課就開始了。那瘦高個兒已拿出兩份文件：一份是他的個人資料，包括他的履歷、他作品的成交紀錄以及不久前在杜比爾夫博覽會獲獎的報導……；另一份則是他和那位茶園姑娘大約五分鐘的性愛視頻……

「你可真是道貌岸然啊。」那瘦高個兒吸了一口煙，再次以傲慢的姿態譏諷道。「要是將這些視頻發到網上去，你的形象多少會受些影響吧。」

泓的臉色一下子就變了，他低下頭，煞白的臉完全找不到可躲藏的地方。過了好久，他才囁嚅道：「這是我的隱私，與本案無關。」

「是否有關可由不得你，不過現在就先說說與本案有關的事情吧。」

接下來他就被各種與本案有關的問題纏繞，而這些問題又全都預置在一個前提之下，那就是他對達的行賄。這前提早已確定，不容置疑，不容更改。泓只須在這個前提下交代具體的犯罪事實。

幾天下來，泓便被折磨得精疲力竭，他的頭腦空茫一片，任何事情都像是被人組織好了似的，他已經喪失防守的能力，他開始放棄了，包括放棄他的立場、觀點與態度，也包括放棄他的自信、自尊與情緒。他唯一能做的就只有沉默，沉默是他最近幾年對付複雜問題最熟練也最有效的工具。現在，他開始照用。

這個辦法果然奏效了，那瘦高個兒似乎變得無奈，只是翻來覆去不斷重複那些已經多次問過的問題（後來他才知道，不斷重複已經問過的問題正是他們常用的偵查手段）。再往後，那瘦高個兒乾脆就不來了，只留下六名看守輪流看著他。他依然坐在鐵椅子上，連續十天，每天二十四小時；唯一的活動就是上廁所和洗漱，但只要離開鐵椅子，就總有看守貼身跟著。他已經十天沒有洗澡了，六位看守都是老煙槍，房間裡的空氣渾濁得讓他喘不過氣來，他意志渙散，精神和身體都已經不聽他使喚，雙腳也開始浮腫和發麻，到了第十一天，他的大小便開始失禁。最可怕的還是睡眠，像被割開了又被劃爛了一樣，變得一塌糊塗。有幾次，在睡眠那被翻開了的白生生的皮肉中，他甚至聽見了無聲而淒厲的哭泣與尖叫。他開始要求見人，渴望有人搭理他，跟他說說話兒。他這才發現，當對手也用沉默對付他時，沉默——他那唯一的武器失效了。真正瓦解他意志的，其實就只是不讓他睡覺和不搭理他。那麼，撞牆吧，的確，到了第五天，他一門心思就是想撞牆，可他被鎖在椅子上，四周的牆又軟包著，早就有了防備。他悲哀而深切地體會到了，活著，難看地活著，釘在恥辱柱上活著，可真比死要難多了。活著這種東西有太多的方式折磨他，讓他求生不能，求死也不能……

二十四

海倫的日記

四月二十七日

泓去豐那裡了，我和瓊一同乘飛機回北京。在候機廳的咖啡館裡，我們坐下來，開始了如下談話——

「海倫，不必再猜來猜去了，我們都是知道謎底的人，事情已經臨近，時間也很緊急，所以我們今天有話直說，把話說透。」

她的態度十分直接，我知道早晚會和她有這麼一次談話，也猜得到她要說的事情，便表示同意。

「昨天我們已跟英小姐簽了合同，這份合同泓本來已經不想簽了，我們都表示反對，可見人在江湖，身不由己。合同是簽了，他卻堅持加了那條特別約定，這就意味著他一旦有事，我們就可能陷於法律糾紛。」

「也許什麼事都不會發生，不過虛驚一場。」我說。

「我知道你一直想讓他避開，但願如此！可事情不會那麼簡單。這一次他恐怕是避不開了，一旦他真有事，我也得馬上離開，個中原由，我不說你也清楚。」

「那麼，能執行這份合同並盡可能控制局面的便只有你。當然你也可以明哲保身，因為說到底，這事原本也與你無關。」

瓊喝了一口咖啡，看了看我，她顯然不願意被打斷，她接著說：

「我知道這事對你而言既棘手又無辜，但這是一件幾乎無法迴避也無可選擇的事情。無論出於道義還是出於感情，我們都得將它進行下去。」

「泓出了事，或者最終被判決是犯了法，可他的作品並沒有罪，他的藝術生涯不應該因此而夭折。你是他的助理，同時——我今天挑明了說，你愛他！我們都是愛他的人，保護他的作品並讓他的事業得以保全是我們應盡之責。」

「從職業規劃來看，你是學藝術史的，在跨國公司受過很好的商業訓練，這幾個月又在工作室工作，也算是入了行了。這件事對你而言也可說是一個機會，這場危機若能妥善處理，你在業內必將脫穎而出，你的人生也將由此而改變。」

「瓊……」

「請別打斷我。」

她揮了揮手，繼續說：

「老實講，之前我曾把你當作情敵，現在我把你當作姐妹及伙伴。但人歸人，事歸事，是我向來的原則。所以我是懷著十二分的誠意來和你談這件十分嚴肅的事情的。要是你認同我剛才的觀點，我就談幾點具體意見。」

我點了點頭，聽她繼續說：

「首先，我很誠懇地邀請你出任我們公司的董事總經理，作為回報，我也將無償給你30%的股份。但你同時要有準備，也許很長一段時間，你都要全力為公司服務；我去了歐州，必將全力幫你，但多數事情你得獨立承擔。」

「現在藝術市場的機會很好，我們公司也一直很賺錢。除了泓，我們還代理了十幾個藝術家的作品，而且已經有了不少穩定的客戶。」

「當然，未來兩年，主要還是與英小姐的合作。依據昨天的合同，在這項合作中我們將有不錯的收益。」

「瓊……」我再次打斷她。我承認她思路清晰、邏輯嚴密，但她無須多說。我看得出她著急，也看得出她對泓的那份情感，但此情此景下，那份情感也並非純是私情，我當然也沒有被私情所困。我說：

「瓊姐姐，你的話讓人無論從哪方面講都無法拒絕，我答應你，正式接受你的邀約。事實上，泓是我的愛人，我愛他，不需要任何理由我自當全力保全他。我的問題在於：一、我是助理出生，能否獨當此任心裡沒數；二、我剛入行，行情還不熟悉，幾乎沒有客戶，能否打開局面並無把握；三、泓要真出事，我們將面臨一場十分棘手的公關危機，藝術圈的水本來就很深，如何處理我尚無頭緒。」

「好了，海倫，有了這個前提其他的就都好辦了。前兩個問題，你只須適應一段時間就會有信心。客戶方面，從明天起我就帶你一一拜訪，這是一個不斷累積的過程，我對你有充分的信心。第三個問題是重點，但我相信你以前已有過不少處理危機公關的經驗。具體在泓這件事上，我想得很明白，說破天，他也不過是送了一幅畫給別人。所以一旦泓出事，我們無須迴避，反而要主動出擊，讓更多的人來關注並討論。一個藝術家成為犯罪嫌疑人會讓與論一片譁然！我相信大多數人會同情；相當一部分人，包括法律界的專家會置疑這件事的法律依據。這些都正好可以讓我們因勢利導，化危機為機會……。關鍵是英小姐，但只要付了定金她就退無可退，我們正可結成聯盟。這種情況下，英小姐自會調動國際輿論來參與，我在歐洲也會全力配合。泓本來就已經有名，前一段在杜比爾夫博覽會獲獎又使他成為新聞人物，再加上這次事件，正該為他的展覽賺足人氣……」

「你的意思是乾脆藉此做一次事件行銷？」我問。

「很對。」她繼續往下說，計畫已十分詳盡，措施也殊為得當。我真心佩服她，她的理智與冷靜，她的應變能力與決斷力，都是我望塵莫及的。

「瓊，能跟我說說你和泓的事嗎？你們本來應該在一起的。」事情談完，我們在許多方面都達成了共識，但我依然忍不住問。

「我知道你既好奇又疑惑。不過真的是緣分盡了，不然我回國這麼多年，也早該復合了。」她笑了笑，帶著一絲微妙的傷感，淡淡地回答了我。

「為什麼呢？在你，有什麼原因嗎？看你為他的事那麼著急，你應該還愛著他吧，而且還是很愛的那種吧。」

「我剛才說了，緣分盡了。他年輕時喜歡咖啡，現在喜歡的應該是茶了。你不覺得嗎？如果在我們兩人之間做點比較，則若我是咖啡，你的性格與氣質就是茶了。不過茶是需要慢慢品的，你們也需要時間，而時間正好也是你們的財富與見證。至於我，坦率講，我從來都不是一個愛情至上的人。」

她這樣說著，已十分坦誠，也讓我十分感動！我看見了她玲瓏剔透的真誠與善良，也開始理解鏞為何對她有那麼高的評價。

「那麼，你呢，我知道鏞在追求你了。」

「放心，妹妹，我說過我們不再是情敵了，我既沒有和你競爭，也就談不上是一個失敗者。」瓊看著我，很爽朗地拉著我的手說。

「那麼，你會答應鏞嗎？」

「鏞可真不是時候呵，不過我答應他我會考慮的。」

她悵然而又渺遠地說道，彷彿在為自己的命運感懷。我知道不能再問下去，我由此想到泓，我們是不是也處在一個錯誤的時間裡呢？或許正如瓊剛才所說，我們需要時間，而時間也正好是我們的財富與見證！

四月三十日

連續兩天，瓊都帶我去拜訪她的老客戶；她已經正式將我當作公司總經理介紹給她的同事與朋友，並且表明，接下來她的工作重點將放在歐洲，國內的事已全權交給了我。我再一次領略到她做事的決斷，她和她的客戶保持著十分良好的關係，這種關係顯然是建立在長期信任的基礎上的。我相信她從未辜負過那些客戶的投資，那些買過她的畫的人都賺了錢，或者他們的收藏都增值了。瓊並沒有把這些拜訪當作簡單的工作交接，她在不失時機地開始新的銷售。她給老客戶們詳細介紹了與英小姐的合作，尤其是接下來在歐洲的巡展。

「您也知道，先生剛剛榮獲了杜比爾夫的年度藝術家大獎，他已經是一流的大藝術家了。接下來的巡展更是史無前例，經紀人又是全球最頂級的藝術機構。兩年之後，先生的作品會是一個什麼價位，您是行家，不用我說心裡也有數。為什麼不抓住這次機會，在巡展前多買幾幅先生的作品呢？」不用多說，她的態度有多真摯，邏輯又有多嚴密；幾乎每個客戶都認同她和感謝她，兩天下來，我們已經有了好幾筆訂單。我深受她的鼓舞，信心滿滿。從生意角度講，瓊是對的，這場災難既是危機也是機會。我們將不僅是保全，甚至有可能將泓的事業推向一個新階段。我歡欣鼓舞，期待著為他竭盡全力。

泓，此時你在哪裡？和豐在一起開心嗎？我知道你難得這樣休息幾天；我克制自己，絕不打擾你。可我多麼期待你的電話！每天我都帶著你的氣息入眠，又在睡夢中與你相會。

五月二日

帶寶寶去遊樂場，這難得的小長假對我卻是一場考驗。我向來恐高，這次卻要鼓足勇氣帶寶寶玩摩天輪。而且我還必須鎮定自若，絕不露怯，或讓自己在摩天輪上發出尖叫。一個男孩如果沒有父親，那他的血氣和勇敢就只有母親給他。我必須用自己的行為告訴他，這個世界並沒有任何可讓我們畏懼的東西，所有的一切都是勇敢者的遊戲……。我故作輕鬆，但當摩天輪越轉越高時，我幾乎要喊出：寶寶，救我！幸好我沒有喊出來，我堅持到摩天輪停住，可昏眩的感覺擊倒了我，從摩天輪下來的時候，我一臉蒼白，蹲在地上不斷嘔吐。寶寶問我：媽媽，你怎麼了？我只推說身體不舒服，掩飾了過去，絕沒有讓他看出我的懦弱與膽怯……。之後我們又玩了過山車和阿拉伯飛毯。多麼愉快和有成就感的一天，寶寶開心得都要瘋了，幾次抱著我說：「媽媽你真棒，一點也不害怕，生病了還陪我玩。」事後我知道，任何恐懼都來自於心理暗示；我們害怕，只是因為我們沒有去面對。

泓，你這冷漠自私的人，誰給你權利讓我獨自一人過這個節日？假如你在，我也無須拿出這莫大的勇氣來陪寶寶了。老實講，什麼摩天輪、過山車，下次打死我也不會再玩了，我真是恐懼得恨不能大哭！親愛的，你呢，會害怕嗎？當摩天輪轉在最高處時，你會抓住我的手大聲喊：海倫，救我嗎？

二十五

那天下午，任檢察官正急著回家，卻接到檢察長的電話，要他去她辦公室一趟。他快步上了四樓，進了檢察長的辦公室。

「就這麼幾步路，至於喘成這樣嗎？」一個中年男人，戴著髮套、氣喘吁吁地坐在跟前，讓年輕且十分愛美的檢察長多少有那麼一點不快。檢察長的辦公室擺著十幾盆盆花，每天上班這些花都會對她整齊微笑。她喜歡這些花，可細心的人會發現她與其說是愛花，不如說是喜歡那種列隊敬禮的感覺。

「都說你老婆厲害，可也沒見虐待你呵——看你這福發的。」

「看肚子是發福，看腦門可就是愁苦了。」任自嘲地笑了笑。他才五十五歲，身體十分肥胖，又禿了頂，前段時間就戴了副髮套。

「你手頭那件命案怎麼樣了？」檢察長將話轉到了正題上。

「快完了，不過還有些疑問，究竟是故意殺人還是過失殺人，需要進一步的證據。」

「既然快完了，就再接一個吧。」

「您是說泓的案子吧，一樁普通的行賄案而已嘛。」

「是呀，本來是老薛在管，可最近的情況變得複雜而微妙。交給你，一是你經驗豐富，辦案向來仔細謹慎；二是你也是畫家出身，對藝術家的心理應該比誰都瞭解。」

「這案子的難處在於是上面交辦的，而他行賄的對象上面已有了定論，要求我們在他身上把證據坐實。可這位泓先生名聲太大，稍不小心便會引起輿論的關注，弄不好連法學界的專家也會捲進來。一個藝術家送了一幅畫給人，究竟構不構成行賄罪，在法律的邊界上恐怕也有些模糊。處理不好就會給人口實，甚至給別有用心的人大開誹謗之門。」

「我明白了，這麼些年來我們對付知識分子還是很有經驗的。只是手頭這樁案子我想著要再弄仔細點。一個二十五歲的年輕人，得有多大的恨才會將自己的岳父給殺了呵，案發當天也不過是一家人起了一點口角。」

「不是故意殺人，他帶把水果刀上他岳父家幹什麼？老任，你辦案是仔細，可也容易感情用事。泓這個案子我要特別提醒你。」

「要不這樣，兩個案子我都先接著？」

「行嗎？你女兒六月份可就要高考了。」

「我也正為這件事發愁呢。本來準備得好好的，要考政法大學，這些天突然就要改考美術學院。前段時間看了泓的報導，就變得更堅定了。這不，說今天下午就要和我定下來，這是要攤牌的姿勢。您來電話時，我正著急要趕回家呢。」

「現在的孩子都怎麼了？他們再沒有所謂的理想了——趕緊回家去吧。」

「給泓改善一下伙食，生活上多照顧一些。但要加強保衛，有關他的消息絕不能有半點外洩。」任起身要走，檢察長又叮囑道。

熟悉任的人都知道他是一個十分矛盾的人，他思維的敏捷與行動的笨拙就是一個相映成趣的例子。一些時候他是雄辯的，另一些時候又十分木訥。人們瞭解他性格中固執的一面，又常見出他的隨和與軟弱。至於相貌，除了過於肥胖，也並無奇怪可笑的地方。他的眼神不失睿智與莊嚴，卻又常讓人感覺到渾濁與猥褻。他讀很多書，既雜又亂，偏偏在常識方面又很匱乏。他是正經師範大學油畫專業的優才生，後來卻做了一名檢察官。他學的專業與所從事的行當相差太遠，衝突也太大，這也許正是他成為一個顯著的矛盾體的原因。他有一位悍妻和一位十分出色的女兒。現在女兒正在高考的當頭，沒有一天不讓他憂心和緊張的。那悍妻本來只是溫順敦厚的小學老師，之所以成為現在的樣子，一是因為他與前妻生的兒子太過頑劣，二是因為他有過一次嫖娼行為，且被人逮了個正著。那頑劣的兒子向來都是他的心病——十八歲就出去混社會，先是盜搶，後來又染上了冰毒。總之，什麼樣的教育也抵不過天性的頑劣與缺陷。至於任，做妻子的認為他總歸還是良善之人，缺少的也只是嚴加管束。不管怎麼說，任有短處在人家手裡，自然只有服服帖帖，也因此成就了他老婆作為一名悍妻的名聲。

回到家已經六點多鐘了。一開門便同時見到妻子與女兒兩張難看的臉，任檢察官趕緊沏茶討好妻子，又拿出盒巧克力來哄女兒。

「都到家了，你那髮套取了行嗎？」做妻子的一臉厭煩地說道，「讓你四點回家，你就拖到六點，這個家你還要不要？女兒的事你還管不管了？」

「哪能不管呢。」一任取了髮套，露出他所說的愁苦的腦門。他戴髮套是因為已經完全禿頂，他不願意別人從禿頂中看出他的愁苦；可戴上髮套顯得滑稽。關注和議論他髮套的人實在太多了，他只好時而取下，時而戴上；時而露出人生的愁苦，時而又顯示出滑稽與可笑。

「乖乖，跟爸爸說說你的想法，你喜歡什麼爸爸總是支持的。」他避開妻子，向女兒陪著笑臉。

「裝什麼裝？你知道我想考美術學院！」做女兒的早已染上她母親的霸蠻習氣。

「可藝術院校今年的招生已經過了呵。」

「今年補習，明年再考。反正我不考政法大學。」

「學法律多好呵，將來當律師，社會地位高，收入也不低。」

「不喜歡成天跟犯人打交道，時間久了會心理變態。」

「說什麼呢？搞法律就病態？搞藝術不更神經質嗎？」

「藝術至少是跟美打交道，為美而神經質；法律呢，往來都是罪惡。」

「不打擊犯罪又怎麼維護社會公正呢？」

「打擊犯罪？以惡制惡嗎？那我得多惡呵，反正我不喜歡！這樣的人生太骯髒，太沒有詩意了。」

「可是雖然你小時候跟爸爸學過畫畫，畢竟幾年不動筆了，基礎那麼差，這美院又怎麼考？乖乖，現實點，咱們就考政法大學，把畫畫當作愛好，多好呵。」

「所以我要先去北京補習呵。說到現實，你現實了一輩子，不也就混了個小科長嗎？畫畫就不現實了？

你看泓先生，一幅畫就賣好幾百萬。」

這乖張的小人，滿腦子都是尖銳的思想，令任退無可退，「可他現在卻是我的階下囚。」他只好說道。

「爸，你瞎說什麼！」

任便將泓的事跟女兒說了一遍，他的本意是想把泓當例子勸女兒打消考美院的念頭。沒承想那孩子聽了竟咯咯大笑——

「你們也太無聊了！愣把這麼一個大藝術家整成了嫌疑人，這算是行為藝術嗎？不過正好，你帶我去見他，讓他給我介紹一所補習學校，高考完了我就去北京補習。」

「胡鬧，他是戴罪之身，正在偵查階段，怎麼可以見你？」

「你不是他的主辦檢察官嗎？讓他幫忙安排呀。」妻子一直沒有說話，這會兒卻插了進來。

「不可理喻，讓我去找我審理的犯人幫忙……」

「別他媽的裝聖人，我最看不得你這副德行。犯人不是人呵，就不能相互幫忙了？他這會兒正好在你手裡，否則你想找人家，你找得著嗎？」妻子不說則罷，一說就來了個河東獅吼，任只好答應找機會和泓聊聊。

「不過，這也許正是一個可以打開突破口的好方法。」他心裡想著，很快就為自己找了一個理由——

「建立泓的信任，正該從求他幫忙開始……」

任只用了十來天的時間，便建立起了與泓的友誼。他第一次見到泓的時候，泓已經被老薛他們制得恍恍惚惚。任太熟悉這種恍惚了，多少人就是在這種恍惚中交代了自己的罪行。一個人在一個多月的時間裡，每天處於強光照射之中，得不到任何外面的消息，分不清日出日落，還得按規定的姿勢睡覺；而且，有床可躺還是最近才有的好事，所謂的床不過是一塊放在地上的木板，沒有床墊、褥子，更沒有枕頭。「再這麼審，什麼冤案都會整出來的。」他曾在黃克誠[1]的回憶錄中讀到過這樣的控訴。事實上泓的待遇比黃老將軍當年的待遇可差遠了，泓的意志當然也遠不及老將軍頑強。所以當他看見泓插著導尿管，麻木地坐在那把鐵椅子上時，他知道老薛他們的火候已經夠了。

泓在老薛手裡的一個月，經歷了三個心理歷程：一是抵抗，但既無力也無用；二是放棄，卻繼續以沉默相抵抗；三是恍惚，並在恍惚中忍受煎熬。他彷彿一位落井之人，在黑幽幽的井底無望地煎熬著。見到任時他已近乎於呆癡，任當天就讓他聞到了肉味；第二天不僅伙食得到了改善，還換了一間有床、有椅子、有書桌和衛生間的房間。任每天都來看他，每次來都帶著一本書，讓泓一看便知是他的隨身讀物。書很雜，但品味不俗，那天竟是一本卡夫卡的《審判》。

「一本寫父子關係的書。某一天做父親的突然對兒子宣判——『現在我判你溺死。』那兒子落荒而去，竟跑到一座鐵橋上，絕望地說『父親，我愛你』，便跳了下去……」任見泓的目光落在書上，便友善地說道。

「這就是卡夫卡式的寓言。在《變形記》中他寫道，有一天早晨，一個人從睡夢中醒來，發現自己竟在一夜之間變成了一隻蟲子……」泓回應道。

這是他們第一次談話，之後他們每次都會談談任隨手帶來的書，雖然只是浮光掠影，但單看書名，泓對

[1] 黃克誠，大將，彭、黃、周、李反黨集團的核心成員。在漫長的審訊期間，黃曾給林彪寫信，說：「不能再這麼審，再這麼審，什麼冤案都會整出來的。」

任便有了信任，且先入為主地認為他們是同一類人。

「還需要什麼嗎？」每一次任都這麼問。

「要是有書、有紙、有煙就好了。」

那是泓失去自由以來心情最好的一小段日子。大約是任有所交代，看守們對他的態度也好了許多。「你犯的是國家的法，並沒有犯我家的法。」那南瓜臉對他說，他甚至每天都會從隔壁的園子裡給泓弄來一串葡萄。

任知道泓身上的某種欲求已經恢復，一個想看書和抽煙的人，至少有了思考的欲望。他讓泓開了一份書單，第二天，書、稿紙、香煙便一應俱全。一個人只要想閱讀就一定想交流。交談中，泓知道了任原本也是一位畫家，令人驚奇的是，他的蒙師居然就是自己的研究生導師。

「當年靳先生下放到我們這裡，我父親當時正好是革委會分管文教的副主任，很關照他，也讓我跟他學畫畫。後來他平了反，回到了學校，我隨之也考上了師範大學的美術系。」

「原來這就是靳先生當年下放的地方！靳先生也是我的研究生導師呵，沒承想，在這樣的處境中居然遇上了你——我的同門師兄！」泓淚水朦朧，唏噓不已。

「可惜我們是在這樣的情形下相識的。我這一生審過無數案子，有幾起曾讓我十分心痛，但最痛心的還是這一次！老實講起初我是迴避這個案子的，我無法面對；可是不行，這案子我若不接，你受的罪可就大了，我至少可以在生活上照顧照顧你，讓你少受點罪。」

泓想起自己一個多月來遭受到的痛苦，聽到如此溫暖的話語，禁不住悲聲大哭起來……

魔鬼在一旁看著任作法，也看著泓這一次真的是感動了；可魔鬼不說話，只在一旁看著取樂。

「師兄，我要請你指點我這迷路之人了。我被羈押在這裡已經一個多月了，說是監視居住，可也不許我和單位及家裡通個電話。這案子下一步會是什麼走向？監視居住也該有期限吧？」

「通常情況下都是三個月，但根據情況可以辦理延期。至於單位和家裡，我前些天已經帶人去過了。學校的領導很關心你，讓你早交代早出去；你姐姐還好，只是擔心你，我們講了你的情況，她已經平靜下來了。你的工作室我們也去了，你的助理海倫在管著，《懸空的椅子》和《床》也都做完了，我用手機給你拍了段視頻。海倫說你歐洲的展覽正在積極籌備，可能要延期了，不過一切正常，讓你放心。」

「有他們給我寫的信嗎？」

「怎麼可能呢？你還在偵查階段，我剛才講那麼多已經是犯忌了。至於案子的走向，我想先問你一個問題，作為一個藝術家，你認為什麼是最重要的？」

「當然是自由了。」

「是呵，自由，可你現在恰恰沒有自由，如果三年五年，甚至十年都沒有自由，你又該如何？」

「這話可真殘酷，就好比對一個十天沒吃飯的人說再餓你十天、二十天你該怎樣？他只能回答那就餓死吧。」

「話是沒錯，可也太自暴自棄了。我這會兒想到的卻是康德的一句話——『我是孤獨的，我是自由的，我是自己的帝王。』」

「說得多好呵，我是自己的帝王！那麼具體到我現在的情況，又該如何呢？」

「有兩種可能，你聽仔細了：一是想辦法取保候審，有了相對的自由，就有機會做工作，然後爭取判緩；二是按正常程序，監視居住後會提請刑事拘留，然後批捕，然後進入公訴，等待法院判決……」

「這麼說，我非得被批捕、被判決不可了？有機會無罪釋放嗎？」

「你認為呢？」

「我當然認為有。」

「無罪釋放，就是說我們抓錯人了唄，而你倒可以要求國家賠償了。」

「那你剛才說的前一種情況如何做到？後一種情況又將如何？」

「先說後一種情況吧，像你這樣從上面交辦下來的案子，光偵查階段就短不了，三五個月總不算長，之後進入公訴，通常也要四五個月，然後等待法院開庭、判決，最快也要四五個月，然後是服刑，那就得看判決結果。你瞭解看守所和監獄嗎？」任瞥了泓一眼，意味深長地問道。

「不必多說了，顯然我必須爭取取保候審。」

「能不能取保候審，得回到你的案子上去分析。你的案子源於達，也就是說他是主要矛盾，是上面交辦並已經有了結論的，這一點十分重要，這意味著你得認清形勢，別把自己弄成主要矛盾了。達的銀行資料證實，他的帳上有一筆四百八十萬的不明收入，來自一家文化公司，該公司的法人代表正是你姐姐。據達交代，你曾送給他一幅畫，這四百八十萬正是這幅畫賣掉後的收入。」

泓正要反駁，可任不容他打斷，他繼續說：「現在只有兩種情況：一、你通過你姐姐做法人代表的公司給了達四百八十萬，這是單位行賄，最高刑期為五年；二、你送了一幅畫給達，然後又通過你姐姐做法人代表的公司幫助他變現，行賄的主體是你本人，公司只是你為達變現的工具。這種情況比較嚴重，屬於個人行賄，依據數額，刑期不會少於十年。」

泓忍無可忍了，他吼叫著抗辯道：「欲加之罪，何患無詞呵！我是給達送過一幅畫，但只是朋友之誼。我們在大學就是最好的朋友，有近三十年的友誼，他離開北京多年，後來回到北京，喬遷之喜，我送一幅畫表示祝賀。如果這也叫行賄，那麼毛主席七十大壽，齊白石送幅畫給他做壽，是不是也該叫行賄？另外我當年送他畫時，藝術市場才剛剛興起，我偶爾賣一幅畫也不過三五萬，你說我對達行了四百八十萬的賄豈不荒唐？至於那家公司我姐姐是法人代表，坦率講我也是才知道的，我姐姐不過是一位農村婦女，請你們進一步調查，是不是別人借了她的身分證註冊公司？沒錯，這家公司是一直在賣我的畫，可它也賣別人的畫，它只是我的經紀公司而已。至於我送給達一幅畫，達交給這家公司賣了，又與我何干？畫我送給了人家，這畫就是人家的了，他當然有這畫的處置權，怎麼能等同於我給了他四百八十萬呢？」

「我剛才是在幫你分析案子，不是在訊問。既然你這麼振振有詞，倒像是我們冤枉了你，那就下次再談吧。」任見泓那麼激烈，臉色隨之便變得十分難看，他起身準備離開。

「我是給達送過一幅畫，但這只是朋友之誼，我沒對他行賄，也沒有對他行賄的動機。」

「沒有行賄的動機？他是分管你們學院的副部長，你提拔當副院長的那段時間，他的銀行卡多了四百八十萬。你敢說這兩者之間沒有關係？」任聽泓這麼說，就站住了，頗為不屑地問道。

「我當副院長是民主評議的結果，是學校做了很久工作我才同意的。我只想搞我的創作，對這個副院長毫無興趣。說我是靠行賄，而且是巨額行賄才當的副院長，那是對我的侮辱！」

「好了，你再想想吧。」

「我知道在你們的思維裡早已經沒有了友情的概念，一切交往都是功利的，給朋友送幅畫也絕不會白送，必定會帶著某種目的，否則就是奇怪的，不合邏輯的。」泓繼續慷慨激昂，可任已經不想聽了，他都沒有看泓一眼，便揚長而去……

一次並不很愉快的談話。事後任認為自己太急，說得太多，沒把握好分寸。泓則認為自己可能誤解了任的好意，而且太過激烈。他十分沮喪，突然明白即便是熱愛藝術的任，喜歡讀卡夫卡的任，甚至可能成為朋友的任，只要涉及到案子，就依然是一位站在他對立面的檢察官，他們的立場太不相同了。

之後幾天任都沒露面，到了第九天，卻又笑意盈盈地來了，還帶來了一盒餃子。

「今天是週末，你嫂子特意包了茴香餡的餃子，也有點私事想請你幫忙分析分析。」

「老任，那天我的態度……」

「別說了，我理解你，立場不同。今天是週末，我們不談案子，我也有難辦的事情。」任打斷他，將話題轉到了女兒要考美院那件事上，泓聽了，竟對他女兒讚賞有加。

「教育是什麼？就是去發現受教育者天性中最茁壯的東西，並加以培養。她是桃樹就該讓她滿樹桃花，為什麼非要一株桃樹開蘋果花呢？難道就因為你認為蘋果比桃好嗎？就算蘋果比桃好，桃樹又怎能開出蘋果花來呢？因材施教是孔夫子兩千多年前就弄明白了的事，現在的教育卻成了一部絞肉機，把人的個性與天賦都絞沒了。」

「可她雖然小時候跟我學過畫畫，畢竟幾年不動筆了，美院競爭多激烈呵。而且一個美院的畢業生，如果天賦不足夠高，以後就業也是個問題。像我，最後也改了行，代價實在太大了。」

「她是真愛畫畫嗎？」

「應該說多少還有點兒天賦。」任使原樣講了他與女兒那天的談話。

「多好的孩子，這麼小就有自己的目標，比你有勇氣多了！至於考試那還是問題嗎？她畢竟有基礎，補習一年肯定沒問題。」泓聽了不禁笑了起來。

「你是說在孩子考美院這件事上你可以幫忙？」

「如果我們僅僅是朋友，這件事當然沒問題。可現在你是檢察官，我是犯罪嫌疑人，事情就難辦一些。不過也得看你，你不認為我在就這件事上是對你行賄就好。」

「明白了，怎麼會呢？」任沉吟著，又低聲說道：

「泓，且不說我們的關係，我只問你——我會害你嗎？」

「當然不會，你沒理由害我。」

「不僅是我，包括老薛，包括我們檢察長也沒理由害你吧，大家前無怨後無仇的。」

「是這麼個理，可你究竟想說什麼？」

「我想說你應該相信我。上次幫你分析案子，就是為了找到取保候審的理由，在偵查階段給一個犯罪嫌疑人辦取保候審，沒有充分的理由可能嗎？更何況你一個多月來的態度可以說是頑固，你甚至認為自己完全沒有罪。」

「這是事實！我怎麼會對一個老朋友行賄呢？而且行賄的目的，如你們所說，僅僅是為了當一個我根本就沒興趣的副院長。我怎麼當的副院長，你們可以去學校調查嘛。」

「跟你說實話吧，達的案子上面已經有了定論，他帳上四百八十萬的不明收入是必須要查清楚的。如果真像你說的那樣，那該如何結案？又如何給上面一個交代？我們已對你採取了一個多月的強制措施，你一句話沒罪，就把你放了？你也是當過領導的人，你認為在現行體制與環境下可能嗎？」

「你不僅天真，還總是從自己的角度想問題。那也好，我們就查到底，澈底查查那家公司，馬上傳喚你姐姐，通緝那位跑了的瓊小姐，再澈底查查你私生活中不檢點的地方，以及你每次賣畫偷稅漏稅的情況……。我跟你說，一個人要和國家機器對抗是行不通的，也是心智不成熟的表現。我上次問過你，一個藝術家什麼最重要，你說是自由。可什麼是自由？把你的名聲弄臭了，錢弄沒了，身體弄垮了，你還有自由嗎？」

「在中國什麼事都只求一個差不多，小地方就更是如此，這是一種與人方便與己方便的智慧。難道你看不出我們是在給你機會嗎？如果你再固執己見，繼續對抗，我們真像剛才說的那樣查下去，恐怕光偷稅漏稅你也得吃不了兜著走吧，更何況你的私生活又如此不檢點。退一步講，你是一個男人，有事得自己扛，真把你姐姐弄進來，再在網上通緝瓊小姐，你又於心何忍呢？這一個多月來你也多少受了些罪吧，可看守所和監獄的罪你受過嗎？沒受過聽說過嗎？」

泓低下頭，他已完全喪失了抗辯的能力。任的每一句話都像鞭子一樣抽在他身上，他體無完膚，沒有了任何防線。這個時候他才知道名譽與親情有多重要；無論如何，他不能株連到瓊和姐姐。

「可我又該怎麼辦呢？」

「爭取取保候審呵，我已經說了，先取保候審出去，只要出去就總有辦法可想。」

「那就意味著我必須得配合你們，讓你們對上面有個交代？」

「大家都把事情做到差不多的程度吧，你承認給達送了畫，承認這是行賄，是一種犯罪行為。我們也設法把行賄的數額降低——像你說的，當年你送他畫的時候，你的畫也只能賣三五萬。那麼三五萬的行賄就不算個事了，甚至免予刑事訴訟也有可能……。不用說你應該明白這已是最好的結果了。」

「無罪釋放呢？事實上，我真沒有行賄呵。」

「又來了！」任的眼神再一次變得嚴峻、冷嘲和不耐煩。泓甚至都沒有勇氣迎接他的目光，他囁嚅地說道：「那求你想盡一切辦法給我取保吧，明天我們就做筆錄，我一定配合。」

之後泓一直在想任的話究竟哪句是真的？取保候審並沒有那麼容易。期間他又做了多次筆錄，每次的內容都差不多，但他們不厭其煩地反覆做。他吞下了第一枚苦果，就只有再多吞幾枚，最後連後悔的力氣都沒有了。每次做完筆錄，他都要問什麼時候給他辦取保候審？任總是回答正在做工作，連檢察長也很同情他，認為他是無害之人，應該有取保的機會，但這件事要層層彙報，從區裡到市裡，再從市裡到省裡，最後還要報到北京。「你的案子不是一個孤立的案子，牽涉到達，而達又牽涉到另外一些人，也不知道上面究竟是怎樣想的？萬一取保不成，我也真沒臉再見你了，我對不起靳先生和自己的良心。」泓聽了，趕緊鼓勵他，請他不要洩氣。可他的心裡沒有一天不是忐忑不安的。直到那個突然變陰的下午，他寫完取保候審的申請，就被戴上手銬、押往看守所，他才在心裡無聲地吼道：你們騙了我！這怒吼聲甚至連他自己也覺得滑稽！好在滑稽可笑的事實在太多了，泓應該很快就可以寬解自己。「我是孤獨的，我是自由的，我就是自己的帝王！」——泓帶著這句話，也帶著任說這句話時的豪邁到了看守所，他將在這裡等待公訴和判決……

二十六

海倫一定連自己都不知道，「五一」小長假一過，等待她的便是一連串暴戾、乖張的事情。先是泓失聯，接著是父親在臨近離休時被帶走，然後是三媽姐不可理喻地來和她爭奪房產……。雖說天災人禍本是常事，海倫也早就通過電影和閱讀見識過各種災難，但一旦落到自己頭上便依然免不了驚慌失措。

與泓在上海分手後，她和瓊回到了北京。但這麼多天了泓一直關機，「五一」過去了，還是關機，她的心裡便開始不安。她找到豐，豐說泓在西溪濕地只住了三天，便獨自一人去雁蕩山了；她給雁蕩山的酒店打電話，酒店說泓中午已經退房……。「那應該是在回北京的飛機上了！」她這麼想，就怪泓沒有告訴她航班；查了航空公司的資訊，知道航班晚上八點抵京，便去了機場。飛機沒有晚點，可也沒有見到泓的身影；手機依然關機，短信也不回……。「失聯！」——當這個詞閃現出來的時候，她的腦子嗡嗡直響。回到家裡，昏昏沉沉地倒在床上，腦子裡盡是泓近乎哀鳴的求助聲。好不容易熬到天亮，匆匆忙忙吃了早餐，便去美院向王館長打探消息，卻在路上便接到了檢察院的電話。那冰冷的電話證實了她的猜測，泓已經被檢察機關採取了強制措施……。「監視居住！」這個詞如此陌生又是如此刺耳！

王館長在辦公室接待了海倫。他才四十五歲，就已經是國內最頂級的美術館的館長了，而且成熟得讓任何人都覺得他既老道又真誠，既可以與之共事又可以推心置腹做朋友。他見海倫臉色不好，關切地問她是不是病了。海倫竭力讓自己平靜下來，複述了一遍剛才的電話內容。王館長先是愕然，接著就哈哈大笑。他說海倫一定是接到詐騙電話了，這樣的電話他自己也接到過。但王館長很快也接到了一個電話，這個電話讓他確信泓真的是出事了。「怎麼可能呢？一個藝術家怎麼會跟行賄扯在一起呢？」他一臉茫然，在那間混合著藝術家、評論家和行政官員調性的辦公室來回踱步。海倫望著他，似乎在等他拿出什麼辦法來。「他是被關起來了嗎？關在什麼地方？可以去看他嗎？不過你放心，也要相信組織，總會有辦法的。」他說，之後便勸海倫先回去。海倫走出王館長的辦公室，心想：自己為什麼要第一時間到這裡來？泓是美院的副院長，或許她真應該如王館長說的那樣相信組織……

正是上課的時間，特立獨行的學子們正三三兩兩地往教學樓走去，幾年後他們中間也許會產生像泓那樣卓有成就的藝術家，並擁有更為奇特的命運。海倫下了樓，走進一家咖啡館，想坐下來靜一靜，也理一理思緒。她給瓊打電話，電話關機；給鏞打電話，還是關機。也許他們都還沒有起床吧，藝術圈的人大都習慣晚起，即便這樣一個突厄的早晨，他們也有權利待在自己的夢裡。想不起該給誰打電話了。英小姐？哦，不，當然不行，她得等一等，至少要在與瓊通完電話之後。泓姐！——海倫腦子裡閃現出那個瘦弱的身影，對了，她應該去看看泓姐，她有權利在第一時間知道泓的事情。可該怎樣給她說呢？隨即，電話響了，是鏞回過來的電話。海倫又複述了一遍檢察院的電話，說自己現在在美院，王館長已經知道了。鏞問：「王館長有什麼反應？美院方面有什麼想法？」海倫簡單說了說王館長的反應。「我聯繫不上瓊姐姐，她得儘快知道這個消息。」她說。「她已經去歐洲了，昨天晚上的飛機。」鏞的聲音裡有一種彷彿洞悉一切的冷靜。「海倫，我能想到的是馬上找一個好律師。至於瓊，她應該很快就會知道這個消息的。」掛了電話，海倫開車去看泓姐，「這種時候不可能有任何外援，一切都得靠自己。」她這樣想，便設法讓自己的意志集中起來……

泓姐剛在房間裡唸完經。她開門，看見海倫一個人站在門外，便問：「泓伢子呢？你們不是一起去上海了嗎？他怎麼沒回來？」海倫進了屋，與泓姐寒暄了幾句，便給她講了這幾天的情況，以及剛剛接到的檢察院的電話。

「他犯了什麼法？」泓姐質問道。

「還不確定，只是在接受調查，得有　段時間不能回家。我怕您著急，先過來跟您說一聲。」

「他不會受罪吧？有人照顧他嗎？」

「我明天給他送點東西去，待會兒請你找幾件他平時穿的衣服。」

「我跟你去！」

「見不了面的，路那麼遠，就是送點東西，別去了。」

「沒犯法怎麼連面都不讓見？」

「不是在接受調查嗎？」

「我們王家祖祖輩輩都是老實人，靠手藝吃飯；沒犯法憑什麼把人抓起來？……泓伢子，早勸你回老家去，你不聽，現在好了，畫個畫也犯法了！」說著說著就哭了起來。海倫反覆勸她，告訴她沒事的，努力讓她平靜下來。

「八月份蕊妹子要回來，姐，你放心，泓跟我說了，我會安排好的，要不我先送你回老家去住一段？」

「我哪都不去，就在這裡等他們，總不會調查到八月份吧。」

「應該不會的，放心吧，不會有事的。」

「不會有事的？不會有事連家裡人都不讓見，電話都不來一個？」

海倫又勸，反反覆覆，終於讓泓姐平靜了一些。

「對了，你們去上海前，泓伢子讓我交給你一樣東西，說你來的時候交給你。」

泓姐進屋，拿出一個信封交給海倫。

「哎，不對呀，當時我就問他：『你們不是一起出差嗎？怎麼不自己交給海倫？』現在看來，他走的時候就知道自己會出事情了。海倫，你老實告訴我，他究竟出了什麼事？」

海倫只好把事情的來龍去脈給她說了一遍。

「就是送了一幅畫給達，達被抓了，就牽扯到了泓。姐，放心，就這麼點事兒，說清楚就好了。」

泓姐滿臉狐疑，可又不知道再說什麼。

海倫拆開信封，是兩張銀行卡和一封信。她打開信，讀著：

海倫，這封信寫起來有千般的難，但總勝於和你當面講。連同上次在香港，我們先後有過不多的幾次獨處。在飛機上，你的手放在了我的手上，我也握住了你的手；我們就這樣彼此相握，飛了三個多小時。我佯裝睡著了，但我知道我們已向對方傳遞了信息——愛，或者至少是信任與託付⋯⋯。之後我們差點說出關乎一生的話來。一些你可以理解的原因，另一些我自己也不甚了了，讓我尚不能把你當作我的愛人……

海倫讀著，眼圈已經發紅；她忍著，上了樓接著讀：

我留下的這兩張銀行卡，一張留給姐姐和蕊妹子，一張留給你。請用其中的一部分支付工作室的費用。你應該知道恰當的時候工作室需要關閉，結算工資時，請多支付工人們一個月的工資……我曾提議你與瓊結為伙伴，共同經營她的公司，但顯然遭致了你的不快。但不論你最終做出何種決定，工作室都請你幫我照應。我多年的作品和資料都在那裡，希望不至於損壞或丟失。我在卡裡給你留下的錢，希望對你有所幫助，遇到特別困難，你可以自己做主賣我幾幅畫……

再回到我們的感情上，我試圖請清楚自己的想法，並對我們剛萌芽的情感有所交代。如你所知我有過兩段感情；因為蕊妹子，我與雪潤將不可避免地再發生聯繫；瓊，我想在與英小姐簽約後會很快去歐洲，我很難預料鏞與她的結果，但正如你說我們唯有祝福……。誠如鏞在信裡說：「另有一人已經在一旁愛你，但願你這次懂得珍惜。」其實他不瞭解，我的問題並不在於是否懂得珍惜，而在於是否懂得愛。或亦可換言之——我真具備愛的能力嗎？

如你所知，我六歲時母親就已去世，是一個文化程度不高的姐姐把我帶大。沒有人給過我關於愛的教育，姐姐在婚姻上也很不幸。我的兩段感情經歷都讓我疑惑。我辨別不了真愛與一般性情感的區別，更不懂相處之道。在我這個年紀，愛情已如遠去的風景，依稀和模糊。我沒有如鏞那樣回到日常生活中去的想法。如果婚姻不過如此，我寧願一直獨身。我不需要另有一人以愛情的名義來照顧我的日常起居——我這麼說，你可以理解成我對愛情依然抱有期待，我當然也不否認。但在我，被愛與愛都殊為不易。若老天垂憐，真有所謂的愛情，我則希望這一次是完美的，開始時完美，過程中完美，結局當然也要完美。可我對這完美的愛情所知甚少，我看不見，聽不見，更不瞭解它的脾氣與習性……。波赫士曾經說：「我去過很多地方，愛過幾個男人和幾個女人，其中一位我最喜愛，因為她有拉丁美洲式的寧靜……」這遼闊的詩意一直縈繞在我的腦際。我曾夢見我們有過最美麗的月夜，我們徜徉在夢幻之中，你熟悉我所有的心思，瞭解我的雄心與痛苦，你的目光一直在凝視我……。海倫，我所渴望的恰恰是在你的懷裡，而你一直在輕撫我的臉——瞧，一個憂傷的皮膚飢餓症患者，渴望你永久的凝視、愛撫與寬懷！

然而天不遂人意，剛開始就如此憂患，過程和結局更是不可預知，我又怎能讓你受累於我這不測之人？

「主啊！讓我和傑羅姆雙雙來到您的身邊吧，讓我們像朝聖的香客一樣共同走完人生的旅途吧。我們在一起會互相鼓勵，互相幫助，如果一個人累了，另一個人就說：靠在我身上吧，伙伴。而那個人就會回答：有你在我身邊，什麼樣的困難也不怕……。可是不行呀！主，您指給我們的是一條非常狹窄的道路——窄到兩個人無法並肩前進。」——這段話摘自紀德的《窄門》，正如阿莉莎所說：「主，您指給我們的是一條非常狹窄的道路——窄到兩個人無法並肩前進。」她的話已表達了我的心跡[1]。

連續幾天，我都聽見一種腳步聲，它緊緊地跟著我，無論我走到哪裡，它都跟著，我停下，它也停下；我走，它又緊隨其後。我知道這是要帶我離開的腳步聲，我即將去那個讓我恐懼的地方，我們將有很長一段時間不能相見……

再見了，海倫，但願我能再握你的手，並帶給你永久的祝福……

海倫讀完，已失聲痛哭；她完全想像得到泓寫這封信時的心情，他寫時也一定熱淚縱橫。可此刻她獨自一人在樓上呆坐著，又在心裡熱切地說道：「傻瓜，你是多麼矛盾和語無倫次！你在渴望也在訴求，可你缺乏信心和勇氣，阿莉莎說得多好呵，『如果一個人累了，另一個人就說：靠在我身上吧，伙伴。』現在我也只想說：靠在我身上吧，泓！」

不知道在樓上待了多久，海倫從書櫃裡挑了幾本書——巴斯特納克的《齊瓦哥醫生》、普寧的短篇小說集、卡夫卡的《城堡》和羅素的《西方哲學史》。她下樓，見泓姐已整理好泓的衣物，獨身一人坐在沙發上。她過去，抱著這瘦弱的女人，輕輕地說：「姐，你願意我叫你姐嗎？我已經是泓的女人了，從今天起，我們就一起等他回來。」泓姐撫摸著海倫的頭髮，長長地嘆了一口氣。「姐，搬到我那裡去住吧，我們住在

1 傑羅姆、阿莉莎皆為法國作家紀德（André Gide, 1869-1951）小說《窄門》（*La Porte étroite*, 1909）中的主人公。

一起，我要幫泓處理好多事情，你也幫我照顧一下寶寶，好嗎？」「等你明天去看了泓伢子，我們再商量吧。」泓姐輕聲說道。

離開泓姐，海倫又去了工作室。院子裡已經擺滿了從各地搜集來椅子，每一張椅子都已經按照泓的要求處理完畢，只差在一個適宜的展廳懸掛和擺放了。海倫凝視著滿院子的椅子，決定將整個工作室騰空，做成這件作品的展廳。她立即安排，並給鏞和王館長打了電話，請他們給予必要的指導。這件工作安排完之後，她的心情漸漸變好了，一天的陰霾也漸漸散去。她一下子就明白了，她必須調整好心態，不能讓自己沉陷在徒勞的憂鬱之中；她必須行動，並按計畫推進每一項工作。工作中每一個細微的進展都會讓她感受到泓的存在，也會讓她踏實和有信念。「我可以站著哭，但絕不能踉踉蹌蹌、自哀自怨！」她這樣想著，就離開工作室，去幼稚園接寶寶回家。晚上十一點，瓊的電話來了。

「海倫，抱歉，我已經到了法國，走得太急，沒來得及跟你告別。」

「事情我都知道了，我們就當它沒有發生，繼續按計畫推進好了。天塌不下來，藝術家只會死於沉寂，泓絕不能因此沉寂下去。我馬上就聯絡新聞界和法律界的朋友。就當我們兩個女人，不，再加上英小姐，和這個世界打一場仗好了。我們一定要讓泓的展覽如期進行，並且，每一場都賓客如雲……」

「謝謝你，瓊姐姐。現在的關鍵是英小姐，她會不會因此而放棄，甚至像你曾說的那樣，讓我們陷到法律糾紛中去？」

「你明天先去找余律師，全權委託他代理泓的案子；然後儘早去上海與英小姐見面，爭取她的支持。我也會在恰當的時候去德國，做他們董事會的工作。這兩天我會先給英小姐寫郵件。」

「稍等幾天吧，我明天先去給泓送些東西，看能不能見他一面。另外，我已經安排攝影師給泓的作品拍照了。《懸空的椅子》和《床》的製作也已經接近尾聲，我想把工作室騰空，當作這兩件作品的臨時展廳，並在鏞先生和王館長指導下完成最後的合成。這兩件作品呈現出來，也會增強英小姐的信心的。」

「好，那就這樣，我們每天溝通一次情況。」

瓊的電話增強了海倫的信心。她洗完澡，躺在床上，看著手機裡的照片，輕輕地吻了一下照片中的愛人。「放心吧，泓，你就當是給自己放了個長假。有我們在，一切都會如期進行。」她還不知道她與泓其實都在迎接新生。任何災難之後的蛻變，都將痛苦而神祕；同時他們也將接受造化的指引。

二十七

第二天一早，送完寶寶，海倫便驅車去了泓監視居住的那座城市。一座幾乎沒有任何特色的小城，是北京西北方向有名的風口，也是歷史上有名的「兵城」。而這兩樣正給這座平淡的城市平添了肅殺之氣。

海倫找到檢察院，瘦高個兒的薛和一位年輕的檢察官接待了她。薛一臉嚴肅，年輕的檢察官不知對他附耳說了幾句什麼，他的一張黑臉便擠出一絲笑來。是那種有一點猥瑣、讓人莫名其妙的笑。海倫拿出給泓的東西——幾件換洗的衣物和日用品，幾本書和泓喜歡的香煙與咖啡。

「東西我們儘量轉交，有什麼話只要不影響偵查工作我們也儘量轉達。」薛說。

「我能見見他嗎？」

「不能。」

「那能看看他的視頻嗎？」

「你說呢？」

「那就請轉告他，讓他保重身體，沒事多運動，看看書，養養性，要樂觀一些。」

「過一段會讓他看的。走吧，沒事就回去，他很好。」

薛在例行公事，海倫知道再說也是無用；又問了幾個與聘請律師相關的問題，便起身告辭。出了門，似乎又聽見背後的訕笑，以及帶著訕笑的指指點點。海倫開著車在周圍兜了兩圈，彷彿寄希望於一回頭就突然見到了泓。這可笑的潛意識只能讓她更加悵然。之後，她出城，上了高速，三小時之後就回到了北京——她當然不知道泓每天都只能插著導尿管坐在鐵椅子上，他根本不能「沒事多運動，看看書，養養性」……

工作室已全部騰空，變成了兩間臨時展廳。海倫預備將二層用於素描、小稿及《床》的展覽；一層用於油畫及《懸空的椅子》的展覽。海倫回到工作室時，攝影師正在拍照，幾個工人在牆上掛畫和調燈。大家安靜而有序地忙碌著，並沒有覺出這一天與往常有何不同。海倫保留了二樓的客廳和書房，指揮工人擺花和調整家具，她要讓客廳和書房比泓在的時候更溫暖一些。第二天王館長來了，他是藝術展覽的老行家，對每個細節都十分認真和講究，也給了布展的工人很多指導。不一會兒，鏞也來了，他指點音響師調校音響，測試《懸空的椅子》的音樂……。不久，燈光與音樂全部調校好了，五張代表不同人生階段的床也已經擺好。四個工人在不同的床上躺著，海倫也躺在了一張床上，體驗著與作品的互動及展覽的效果。一樓，三十把椅子已懸掛在天花板上，不同年代、不同身分、不同來歷的椅子全部處在懸空狀態了，音樂響起，那彷彿初始的童音，以四部合聲的形式演繹著流水的聲音，時而平緩開闊，時而湍急跌宕，與懸在空中的椅子共同詮釋著泓的理念與思緒，顯得尤為亙古和憂傷……

「效果還行，可惜空間小了點，縱深不夠，展廳再大一些就更好了。」鏞說。海倫已經在客廳沏好了茶，便招待他和王館長坐下。

「已經很不錯了，工作室畢竟不是美術館。」王館長說。「唉，這件作品難道早就預示泓院長的命運了嗎？」又感嘆道。

「也是我們每個人的命運。」鏞說，「海倫，你見到泓了嗎？」

「沒讓見，但答應轉交東西；我留了幾句話，讓先生權當休息、養養性，他們也答應轉告。」

「權當休息？說說罷了，在那樣的地方，可想而知的。」

「不是監視居住嗎？怎麼不准見家人和律師？哪條法律規定的？」王館長問道。

海倫沉默著，不知說什麼好。

「海倫，下一步你準備怎麼辦？」鏞問道。

「我明天去見律師，是瓊姐姐事先見過的。前天我已經見過泓姐姐了，就讓她委託律師處理先生的案子吧。接下來，我要按計畫全力準備先生的展覽。」

「還要做展覽？英小姐他們知道泓院長的事了嗎？」王館長問道。

「為什麼不做？都已經簽約了，何況先生也只是在接受調查而已，法院還沒有裁定他是否有罪。」海倫答道。

「話雖這麼說，可畢竟是一項投資，英小姐他們恐怕會因此終止合同吧，這種情況下美院方面還支不支持也很難說呵，要知道，達正是主管我們學校的副部長！」

「主要是英小姐。如果他們對泓的作品有信心，應該會按計畫做下去；不過泓這次的事對行情肯定會有影響，如何評估這個影響，會影響英小姐他們的決心。」鏞說。

「我們會說服她的。這不是先生一個人的事。這件事不處理好，會影響所有藝術家的信心。至於美院方面，王館長，如果英小姐他們繼續，你們卻退出去，對輿論也不好交代吧，先生畢竟還是你們的副院長。」

「那是當然，我會做學校的工作的。藝術家中很多人甚至都有道德缺陷，但並不影響人們繼續喜歡他們的作品。只是在中國，人們考慮問題時會顧及到許多關係，事情也因此變得複雜和難辦。」

「美院無所謂的，只要在國外的展覽如期舉辦；美院不做，也可以在別的美術館做，只是美院的顏面何在？」

「先往前走吧，過幾天我就去上海見英小姐。總之正如瓊姐姐所說，我們絕不能讓先生就這麼沉寂下去。」海倫說完，又再次向兩位道了謝。她的這種態度，讓鏽和王館長都很吃驚。兩人離開工作室後，海倫又久久地站在《懸空的椅子》下面，整個工作室再次響起了那段流水的聲音。「呵，懸空的，不可預知的椅子，如此殘忍地昭示出生活的真相。可再惡劣的天氣也會有晴空萬里之時，唯其如此，我們才要加倍努力。」她這樣想著，竟生出了一種豪情，她似乎在潛意識裡早就有了一種期待，彷彿要看一看自己的潛能與意志在如此殘酷的不確定性中究竟有多強大？

兩天後，海倫到了上海。

「海倫，到底怎麼回事？」英見到她，急忙迎上前去。「我剛看到瓊的郵件，簡直都懵了！現在腦子裡還是一頭霧水，正要給她打電話問個明白。」

「我正是怕郵件講不清楚才專程過來的。」

「五天前，我接到檢察院的電話，說先生涉嫌行賄，已對他實行監視居住。第二天我就去了檢察院，可沒見著人，說是在偵查階段，連家人和律師都不讓見。」

「這麼說他是被抓了！律師呢？找律師了嗎？」

「昨天已正式委託了律師。」

「到底發生了什麼事？一個藝術家怎麼會對人行賄呢？」

「你知道達吧，主管美院的副部長，也是先生和鏞三十年的老朋友了。先生曾送給他一幅畫，他將這幅畫賣了，前一段他因收入來源不明被人舉報，給雙規了，這就把先生牽扯了進去。」

「你等等，泓給一位老朋友送了一幅畫，這位老朋友是一位副部長，正好又主管泓他們那所學校，被雙規了，他的非法收入中，有一筆正來自於泓送給他的一幅畫。於是，泓涉嫌行賄……是這樣吧。」

「是這樣。」

「怎麼會這樣呢？這叫什麼事？給朋友送幅畫，是朋友之誼嘛！律師怎麼說？」

「他只是就行賄罪對我做了一些法條上的解釋。具體到先生，得等調查結束，看了卷宗才能下判斷。不過他認為先生的案子處於法律較模糊的邊界，有可能會產生爭議。」

「泓之前對這件事有預感嗎？哦，對了，我想起來了，難怪他簽約時要堅持加上那麼一條特別約定。當時我還納悶，他為什麼要加這麼一條？現在看來，他是預感到自己可能會出事，才給了我們一個選擇權。」

「是的，他本來不打算來上海簽這份合同了，是我和瓊姐姐堅決反對，他才勉強來簽的。他堅持加上這麼一條特別約定，就是為了讓你們有完全的自主選擇權。」

「真是一位君子！可為了這項合作我們已經做了很多工作了，前幾天也付了定金和首款；龐畢度美術館我們也已經預付了場租；新聞發布會也開過了；現在滿世界都知道這項合作並對隨之而來的展覽充滿期待，客戶方面甚至已經有人下訂單了……」

「是的，前段時間我和瓊姐姐拜訪了部分客戶，客戶也很踴躍，大家對即將推出的巡展都十分期待。前天，我、鏞先生和王館長，已經完成了兩件裝置的最後合成；先生的工作室已經全部騰空，成了臨時展廳。一層是四十幅油畫和《懸空的椅子》的展覽，二層是素描、小稿及《床》的展覽。我帶來了一些照片和視頻，效果可真是令人震撼。」

英看完海倫帶來的照片與視頻。

「到了龐畢度，效果更可期待……。只是海倫，這種情況下，我們的合作又該如何進行呢？恐怕也只有令人遺憾地停一停了，等泓的事明朗一些再說吧。」

「我理解的，可是英姐姐，我能請教幾個問題嗎？」

「你說，海倫。」

「一間具有國際地位和影響力的畫廊，它的宗旨究竟是什麼呢？」

「當然是推動藝術的繁榮。」

「那藝術的繁榮又從何而來呢？」

「當然是來自藝術家和收藏家群體，來自人們對藝術的熱愛、期待與信心。」

「那這件事就不是先生一個人的事了，而關乎整個社會對藝術家的信任與信心。至於畫廊的宗旨，我認為更應該是維護藝術家的尊嚴，提升藝術家的價值。」

「你的意思是？」

「很顯然，如果藝術家有點什麼事，畫廊就拋棄他；整個社會和輿論會怎麼看？還會有人買他的作品嗎？」「相反，如果藝術家遇上了困難，畫廊竭力保全，就當什麼事也沒發生，繼續努力賣他的畫；人們就會想，這個藝術家一定沒問題，不然畫廊也不會這樣賣他的畫了。其他的藝術家看見畫廊在藝術家有困難時還這麼堅定地維護他、支持他，也一定會想，我的畫以後就交給這家畫廊吧，無論發生什麼事，這家畫廊都不會拋棄我的。」

「海倫，你很有說服力，也滿打動我。可是這件事必定會對行情產生影響。這次合作對我們來說是一筆不小的投資，如果行情出現波動，又怎麼保證我們的回報呢？」

「我理解你的顧慮，英姐姐。可這件事對先生的行情會產生怎樣的影響，是影響到行情上漲還是下跌，恐怕現在還下不了結論吧。」

「瓊在郵件裡也這麼說，她甚至認為這是一個機會，會有更多的人因此關注泓，也會有更多的人去看他的展覽。但這與實際購買並不是一回事，人們只會在一旁看熱鬧。」

「王館長對我說，歷史上有很多藝術家都是有私德缺陷的人，但並不影響人們繼續喜歡他的作品。具體到先生，他目前只是在接受調查而已，法院並沒定他是否有罪。而且即便有罪，這罪在法律的邊界上也是有爭議和讓人同情的。人們不會因為一個藝術家是好人而買他的畫，但肯定會因為同情他的遭遇而更加關注、理解和喜歡他的作品。我們之前對先生的作品已有共識，並簽訂了合同；在我們的計畫還沒有正式開始時就已經有藏家下訂單了。這些人都是行家，他們很瞭解中國的社會與制度環境，他們會因為這麼一點事而讓手裡的作品下跌嗎？不，他們只可能因為你們的放棄而觀望。如果你們不放棄，他們就會有信心，甚至會認為先生的作品有機會成為稀缺性收藏品種。」

「我們不妨細分一下。前面說到的是一些成熟的、有經驗和判斷力的藏家。一些新藏家也在尋找新的市場機會。泓剛得了杜比爾夫的年度藝術家人獎便與你們簽了約，他已經成了這些新藏家的目標。這些藏家的經驗不足，更容易受輿論及權威機構的影響。什麼是權威機構？你們就是，還有三小姐和瑞銀那樣的大財團。如果在泓出了這麼一檔子事之後，你們依然不放棄，那麼就極易造成新藏家對作品的爭奪性收藏。這樣先生的行情就一定會看漲，而我們的展覽計畫，又將起到推波助浪的作用……」

「我部分同意你的觀點，海倫，可……」

「其實，我們現在只是出現了一點新情況，或者說，我們止在面臨一場公關危機。任何商業機構都有可能出現公關危機，也應該有處理危機公關的能力，這在商業領域是很正常的。我在以前的公司就分管過公共關係，處理危機公關也算有經驗。好的策略會在危機中找到並建立新的機會。再回到我們的合作上，先生的基本面，包括作品的品質、市場影響力、號召力乃至於整個市場環境，並沒有因為他的案子而產生變化。變化了的只是心態——更大的好奇心與同情心，這些都將被激發出來，並對我們的計畫產生新的推動力。心態的變化最重要的是信心的變化。因此並不存在對先生作品的重新評估問題，而是需要重新提振信心。如果英姐姐能重振信心，正像瓊姐姐說的那樣，就當我們三個女人和這個世界打一場仗，那麼我敢說，這場仗我們非贏不可！」

「海倫，你真的很聰明，每句話都直達要害。你和瓊就那麼有信心嗎？你們的信心又從何而來呢？」

「除了剛才的分析，我的信心也來自於我在跨國公司多年的從業經驗，來自我對先生的信任與信心。從根本上講，先生的作品是有生命力的，也是值得人們收藏的。」

「好了，海倫，你說服我了，就讓我們和這個世界打一場仗吧。過幾天我就回德國，請求董事會繼續支持我們的計畫。接下來就當什麼都沒發生，僅就如何打好這場仗，你有什麼具體建議嗎？」

「我和瓊姐姐近日會擬一份計畫書。總的說來，是新聞、推廣、銷售聯動。新聞方面我們不應該迴避先生的案子，反而要主動出擊，讓新聞界介入並報導案子的每個進程。先生已經是熱點人物；這一輪的新聞會讓受眾萬分驚愕，並充滿疑惑。我們正好可以調動受眾的好奇心與同情心。同時業界的專家及法學界的專家，媒體、評論家與策展人等，也要介入進來，不妨讓大家藉這個案子來討論一下中國的法律環境與制度環境，也不妨讓大家來預測一下先生的行情會因此發生什麼變化。瓊姐姐說得對，藝術家只會死於沉寂，我們絕不讓先生因此沉寂下去。與此同時我們應該舉辦一次藏家展，讓藏家來回答受眾一直在預測、推斷的行情問題，會比任何語言都更有說服力。藏家展不獨是先生一人的作品，但先生的作品要占相當大的比例，以進一步呈現先生在收藏界的地位。同時我們也將針對性地拜訪幾個潛在的重要客戶，比如慈小姐家族，比如瑞銀等。如果在龐畢度首展開展前，能促成一兩個超級藏家收藏，那麼這場仗就算是已經贏了，接下來的事，便是原計畫中的巡迴展……。當然我們也應該藉此傳達一個重要的訊息，即藝術是獨立的，也是頑強的，越優秀的作品就越會在劫難中彰顯魅力與價值，這也是上千百次驗證過了的。」

「好吧，海倫，讓我們行動吧，讓藝術在行動中彰顯它的魅力與價值吧。」

兩個女人因為共同的意志、理念與價值認同，有了進一步的信任與默契。海倫起身告別，英擁抱了她，用一種熱切、欣賞、信任的目光長久地注視著她。

「海倫，我想知道這個時候瓊怎麼會跑到歐洲去？她在逃避什麼？」

「泓送給達的那幅畫，正是瓊賣出去的，達的銀行帳戶正好有這筆款項，這個時候她應該迴避一下。不過你放心，我已經正式擔任公司的董事總經理；瓊在歐洲也會不遺餘力地配合我們。我想，此時連上帝也會在天上看著我們，並預祝我們成功的。」

「好，三個女人一臺戲，要唱就唱它個精彩絕倫！」

二十八

如果時間可以倒流，我們不妨再回到本書的開篇上去，回到子靈說過的那個令人驚悸的下午。極光與烏雲搏擊之後，天空恢復了平靜。那個下午其實與往常一樣，其實也只是一個平常的下午。時間循環往復、不舍晝夜，原本就與人的生死、是非、愛恨、悲歡無關。很顯然，任讓泓誇大了對看守所的恐懼，讓他將寫取保候審申請的那個上午當作了希望之日，而將去看守所的那個下午當作了末日。可不久他就該明白，他實際上還誇大了自由的可貴，也誇大了名譽、尊嚴與自我的價值。如果泓對時間有更本質的認識，瞭解到這一天與另一天並無本質不同；如果他早一點學會隨遇而安，懂得隨時隨地滿足於自己和自己的生活，他將進一步認識到，他此前的行為，包括虛榮與憤怒、才華與智慧、財富與名譽、成功與失敗，也包括自由與自我，其實都是滑稽可笑的。兩個多月來，他一直在抵抗也一直在拒絕成為一名罪犯，其實那只是因為他的靈魂依然停留在這個世界的規則之上。殊不知規則之外，「上帝也許寧可要一個罪人而不要九十九個義人」。現在上帝已經讓他站在規則之外了，他將擁有另外一種思想與立場。總有一天，他將不再抵抗也不再懼怕任何事。他終將明白，最不幸的生活也有歡樂，最骯髒的地方也有陽光照耀。那個時候他將肯定一切，接受一切，把自己的心獻給一切……。可他距這一天還早，他還站在自我的立場上，他還有一段路要走，而看守所正是這段不算太短的路。從這一天起，他的觀念將改變，他的靈魂將長出新葉，他將看見自己悲欣交集的新生。不過在這一天還沒有到來之前，他依然是那麼怯懦、無助，也依然是那麼悲戚與絕望⋯⋯

「報告！」按照潤哥的吩咐，泓站在八號號房門前大聲喊道。潤哥是看守所的管教，大約也是任所說的「會和那邊打好招呼」的人。他做過十年理髮師，後來頂父親的職，在看守所當了一名警察。入所的時候，潤哥就叮囑泓說八號號房是看守所最文明的號房，坐號宋大哥以前是一位縣委副書記，因為受賄判了十年，現在正在上訴。

「他是宋江式的人物，正好也姓宋，看守所沒有人不買他的帳，有時候連所長也會讓他三分。」潤哥依然保留著他做理髮師時笑迎八方賓客的習慣，細小的眼睛總是帶著笑意，即便在看守所這種地方，對人也十分周到與熱情。

「進來！」號房裡有人答應。他推門，緊接著便聽見鐵門上鎖的咣哐聲，這聲音讓他一下子就與世界隔絕了。「蹲在那兒！」有人用手一指。地上有一個黃色的正方形，泓蹲在正方形裡，讓自己適應一下號房裡光線。一張大通鋪上並排坐著十幾個人，在昏暗的燈光下面容模糊，更看不出任何表情。

「犯了啥事？」通鋪靠著門口的位置上，有人問。

「行賄。」

「給了人多少錢？」

「沒給錢，送了一幅畫。」

「名畫？」

「談不上，我自己畫的畫。」
「你的畫很值錢？」
「給人的時候並不值錢。」
「現在呢？」
「現在……還行吧。」
「啥叫還行？」
「那幅畫，他賣了四百八十萬。」
那人沒再問。號房裡一片岑寂。過了一會兒，那人又說，卻彷彿在自語：「啥球事嘛，一個畫家行賄，還是頭一回兒聽說。」
「本來他們要給我取保候審的。」
「本來？」
「上午剛讓我寫了取保候審申請，下午警車就把我送到這裡來了。」
泓剛說完，另有一人就訕笑道：
「你寫完申請，中午沒睡一會兒，做個夢？」
「睡了，但沒做夢。睜開眼，天陰得可怕，大白天的像是見了鬼了。」泓說完，那人就忍不住哈哈大笑。
「好好交代吧，交代好了就給你辦取保；不就是給人送了幅畫嗎？又是自己畫的，多大點事呵。於是你交代了，也就給送到這裡來了……」

旁邊的人也跟著大笑起來。

「待著吧。」那坐在門口鋪位上的人又說道。泓這才打量到——一個很瘦小的人，披著一件深灰色的夾克，外面套著號服，兩條腿空空地垂在鋪位上，看上去不過四十出頭，聲音很平靜，但不知何故，語氣中卻自有一種威嚴。泓猜，他就是潤哥說的那位宋江式的人物了，便說：

「我剛來，不懂規矩，請各位多擔待。」

「待著吧，時間短不了。老孫，給他弄點速食麵，再講講規矩。」

泓接過一塊乾吃速食麵，便聽老孫講號裡的規矩。一位像女人一樣白淨文弱的中年男子，雙手交叉著放在腹部，似乎習慣了對誰都微微鞠躬，此刻正一板一眼地給泓講監規，那模樣像極了一位篤實有禮的鄉村教師，就只差沒用粉筆寫板書了。

「每天早晨六點起床，六點至七點是大便時間，其餘時間只能小便。無論大小便都得像女人一樣蹲著，小便朝外蹲，大便面壁朝裡蹲。如果鬧肚子，實在忍不住，就得給宋大哥打報告，但能憋最好憋著。」有人忍不住發出笑聲，但又怕笑錯了，趕緊捂住嘴，那半截笑聲便急忙溜了回去。老孫繼續說：「一天吃兩頓飯，上午九點一頓，下午四點一頓，家裡有人就趕緊上點帳，上了帳一天會有一次小盒飯。看守所是講規矩的地方，沒事只能在床上坐著，可以看看書，但不能隨便走動。進來的第一件事是洗澡，待會兒就有人給你沖，目的是不讓把外面的髒東西帶進來。另外，每天早晨放風要唱四首歌，監規和這四首歌必須在三天內背熟……大哥，我說完了，請你訓示。」

「待著吧，先沖個澡。」宋還是這麼一句簡短的話。

泓遲疑著正要脫衣服。

「想什麼呢？沒脫過衣服？」一人在一旁凶神惡煞地催促道。泓這才看見號房的最裡邊，緊挨著大通鋪有一個蹲位和一個自來水龍頭。那凶神惡煞的人推他了一把，他趔趄著在蹲位上剛站穩，一大盆涼水就朝他潑了過來，他打了一個寒顫，扶住牆，蹲下，緊接著又是一盆……連澆到第五盆時，泓已經趴在了蹲位上。

「行了！」宋的聲音從首座那頭傳來。泓渾身發抖，牙齒沒出息地上下打架。他慢慢地站起身，哆嗦著穿好衣服，讓自己稍稍平靜一點，也暖和一些。宋的那句「行了」，大概已包含了對他的關照。號房裡又是一片寂靜，大家都默然坐著，泓在這片死寂中連打了幾個噴嚏，他應該算是過了第一關了。

從泓喊報告的那一刻起，宋就從他身上覺出一種極明顯的陌生感。午覺醒來，看守所的王副所長就提他出去，給他講了新來之人的情況。

「是北京交辦下來的案子。這人是一位鼎鼎有名的人物，放在你們號裡，給我看好了，別惹出事來。」他表了態，請所長放心，一切他自有分寸。回到號房，他又給文、老孫和虎子幾個打了招呼，說要來一個名人，要大家留點心，別弄出事來。他對一位知名藝術家行賄多少也有那麼一點好奇。泓喊報告，進來，在正方形的方框裡蹲著，他便在一旁打量。一位微胖的中年人，十分怯懦、緊張和沮喪的樣子，眼神中偶爾有一點亮光，但很快就消失在一派迷茫之中了。虎子給他沖涼水時，他的身體已明顯支撐不住，但至始至終並沒有求饒或發出讓人討厭的呻吟；他顯得很自愛，吃速食麵的時候動作很輕，有一種斯文甚至優雅的姿態；沖完澡他坐在那裡，恨不能縮成一團，甚至恨不能讓自己消失，他分明是在用自己的方式抵抗這個既陌生又厭惡的環境。

「老孫，給泓老師啟個卦。」他見泓低著頭，縮坐在自己的鋪位上，便說道。老孫便拿出一枚硬幣讓泓隨意扔，所得是一個井卦。

「掉井裡了，待著吧，所幸井蓋還沒蓋上。」老孫說。

「你一進來，臉上就有一團晦氣，印堂發黑，像有一朵烏雲緊緊跟著你，不過再一細看，你的面相其實是極好的。」老孫繼續說，像熟悉監規一樣熟悉自己的卜卦業務。

「我們現在的人生也叫作今生，是由另一個人的前世投胎而來，你現在的劫難也是他投胎時帶來的，與你並無關係。」他似乎在開解泓，正待再說，文卻在一旁打斷了他。

「照你這樣說，我們這些人豈不是都很冤了？」

「是冤啦，生老病死，生是第一道苦。可你的生有哪樣是你能做主的？你生下來是男人而不是女人，生在農村而不是城市，又有誰先問過你？人生的冤屈愁苦從你出生的那一刻起就註定了。你的今生既由別人投胎而來，好與壞，成與敗，其實都是另一個人的前世投胎在你身上的結果，但你既然做不了主，就不該再感到冤屈，否則又要多一份不覺悟的愁苦了。」

「要真這樣，倒也可以安之若泰了，無須再多想或做任何努力，那你還請律師做什麼？」

「命是前世定的，運卻在自己的手裡。命與運合在一起的所謂命運，可以理解為既是無為的，又是有所為的。所以，在無望之時不必憂心忡忡，有機會時卻依然要努力。通過改變運，也會對命運有所改變。」

「命運改變了，再投胎，將好命運投胎給別人，我今生卻受另一個投胎人的苦，老孫，你他媽的不是瞎扯嗎？要真這樣，我還改個屁的運，乾脆把壞運都投胎給別人得了。」

「這就是修福呵，人活著都是在修來生。」

……

宋笑了笑，對泓說：「別聽他們瞎咧咧。咱們號裡人才多，老孫就是一個大學畢業生，猩猩更是一個異人；明天再讓猩猩給你算一卦。」

老孫哈著腰，謙虛地說：「宋哥誇獎了，不是大學畢業生，而是肄業，拿的是肄業證不是畢業證。」

「為啥是肄業證呵，幹壞事了吧。」文調侃著問老孫。

「壞事倒沒幹，只是出了點意外，被學校處分了。」

「啥意外呵？」文又問。

「文哥，改天再說。意外，人總會有意外，你不也是嗎？因為一個意外就進來了。」

宋在一旁揮了揮手，文和老孫就沒有再說下去。

猩猩是號裡一位近乎於白癡的異人，此刻正一言不發地捧著一本書，眼睛幾乎貼在了書本上。「猩猩，都看一天了，還沒翻幾頁，那書是正著的呢還是反著呢？」文過去打趣他。「正著呢。」他很大聲地說道。一個三十好幾的男人，發出的聲音竟完全是童音……

泓在大家的說笑聲中逐漸有了面色。宋繼續打量著他身上的陌生感。「這是一個迷途之人。」「與號裡來來往往的所有人都不同，來自我們都不熟悉的世界。」「還是一個有自殺心的人，迷戀一些奇怪的事物。」「他的身體十分敏感，怕疼，外表溫和，內心卻十分固執和頑強。成天都想些遙不可及的事情，這些事大都與他自己無關，也與日常生活無關。可他在這些事情裡走得太遠了，經常迷路，不知歸途。」「人很孤獨，長時間的孤獨讓他覺得彷彿一切都與他無關。但並不是一味寡言，他彷彿在一點一點放棄自己，卻又十分看重心裡的某些東西，放不下，才如此怯懦和絕望……。總之，一個渴望被拯救的人，而自己又毫無辦法……」

號房裡已沒人再理泓。似乎已經是晚飯後的娛樂時間，幾個人在打牌，另外兩個在下棋，其他的人則坐在通鋪上打瞌睡。泓被分配在三號鋪位，他的一側是文，一位刑偵支隊的副隊長，因組織販運炸藥獲刑十年；另一側是一位製毒和販毒的年輕人，長得可說十分英俊，手指細長，面容中有一種心思細密的特徵；然後便是老孫，因非法組織傳銷獲罪，面白，謙和、極具口才卻是一副討吃鬼模樣；再就是虎子，就是剛才澆他涼水的那個凶神，是一位摩托車賽車手，因盜竊獲罪；再就是老張，一位前教育局局長，已經退休好幾年了，卻因貪汙、受賄和猥褻幼女獲罪；再就是猩猩，以及緊挨著蹲位的一位殺人犯，戴著一副十八斤的腳鐐，判了死緩，成天一言不發地縮在那裡，彷彿早死了，卻仍有一種讓人心悸的力量……。這些都是泓未來一段時間每天二十四小時同吃同住的兄弟，但他熟視無睹，縮坐在自己的鋪位上，雙目緊閉，但顯然不是什麼幸福的、進入夢鄉的表情，而是顯得極其困乏和惆悵，間雜著一絲憤怒，但已十分微弱。他的臉色再次變得遙遠、渺茫，又在恍惚中透出絕望。這一切都使他看上去十分衰老，病懨懨的，一副隨時都可能倒下去的樣子。宋繼續打量泓，又想道：「一個喪魂落魄的人，生命的真氣已經像油燈一樣昏暗了。」接著就到了看電視的時間，動畫片之後便是《新聞聯播》，宋注意到泓的眼睛微微睜開了一下，這是他兩個月來第一次看電視，電視的內容顯然沒有引起他的興趣。他再一次閉上雙眼，像一個被時光遺忘的人，在睡眠的門檻上可憐地坐著。好不容易熬到了睡覺的時間，泓推開睡眠沉重的大門，無力地倒在了門檻上……

一連串的夢，帶著惡夢的乖戾和險惡，像一個又一個漩渦席捲過來。他夢見了母親，癆病鬼母親在使勁拽他，父親卻在漩渦中掙扎著大喊：別帶走他，泓伢子是一個好篾匠！他也夢見了任，像一大塊白生生的肥肉一樣堆在他面前，正割下自己的肥肉，血淋淋地往他嘴裡硬塞……，他曾經跟任說過平生最怕吃肥肉。「如果你要我像甫志高[1]一樣叛變，不需要給我灌辣椒水、坐老虎凳，只需要逼我吃肥肉。」——有次閒聊，他跟任開玩笑說，想不到卻在夢裡得到了如此兇惡的應驗——「那恨的氣味是肥肉的氣味」——他想起一位老朋友的詩句，便在夢裡嘔吐不已……。更恐怖、更離奇的夢居然是一個春夢，海倫和那個茶園姑娘同時出現在同一個春夢裡，「穆罕穆德離開之後，我久久沉浸在激動不已的狂喜狀態」——討厭的紀德，討厭的《如果種子不死》！海倫那冷漠和絕望的眼神，正像尖刀一樣對他凌遲，他一身的血混合著任的肥肉，正血肉模糊地被另一個惡夢的漩渦吞沒……。此時一個聲音越來越冷，也越來越急促地對他說道：「你這樣活著還不如去死！……去吧，去死吧，趕緊去！」泓曾無數次聽見過死亡的召喚，但每一次都與自己達成了和解。這一次，死亡的召喚如此強大，就像一把鋒利的鋸子，正在刺耳地肢解著他的身體。在死亡不斷地召喚下，他的心臟狂跳不已，血壓驟然上升，他聽見一個可怕的叫聲從胸腔衝突出來——啊！……這叫聲如此恐怖，把號房的人都驚醒了。他緊緊地攥著宋的手，近乎痙攣地顫抖著，又使勁地把他推開，趔趄著朝號房的

[1] 小說《紅岩》中有名的叛徒。

鐵門撲過去……有人抓住了他，把他放倒，讓他躺在了床上；他已經昏迷過去，只依稀感覺到有人在掐他的人中，又聽見像是有醫生進來了。「死得了不？」——那人似乎在說話，接下來卻給他量了血壓。他的心臟再一次狂跳，手腳又開始痙攣，死亡的聲音再一次出現，但已遠不如剛才囂張了……「死不了，躺著吧。」那人說完，收拾好急救箱就走了。號房安靜下來。「都是被嚇的。」一個人在說，「可以理解。」好像是文的聲音。「臥著吧！」宋打著呵欠，說道。睡眠之幕再次拉開，死神退場，天使卻沒有出現。泓的腦子裡出現了一片星空，大地在恐懼不安之後變得寧靜，他的後半夜在萬籟俱靜中變得遼闊而平和，這時，一個聲音從天花板上傳下來，那美妙的聲音彷彿清晨的鳥鳴，但話語清晰——

「我一直在看你，可憐的泓！你上午寫了取保候審申請，睡了一小會兒午覺，就被帶到這裡來了，之後又做了許多惡夢。這一天對你來說就像是一個激烈衝突的劇目。你成了劇中的主角，我和號裡的兄弟成了觀眾。現在戲已演完，你該從角色中出來了，一切都因為你太投入。不過如果你真是一個好演員，接下來自會有別的角色給你。」

泓仔細辨認這真切的聲音是從何處傳來。這平靜的聲音給了他些許慰藉。他疑心它是某位久違的老友的聲音，他想到鏞，也想到了豐，甚至還想到了兒時的某位玩伴。但他們的聲音都遠不及這聲音空靈和奇特。那是多麼蒼老的聲音，又是多麼美妙和沁人心肺的聲音，它彷彿穿越了時空，來自某個遼闊的星空……。泓最終確定那聲音來自天花板的左上角，他抬眼尋覓，發現一隻鳥蟄伏在天花板上，它含著微笑，十分和善地看著他。

「你是？」

「是了，你可以把我當作一隻鳥，正如宋把我當作一張外星人的臉、號裡其他來來往往的兄弟把我當作一塊黴斑一樣。」

泓大為驚奇，那隻鳥居然可以和他說話，且思路清晰，語意明確，又彷彿洞悉古今，瞭解他的全部境遇與心思。

「你能飛？能說話？你看見了剛才發生的一切？」

「是的，對於一個有靈性的人來說，我可以是他想像的任何一種東西，能飛，能說話，看見了所發生的一切。但我本質上只是一個旁觀者，偶爾會和你們聊聊天，也會在夢裡給你們一些安慰。」

「那你從哪裡來？為什麼要待在天花板上？你叫什麼名字？」

「名字？從來沒有人給我取過名字，你要有心，不妨一試。」那聲音笑道，似乎對泓的問話感到好奇。

「那我就叫你子靈吧。」泓神思恍惚地說道。

「子靈？好，很有古韻的一個名字，以後你就叫我子靈吧。」他停了一小會，又說道：「既然來了，就好好待著吧，不必再為自己喊冤抱屈，更不要誇大自己的不幸。我早知道你會來，這是必然的，也是老天爺的饋贈。」

「早知道我會來？」

「是的。海倫不是看過你的星盤嗎？你註定了會有這場劫難。不過，也沒什麼，再不必像今天這樣激動和恐懼了。」

「海倫，你認識海倫？」

「豈止是海倫，你生活中所有的人我都認識，包括雪潤和蕊妹子。」

「你究竟是誰？」泓萬分驚訝地追問道。

「我是你另一個世界的兄弟，是一片落葉，落葉與嫩葉是葉子的兩面，正如生死是生命的兩面一樣。沒有落葉，嫩葉就不可能長出，而你正是嫩葉。」

「落葉與嫩葉？生與死？落葉是嫩葉的另一種形式，正如生是死的另一種形式一樣，你也是我的另一種形式。」

「你說得很好。」

「剛才你說，你早知道我會來，這也是必然的？」

「是的，落葉知道嫩葉，正如死知道生。」

「我知道，你認為你是一個藝術家，你理解不了一個藝術家怎麼會在一夜之間成為一個犯人。」

「是的。」

「可這是必然的，正如落葉是嫩葉的必然，死是生的必然一樣。」

「可一個藝術家不會必然是一個犯人。」

「你首先是一個人，是人就可能犯罪；你做了一些事，看似不經意，是偶然的，可在恰當的條件下，它就會成為必然。至於藝術家犯罪，你不妨把它當作一件作品來看好了，它是一種行為藝術。」

泓還想問下去，可那隻鳥說：「現在你該睡一會兒了，眼看著就要天亮了，從明天開始你要學習很多東西。」

「學習很多東西？」泓不解地問道。

「是的。首先你要學習和不同的人睡在同一張床上。天南地北的人，你也已經看見了，有殺人犯、吸毒者、小偷、強姦犯、職務犯罪分子、交通肇事者、尋釁滋事者……，他們之中有的曾地位顯赫，有的稟賦超群，但也有卑賤者和愚鈍者。你要學會和不同生活習慣、不同道德水準、不同文化程度的人成為兄弟。更具體講，你要學會在規定的時間起床、吃飯、大便，也要在規定的時間唱歌、看書、娛樂。宋會是你的榜樣，他在這間看守所已經兩年了，他培養了至少五個坐號，從他那裡你可以學習如何在這種環境下擁有自由與尊嚴。接下來，你還要學習傾聽、等待和思索，就像你讀過的《流浪者之歌》一樣，悉達多是向河流學習，你卻要在看守所向寂寞、無助與絕望學習……」

二十九

早晨六點，宋在首座上輕輕一聲——「起吧」，十幾個幾乎脫得精光的嫌疑人便不約而同地起身。穿衣服，疊被子；沒有人說話，卻整齊劃一。泓茫然站在床邊，看著大家無聲卻有序地忙碌著，也跟著倒騰那床薄薄的、幾乎已是空心的被子。那床被子不知被多少嫌疑人睡過了，散發著不明來歷的刺鼻的怪味，無論怎麼疊總是亂糟糟的一團。

「透你娘！」虎子顯然嫌他太笨，動作太慢，過來推了他一把。可話音未落，自己就已經挨了宋一記響亮的耳光。「透你娘！我還在呢！輪得著你說話？」泓一個趔趄，尷尬地站在一旁，看著虎子捂著臉，卻不知該說些什麼。其餘的人都各自忙著——刷牙、洗臉、輪番著大小便……，沒有人理會剛才那記響亮的耳光。這樣的耳光在看守所每天都有，就像每天都有人打嗝、磨牙、放屁、在半夜裡說夢話一樣……

一天就這樣開始了。泓在看守所正式而完整的第一天就這樣始於他的不知所措，也始於昨晚的惡夢和子靈美妙的聲音。他洗完臉，坐在鋪位上，下意識地尋找著昨天晚上跟他說話的子靈。在天花板的左上角，果然有一塊很大的黴斑，但陳舊、醜陋，完全沒有一隻鳥美麗生動的樣子。他充滿了失落，也對自己依賴於一種奇異的幻覺而感到可笑。

「給泓老師倒杯牛奶。」宋的聲音彷彿從極渺遠的地方傳來。一扇既高且窄的條窗透進了一縷晨曦，使號房有了一絲生機與活力。宋和文是號房裡唯一有早餐吃的人，但也只是在鋪位上擺了一張厚紙板，一人一杯牛奶，幾片麵包而已。但就是這杯牛奶、幾片麵包，讓他們在號裡地位顯赫。泓注意到他們各自占了兩個人的鋪位，而自己的鋪位卻與文毗鄰。老孫一直彎著腰，雙手交叉著站在一旁，恭敬地服侍著他倆吃飯，這會兒見宋發了話，便給泓倒了杯牛奶。其他的人都規規矩矩地坐在鋪位上，老張和猩猩發出了輕微的鼾聲，顯然是剛值了夜班，還沒睡醒。

「我已經兩個月沒有和外面聯繫了，能不能幫忙跟家裡說一聲，讓家裡人上點帳。」泓接過老孫的牛奶時問道。老孫低著頭，不敢接話，卻將目光怯生生地投向了宋。

「寫個條，讓潤哥去辦。他是咱們的朱貴，迎來送往的事歸他管。」宋喝著牛奶，面無表情地答道，甚至於連眼皮都沒有抬一下。

「朱貴有了，再過幾天，看守所一百零八條好漢差不多就齊了，就缺一個扈三娘呢。」文也許是號房裡唯一一個敢與宋開玩笑的人，這大約是因為他做過刑偵支隊的副隊長，在八號號房也已經有了一年多的資歷。

「有呵，今天不是有護士進來打針嗎？把她拿下，你就是矮腳虎王英了。」宋也開著文的玩笑。

「娘的，又一天！」文吃完早餐，抹了抹嘴，又打開水龍頭，漱了漱口。

「昨晚睡得好嗎？後半夜沒接著做夢？」他的目光轉到了泓身上；可並無意讓泓回答，就又說道：「看守所這地方不錯，風吹不著，雨淋不著，債主找不到，麻煩找不著。」

泓沒有回答，他對號房的人和環境都還十分陌生，分不清文的話是調侃、譏諷還是開解？甚或另有別的用意與目的？

「泓老師，你昨晚咋回事兒？」宋接過文的話，問道。

泓臉一紅，羞愧著地回答：「我不斷聽見有人說——去死吧，去死吧，這樣活著還不如死了……」

「僅此一次呵！別讓自己的痛苦打擾別人。看守所來來往往的人多了，各有各的愁苦，要都像你這樣要死要活的，一到半夜就尖叫，別人還睡不睡？」宋低聲說道，語氣已十分嚴厲。

「你那點事算啥？咱們號裡有判死緩的，有判二十年的，我和宋哥輕些，也都是十年，不都得活著嗎？待著吧，看守所包治百病！」

文接過宋的話，在一旁說道。

泓待在一旁不知如何回答。按說這些都是很真誠的實話，可聽上去卻覺得陰陽怪氣的。宋的警告更讓他覺得在這樣的地方談論生死是一件極其羞辱的事情。

「你想自殺？」過了一會兒，宋漫不經心地問。

「經常想。」他想回答，可沒有出聲。

「其實你只是有自殺心而已，死不了的。」

「自殺心？」宋的話讓泓吃了一驚，他禁不住問道。

「是呵，有自殺心說明你總是不滿足，總在否定自己，恨不能把自己殺了，也把一切空虛無聊的日子殺了。你可殺不了，而且別無他法，於是要靠死來求拯救，以得到昇華與解脫。」

泓大吃一驚了，聽宋繼續說：

「自殺心與自殺者根本不是一回事兒。自殺只是一個事件，自殺心卻是一種精神狀態。你渴望死，其實是因為你渴望新生。」

「你讀過赫塞的《荒原之狼》？裡面有一長段關於自殺者的議論，與你剛才說的很像。」泓問道。昨天，潤哥曾叮囑他與號裡的人搞好關係；晚上子靈也要他學習如何和不同的人睡在同一張床上。可他心裡知道，若是政治犯、革命者、異見分子，他會很樂意與他們成為兄弟；但對小偷、吸毒者、尋釁滋事者、殺人犯，包括一位犯受賄罪的縣委副書記，他不知道說些什麼。他還沒有找到與他們相處的方式。宋與其他嫌疑人顯然不同，他的話明顯地來自於大量的閱讀與長期的思考。

「荒原之狼？沒一點狼性，不破壞規則，恐怕也進不了看守所了。」「虎子，昨晚跑馬沒？」宋接著說，卻將目光投向了剛才挨了他一記耳光的虎子。

「沒呢，宋哥，想跑來著，可沒出來。」眾人便大笑。

「這小子就是一匹荒原之狼。從小就喜歡賽車，性子太野，總夢想拿全國冠軍，好帶著女朋友周遊全球。可比賽要錢，沒錢怎麼辦？沒錢就偷，這不就進來了？一個窮人喜歡富人的生活，除了犯罪還能做什麼？他還喜歡港星鄧紫琪，經常蒙著被子想，想著想著就跑馬。」

眾人又大笑。宋繼續說，似乎在拿虎子調侃，又似乎在故意迴避泓的問題。泓想，他應該不會讀過赫塞的書的，《荒原之狼》對他而言也太過深奧和冷僻了。他微微有些失望，又笑自己怎麼到了看守所還改不了要尋找知己的毛病。任不也曾被他引為知己嗎？結果怎麼樣？不也笑眯眯地就把他送到看守所來了嗎？正想著，老孫卻悄悄地坐到了他的身邊，給了他幾本小冊子。泓接過來一看，是佛教協會捐印的各種佛經，有《六祖壇經》、《心經》、《金剛經》，以及三四〇年代上海一位居士寫的《幸福人生》。泓對經書向來充滿敬意，但這些小冊子印製得如此粗劣，翻來翻去已經十分骯髒，便躊躇著不知如何是好。

「鬧啥呢？回去！」宋一聲呵斥，老孫便趕緊溜回到自己的鋪位上，與泓隔開了三四個鋪位。他本來像是有話要說，這會兒卻低下了頭，坐在自己的鋪位上不敢開口。

「人家泓老師要你給書看？」宋訓斥道，又轉身對泓說：

「你這幾天先學習疊被子、拖地和擦牆，每天晚上和大夥兒一起輪流值夜班。這些都是你以前沒做過的，你的新生就從服務開始。」

一週之後，宋推薦泓讀《甘地自傳——我體驗真理的故事》。泓讀了，才知道宋的話另有出處。「服務是我的宗教」——甘地的這句話好長一段時間都成了宋的口頭禪。

八號號房十二個嫌疑犯，除了宋和文，其餘的人都各有分工。猩猩負責蹲位和水龍頭，老孫負責服侍宋並給新人講監規，類似於輔導員；虎子負責整理床鋪，其標準是保證每床被子都疊得方方正正、有棱有角。若有一床被子高低不平、或皺或塌、或斜或歪，則免不了要被訓斥……。泓被分配拖地和擦牆應該算是受到關照了，但不久便知道宋經常會穿著白襪子在地上走，如果襪子髒了，負責拖地的人就免不了要受罰。以前這工作歸老孫負責，有一次門上不小心沾了菜汁，老孫沒注意到，便受罰用舌頭舔了。泓從大家井然有序的分工中看出宋的管理能力，他的人緣極好，幾乎每天都有人給他送東西——一盤餃子、一碗麵條、三兩個蘋果或雞蛋……，這些稀罕物由潤哥帶進來，都是外面或其他號房的兄弟孝敬的。宋心情好時總會分而食之，因此在看守所便有了及時雨宋公明一般的好名聲。有一次他對泓說：「你喜歡自由，但我喜歡有規則的生活。老天讓你這喜歡自由的人澈底喪失自由，就像讓喜歡金錢的人毀於金錢，喜歡權力的人毀於權力，但老天絕不會毀滅規則。」他的話明顯地透出優越感，一個立志於建立規則的人與一個視自由如生命的人陰差陽錯的成了一對難友，因為連上帝也知道，自由與規則從來都是一對難兄弟。

就像宋一直在打量泓一樣，泓也在觀察宋。他從宋的身上同樣覺察出一種陌生感。這位當過縣委辦公室主任、鄉鎮黨委書記和副縣長的縣委副書記，一生之中不知道有過多少盟兄弟。他獲刑就是因為一位盟兄弟給他裝修房子，後來有人舉報，成了受賄罪，被判了十年。泓與達、鏞、灩有過類似的結盟經歷，他也是因為達而獲罪的。在泓的眼裡，喜歡結盟的人必定是性情中人，且在骨子裡崇尚信義、有英雄情節、喜歡熱烈和有血性的生活，也必定有熱情與夢想。事實上，這樣的人還有很強的叛逆心，喜歡打破規則，也喜歡建立規則。看守所或許正在幫助宋實現建立規則的夢想，這夢想顯然是他當副書記時遙不可及的。一位縣委副書記實際上只是規則的執行者。然而當他意氣風發，有了自己的圈子，開始建立自己的規則時，他卻違反了規則，進來了……。泓與宋不同，他與達、鏞、灩之間的所謂結盟，是建立在獨立與自由的基礎上的，一旦出現對獨立與自由的干擾與破壞，這種結盟便會分崩離析。所以，所謂思想的結盟便總是靠不住，因為真正的思想實際上都源自獨立而自由的思考，也許這正是知識分子成不了氣候的原因。可一個國家需要知識分子成什麼大氣候嗎？「有自殺心的人……」泓又想起宋剛才說的話，他對宋的話極感興趣，想聽他繼續聊下去，可顯然還不是時候，他也不至於那麼唐突。

「老孫，剛才你不是要給泓老師書看嗎？要不你再讀一段王懷得了。」宋坐在他的首座說道。隨後，泓便知道，王懷是一部網路小說的男主人公，一位村長，精通權術和馭女之道。這部淫書幾乎成了看守所各個號房爭相傳閱的至寶，通篇都是王懷在追逐權力的過程中與各種女人交媾的直白描寫。看守所沒有什麼刺激人的東西，一些人久不跑馬，憋得難受，看王懷就可以跑出來。老孫用他的地方普通話朗讀著王懷，居然繪聲繪色，有情有景，把王懷與一位廣播員在廣播室交媾的情景講述得讓每個嫌疑人都身臨其境。「麼麼呀呀呀，你說你的大，我說我的大，究竟誰的大？掏出來看看吧。」虎子聽完，早已血脈賁張，便唱起歌來。他將一首很有名的佛經歌曲給改了，惹得大傢伙一陣哄笑。在一個沒有異性的環境中，話題與歡樂都一定與生殖器有關，這就是生存。生存就是剝去生活的面紗之後赤裸裸地本能存在。而生活的面紗又包括藝術、愛情、學識、修養、風景與詩意……，此前，泓的痛苦與歡樂幾乎都只與藝術和詩意有關，生存在他眼裡是低俗的，也是粗野的。他住在大都市的豪華公寓裡，有一個著名大學副院長和知名藝術家的頭銜，銀行有存款，郊區有工作室，拍賣會上有他的作品……，他被媒體和崇拜者追逐著，每個月都要發表與藝術有關的演講。他在天堂與地獄之間最溫暖的那個地帶享受著自由、名譽、成功與財富，也享受著俯拾即是的崇拜、羨慕與讚美。那個地帶是如此和煦、溫暖，又如此陽光充足，景色宜人。可現在一切都變了。他已在這間不足二十平方米的號房中被鐵門鎖著，與各種嫌疑人赤條條地躺在一起。年輕的時候，他曾經和三位好友以離校出走的極端方式「渴望生活」，並相信藝術來自於大自然與底層民眾生活。可他現在已經在最底層了，藝術卻完全不知所蹤。然而，隨即他又想，他的內心與那個貌似熱愛藝術的所謂上流社會又有什麼關係嗎？——沒有！他不過掌握了與這個群體打交道的方式而已。他得獎、發呆、聽人談論自己的藝術，穿著好幾層不同身分的鎧甲在一個又一個城市行走，晚上便回到自己的世界，與所有人在一個又一個子夜中斷聯繫。可是，現在他已經沒有任何身分了，他已經赤條條地被關在這間號房裡了，他的身體已經沒有任何遮掩，他幾乎脫光了睡覺，在電視監控下拉屎、撒尿，任何一個人都可以通過監控看見他光溜溜的樣子，而他精神的鎧甲依然沒有脫去，他和這群嫌疑人還十分隔膜，在他們赤身相處的日子裡，他並沒有赤心相向，他的自我依然囚禁在他的思想與觀念中，就像在所謂的上流社會他沒有朋友一樣，他在底層社會也沒有朋友。那個他已經習慣了的和煦的中間地帶已經完全不在了，接下來他又將去哪裡呢？一個獨立的人毀於獨立，正如一個自由的人毀於自由。當獨立與自由都成為他的囚室的時候，他是不是應該把這個囚室也一同毀掉呢？毀掉！也許正是他的機會，當一個人赤條條的時候，就必定會產生另一種新生，所有的新生都來自於一無所有，來自於自我與自由，也來自於觀念與思想的焚毀。如真是這樣，那麼，那個即將誕生的新生又將是怎樣的呢？是靈光乍現的萬里晴空？還是另外一種陰晴不定的混沌？他對這未知的新生既充滿期待又充滿恐懼，他忐忑不安，像蛻皮的蛇蟄伏在冬天的草叢中，他蟄伏在八號號房，迎接著一個又一個難以名狀的白天與黑夜……。過了幾天，潤哥拿來一張收據讓他簽字，有人給他上帳了。交款人是海倫，他一眼就認出了她的筆跡，那熟悉的筆跡彷彿帶著淚水與笑意，也帶著她纖細的手指的體溫。在簽名的旁邊，細心的海倫還寫了一行小字：「保重身體，等你回來！」他的眼淚在眼眶裡盤桓了很久，終於忍不住奪眶而出。這是兩個多月來他與外界唯一的聯繫，這也是堅強而純潔的愛的聯繫。呵，外界，帶著微風與天空的變幻，也帶著油彩的氣息和夜色中溫暖的燈光，讓他曾經有過的生活又變得如此清晰。這張小小的收據，讓他再一次感受到自己原本就是浩瀚生活的一分子，這個世界並沒有拋棄他，他也並沒有失去與生活的聯繫。從海倫的簽字，他又想到他們做接龍遊戲的那個夜晚，那心有靈犀的美，微妙而幸福的愛戀又從他心裡湧現出來……。他也想到了豐，想到他用蠅頭小楷抄錄的金聖歎的不亦快哉三十三則，「夏日自拔快刀，切綠沉西瓜，不亦快哉」——此時正值盛夏，如果號房裡也有綠沉西瓜，豈不快哉？「鏞，我的兄弟，此時你在哪裡，我多想聽聽你已完成了的《懸空的椅子》的音樂，那由多部和聲構成的永恆的流水的聲音……。你是否如你所願，回歸到平淡的日常生活之中了？也許你說得對，生活即消解，椅了一把足夠。可我現在已經赤條條了，椅子……呵椅子，全都已經處在了懸空狀態……。海倫曾期待我有一種搖椅中的快樂，現在這搖椅正該屬於你，告訴我，瓊接受你了嗎？海倫曾對我說：「對鏞和瓊，我們唯有祝福。」但願我的祝福不算晚，或者遲與早又何妨？你們應當知道，任何時候我都在衷心祝福你們……。從鏞他又想到了蕊妹子，這個讓他無比心疼的名字，計畫八月份回國來看他，現在回來了嗎？見到姑姑了嗎？蕊妹子，你這神來之人，我天命的心肝，此時讓我如何見你？

海倫的一張字條，已讓泓如此翻江倒海，剛才他還說自己已是赤身之人，他已一無所有，過去的一切都已焚毀，可這會兒，他清楚地知道，世上並無赤身之人，任何人都割裂不了與過去的聯繫，也割捨不了與親情、友情、愛情的瓜葛。如果靈魂是有翅膀的，那麼過去與未來、記憶與想像、親情與友情就是靈魂翅膀上那一片片閃亮的羽毛，又有誰不愛惜自己的羽毛呢？

三十

泓到看守所已經十幾天了，他經常想起子靈跟他說過的話：「宋會是你的榜樣，從他那裡你可以學習如何在這樣的環境下擁有尊嚴。」他悉心觀察——宋何止擁有尊嚴，在號房他簡直擁有王的地位！他的任何一句話，抑或一個手勢與眼神，都主宰著嫌疑人在號房中的心情與處境，而無論這人是年長還是年少，文化程度是高還是低；也無論他犯的是什麼罪，天性是刁鑽奸滑還是厚道本分。在他眼裡，號房裡的所有人都只有一個身分，即他管制下的嫌疑人。他控制著號房裡的一切：牙膏、牙刷、肥皂、衛生紙……，一個人做錯了事，會立即受到懲罰。看守所的座號懲罰人的方式包括：罰站、值夜班、不許睡覺、不許吃飯、脫光了用鞋底子打屁股……；但他不同，除了懲罰他還有獎勵，除了以惡制惡，他還以善揚善。他組織嫌疑人讀書、唱歌、講笑話、打雙升、鬥地主；他經常獎勵人，比如多發一個饅頭，獎勵一小塊鹹菜、一塊豆腐乳……。有些方式已經是看守所多年的傳統，宋無須創新，就可以依不同情況任選一種來實行獎勵與懲罰。泓剛到看守所時，最讓他難受的是他還擁有一顆自由人的心。接著他面臨的困難就是適應——適應號房的規矩與生活，也適應如何消磨時光。看守所每天只吃兩頓飯，每頓都是饅頭和熬菜[1]。偶爾，看守所也會來客人，客

---

1 熬菜，地方俚語，即清水煮馬鈴薯、白菜。

人吃剩的飯菜便會倒在鍋裡一起煮，嫌疑人就會有幾塊吃剩的肥肉。泓以前吃慣了米飯，喜歡辛辣食物，而且無肉不歡，這樣的飲食他又如何下咽？可他必須吃，不僅因為別無選擇，也因為不吃便容易讓人誤認為是在絕食，會因此生出許多麻煩來。與吃相關的還有抽煙和喝咖啡。監視居住期間，任照顧他，海倫也給他帶煙過去；進了看守所，香煙是嚴禁物品。他頭幾天難受得要死，幾乎每天都恨不能在嘴裡嚼點什麼，哪怕是棉絮、稻草或木頭。咖啡更是近乎於荒唐的奢侈品。更可笑的當然還有回憶與做夢，他開始時總是回憶和做夢，因為這是唯一別人看不見、管不著，且可以與外面發生關係的事情。最可笑的是他居然還做春夢，在夢裡和過去認識的好幾個女人輪番發生關係，弄得經常整夜整夜都是性欲。泓很奇怪，他似乎很少夢見瓊和海倫，即便夢見，也總是在和她們討論問題。後來，這樣的夢越來越少了，他倒下就可以睡著，回憶和夢也都很識趣地溜走了。他開始感覺到浮腫、耳鳴與記憶力衰退。他就是記不住事情，不過這樣挺好，讓他的心變得簡單了。

在適應看守所生活的過程中，他經常設想不同的人在看守所會是什麼樣子的。比如鏞，會不會乾脆就把看守所的生活當作是一種修行，幾個月之後就變得奇古高格，神情淡遠，彷彿一位古畫中的人物。很多藝術家也讓他做過這樣的假想，比如莫內、竇加、梵谷與高更……。他想起梵谷那幅《囚室放風》的小畫，心裡就既想哭又想笑。梵谷沒有過牢獄經歷，但他在精神病院待過，精神病院與囚室應該有異曲同工的地方，如果囚室是陰沉的天，那麼精神病院就一定是暴虐的炎日，前者讓人憂鬱，後者讓人狂躁；前者是在強制中喪失自由，後者則是在自由中遭受強制。總之，兩者都讓人喪失平靜正常的生活，讓人的精神與心靈傾斜，並開始從另一個角度看這個世界。呵，另一個角度！找到它、適應它、熟悉它會不會成為泓的另一種責任與使命呢？有時候他也會壞壞地想像某種場景，比如高更會不會因為在熬菜裡發現了一塊肥肉而狂喜？梵谷在十幾個人的大通鋪上會做怎樣的夢？一些極端人物他也會想，比如阿道夫・艾希曼[2]如果在看守所又會怎樣呢？天才是因為卓爾不群的個性而遺存於世的，看守所能容忍一個人具有個性嗎？或者說看守所會有美嗎？會有的，當嫌疑人並排著坐在幽暗的大通鋪上時，他感受到了無助之人最深切的絕望。這種絕望甚至比《囚室放風》更震撼人心！慢慢地，在適應看守所生活的過程中，他發現了許多不同的自我，其中一個自我非常懂得適者生存，另一個自我善於忍耐，還有的自我打算獻身於沉思的生活，並在隱藏中擁有了子靈所說的自由與尊嚴。但更多的時候，他感受到的是自我分裂。至於宋的那些規矩，他的一個自我非常反感，認為一個人若擁有無限的尊嚴就一定要犧牲其他人的尊嚴，他似乎寧可遭受不公正也不願實施不公正；可另一個自我則贊同以惡制惡，甚至認為善與惡本身就是十分可笑的現象。總之所謂適應就是一個人分裂成無數個自我，然後讓這些自我要麼和解，要麼摒棄；但最後都要讓自己成為自己的朋友，並且在任何時候都隨遇而安。這個過程最有效的方式就是強制。比如抽煙，泓之前不知戒過多少次，但只要有煙就會復吸。這回在看守所，一個星期後就不再想抽了。強制！這個詞的另一面或許正是自由。但從這一段的適應經歷看，自由所包含的放縱卻幾同於邪惡。適應環境的過程就是自我和解的過程，也就是放棄自我，像達說過的那樣，等待欲望自行離棄的過程。達，你怎麼樣了？你的欲望離你自行而去了嗎？他這樣想著。事實上當泓連回憶和做夢都越

2 阿道夫・艾希曼（Adolf Eichmann, 1906-1962），納粹德國奧地利前納粹黨衛軍少校，二戰針對猶太人大屠殺的主要責任人和組織者之一。以組織和執行「猶太人問題最終解決方案」而聞名，二次大戰後定居至阿根廷，後來遭以色列情報特務局幹員逮捕，公開審判後絞死。

來越少的時候，他的內心也開始平靜，這正如文所說的看守所是一個包治百病的地方……

泓到看守所的第七天就被正式批捕了。他很平靜地在批捕文書上簽上了自己的名字。從此他不再是一個被調查對象（瞧，這個曖昧的詞兒，曾經讓他懷有多麼曖昧的希望！），而是一個等待法院判決的嫌疑人了。接下來的問題就是適應這個身分並同時讓自己擁有自由、快樂與尊嚴。如果連看守所的環境都能適應，那麼自由與尊嚴就一定會隨之而來。而當一個人在囚室中都擁有自由與尊嚴時，又有什麼能再囚禁他呢？「囚」這個字不就是四面牆關著一個人嗎？如果人足夠大，那麼那四面牆所包圍的空間就一定會足夠大……

泓被批捕之後，任來過一次。他是來專門解釋，或者，如他所言，是代表領導來解釋沒有給他取保候審的原因的。

「主要是因為你太有名，媒體對你又太關注。本來已經在給你走程序了——這你也是知道的。可上面來了電話，問：『你們誰能確保他在取保候審期間不接觸媒體？』我們當然不能保證。你想，你的案子是上面交辦的，如果你真對媒體說了不當的話，我們又怎麼對上面交代呢？」他一下子就把責任推到「上面」去了，而且是一副合情合理的坦蕩嘴臉。可泓知道，他犯沒犯法、應不應該取保候審，只應與他的案子有關，而與他是否知名無關。看守所的審訊室，嫌疑人與檢察官是分隔開的，檢察官要隔著一道鐵柵欄向嫌疑人問話。泓發現，正是這道鐵柵欄使他與監視居住時的心態完全不同。這道鐵柵欄將他與任分隔在兩個不同的空間裡，他可以從一個空間去觀察、質疑、蔑視、抵抗另一個空間裡的任。

「另外，我們領導也讓我來問你願不願意檢舉——這對你也是一個立功的機會。」

「還有，你的偵查期快結束了，不久就可以對你提起公訴。領導也讓我問你願不願意寫悔罪書——不是必須的和規定的，但你的悔罪態度會影響法庭對你的判決。」

……

任繼續說，泓聽著，冷眼看著他戴著髮套的圓滾滾的腦袋和一張滿是汗珠的嘚啵嘚啵的臉，那是一張多麼像死人的臉呵。

任說完，泓點了點頭；任十分高興，遞給他一支筆和幾張紙。

「這是格式，你看一下，主要是寫你行賄的動機，當時是怎麼想的，為什麼要行賄，以及在檢察機關的幫助下對自己犯罪行為的認識。」

泓接過紙和筆，在上面寫道：「我沒有行賄，只是送了一幅畫給一位老朋友。」

任接過泓的悔罪書，立即拉下了臉，他恨不能勃然大怒，但克制著：「你怎麼能出爾反爾呢？你這是在翻供，知道嗎？要是這種態度，對你可十分不利！」他似乎還想以私人身分勸導泓，但被泓打斷了，泓不無譏諷地說：

「拜你所賜，我現在只是一個犯罪嫌疑人，在看守所等候法院的判決。至於我的態度，當然也包括你的態度，以後就讓我的律師跟你說吧，你剛才的話算不算威脅，以前的話是不是誘供，都交給法庭去裁決吧。」

任又訓斥了他幾句，可在泓的冷眼下，已越說越結巴。一些不流暢的謊言和既不嚴肅也不可笑的故事，總之智商接近零，靈魂幾同於無恥。任同時感覺到了心虛、尷尬和不自信。這位原本已經很配合、甚至於很溫順的受審者，已經開始有了自己的獨立判斷，而且這判斷在絕望之後已變得十分堅定。他不瞭解，像泓這樣的人，既有十分脆弱的時候，也有十分固執的地方。他更不瞭解，在泓的心裡，精神和靈魂始終處於金字塔頂端，法律、道德和社會規範一層一層地處於金字塔的中部，本能、欲望、生命力卻是金字塔的基石。他可以讓生命的欲求直接與靈魂對話，卻不能在法律層面上懺悔自己的靈魂——任何法律都不能成為靈魂的審判者。

「在這裡還好吧，有沒有受制？吃得怎麼樣？」任停住，換了話題來表達自己的關心，但已十分蒼白。

「挺好，要不你進來住幾天試試？」泓回答。

話談不下去了，審訊結束；任履行了自己的職責，但一無所獲。泓走了，他的手和腳都有些浮腫，戴著手銬，步履十分緩慢，但走得卻很實。

回到號房，泓有一種神清氣爽的感覺，與任的這次見面，也讓他開始對自己的「犯罪行為」與「犯罪心理」進行反思與總結。「行賄」這件事讓他經歷了幾個階段：一是恐懼且驚慌失措；二是抵抗但無用，當然也找不到出路，於是絕望；三是受到誘惑，重新點燃希望，卻承認自己行賄的罪行，隨之又發覺到自己受騙，於是憤怒，但無力，再次絕望；四是恐慌、抵抗和絕望都無用之後，再次驚慌無措；五是放棄自己，與自己和解，並開始適應看守所的生活……。他第一次有了一種義正詞嚴的勇氣，他渙散的意志開始集中，他不再喪魂落魄了。

「你真的沒有對達行賄嗎？」他自問。

「沒有！」一個發自內心的聲音很肯定地回答，正如他在悔罪書所寫的那樣。

「真的沒有？」

「沒有！」那聲音再次肯定。

「那如果達不是一位副部長，而僅僅是你所謂三十年的老朋友，你還會送他那幅畫嗎？」

「不會。但他開了口，我也會送他一幅，尺幅可能要小一些，也不及那幅重要。」

「那就是說，還是因為達是副部長，你才送他那幅畫。目的依然是為了他在恰當的時候關照你，比如提拔你當副院長。」

「不！我送過很多畫給人，甚至送給模特兒，比如一個農民。達只是其中之一。但我承認我有獻媚心；或者依達在我心裡的地位，我認為他配擁有我的一幅畫。可如果行賄的前提是獲取不正當的利益，那我絕沒有對他行賄，對我而言他無利可圖。」

「你不想當副院長？」

「不想，但也有點想。不想是因為當副院長會占用我太多時間，影響我的創作；有點想是因為當副院長可以有機會實現我的一些想法。」

「什麼想法？」

「學術和國際交流方面的一些想法。」

「既然你認定自己沒有行賄，為什麼在達被抓之後，還會恐懼、惶惑？你究竟怕什麼？」

「怕司法機構亂來，怕講不清，怕輿論，怕名譽受損，總之我在乎已經擁有的地位，怕失去……」

……

泓這樣反省著，便覺得自己在這件事上並沒有超出一個正常人的心理。但「獻媚心」這個詞一經提出，還是讓他心裡一驚。他一直認為自己在追求藝術的獨立與純粹，也認為自己的人生是審美的和無利害的，可獻媚心即利害心，而且，比審美意識更深刻地影響到了他的精神與行為。包括監視居住期間他對取保候審的期望，背後的心理事實其實就是任所說的「先出去，只要出去就有機會做工作」，這樣的心理事實上也只有兩個字：利害！所謂無欲則剛，他之前的所有恐懼與無措其實都是因為利害心。而此時他之所以清澈、明晰，又恰恰是因為看守所讓利害心消失了。換句話說，他已經絕望，因而再無利害可圖。

呵，取保，他曾經像朗貝爾渴望逃離奧蘭——那鼠疫之城一樣，渴望獲得取保候審的機會。但二個多月來，他已經明白，自由其實也只是一種觀念，正如里厄醫生[3]所說——「生活應該實事求是，盡自己的本份。」他現在的本份就是在號房裡擦牆、拖地和守規矩……

又一天！——這是嫌疑人最常說的一句話。文幾乎每天都這樣說，宋偶爾也會淡淡地回應一句。事實上看守所沒有日曆只有日子，沒有時間的刻度，只有時間的流逝。泓正在慢慢習慣看守所的生活，習慣所有不明來歷的氣味，習慣早晨六點起床，七點大便；中午十一點半午睡，一點半起床；也習慣晚上十點睡覺，凌晨一點起床值班……。他的夢越來越少，外面的世界也已經離他越來越遠。他漸漸處於一種知足而無痛苦的

3 朗貝爾及里厄醫生都是法國作家卡繆（Albert Camus, 1913-1960）的小說《鼠疫》（*La Peste*, 1947）中的人物。

狀態，甚至認為這種可忍受的屈從生活也許還是一件好事兒。正如赫塞的《荒原之狼》所說：「在這種日子裡，痛苦與喜悅都不再大聲喊叫，而只是低聲細語，踮著腳尖走路。」看守所讓他的生命進入了一個回水區，從上游飄來的垃圾在這裡得到清理。回水區讓人產生一種奔流不息之後的寧靜。他以前對生活的強烈感受慢慢歸於平靜，他不再想砸掉什麼了。任何強烈的願望，包括對孤獨的眷戀與恐懼、對自由的嚮往、對衝突和不確定性的惶惑，全都被整理好了，像一本又一本舊書一樣封存在了另一個神祕的腦洞裡。現在，他用另一個腦洞感知和生活。他已經掌握了大便的時間、睡眠的時間、在鋪位上安靜而規矩地坐著的時間、閱讀和娛樂的時間。他再沒有失過眠，甚至也沒有過疲倦、困頓與恐懼。他的牆壁擦得十分利索，地也拖得十分乾淨。宋並沒有穿著白襪子在地上走，也沒有因為地沒擦乾淨而訓斥過他，相反，他們結成了只有在特殊境遇下才可能有的信任與友誼。他經常長久而專注地凝視號房裡的牆壁，那面牆簡直像了極羅斯科[4]的畫。不到二十釐米的地腳線是深紅色的，但又含著象牙黑、群青、熟褐、大紅和赭石；地腳線往上大約一米五左右是土黃，但豐富極了，明顯地含著桃紅、玫瑰紅、生褐、暖灰和橙紅；再往上直至天花板是天藍、湖藍、淺灰及鈦白的混合體。與羅斯科的畫不同的是，這牆壁的顏色混合著潮氣和不同嫌疑人的汗漬甚至血跡，比羅斯科的畫更貼近生活的真實與玄妙。泓無比喜歡和迷戀這牆壁的顏色，也喜歡那扇高高的、幾乎到了天花板的條窗。從那扇狹窄的條窗，他可以感受到天色的變化，感受到風和日麗的愉悅與風捲殘雲的激情……。他尤其喜歡每天晚上值夜班，他的夜班排在凌晨一點至三點，正是萬籟俱靜的沉沉子夜，也是一個人的身體最

4 羅斯科（Marks Rothko, 1903-1970），美國畫家，抽象表現主義的代表人物。

為疲倦的時分。他從深沉的寂靜和疲倦中，感受到最純粹的孤獨，並在其中無比真切地感受到自我。這個時候的自我是多麼清晰和完整呵，那是基本上沒有被打擾過的自我，混和著現實與夢想的氣息，既結實又渺遠，既有生活的痕跡又有理想的滋味，這樣的自我比任何時候都更接近靈魂與精神，也更少對忙碌而喧嘩的白晝的依賴。正是在這樣的時候，在自我得以完整呈現之時，他再一次聽到了子靈那美妙的聲音。他們談論各種話題，有時甚至會產生微醺的快意。有一次，他問子靈：

「你應該是有翅膀的吧？」

「有過，以前的羽毛簡直可以說華美！可現在你看，羽毛已經拔光，只剩下一張奇怪的肉翅了。」

「是什麼人拔光的？」

「沒有什麼人，也許只是時間，也許是我自己。」

「疼嗎？」

「剛開始時疼，像任何人一樣，構成我的羽毛的也是生活中一個又一個閃亮的片段，這些片段全拔光了，記憶也就不復存在了。」

「那你還能飛嗎，僅憑一張肉翅？」

「能呵，可飛不遠了，我只能飛到風場上去吮吸一點露水，卻飛不過看守所的高牆。我靠吮吸風場的露水活到了今天。」

「那你能幫我給外面的人帶句話嗎？」

「你看，我實在飛不動了。可我有一個奇異的功能，當你想一個人而那個人同時也在想你的時候，你們可以通過我說話。」

泓被子靈的話驚住了——

「此時此刻，身處兩個不同世界的人同時思念對方，這樣的巧合大概不存在吧。」

「隨緣吧，這也是天命之事，但願我能成全你。」子靈回答。

從此以後，泓就經常期待這樣一個時刻，可這樣靈異的事真的會發生嗎？

三十一

海倫告別英，回到酒店，便給瓊發了郵件，講了她與英見面的情況。「好了，海倫，就讓我們像瓊說的那樣和這個世界打一場仗吧。」——她在郵件中轉述了英的話，並將郵件同時發給了鏞和王館長。瓊很快回了郵件：「親愛的，太棒了！我們這幾天就擬定工作計畫。週末了，去做個SPA，獎勵一下自己吧。」她這才想起今天已經是星期五了。潔的美容院今天開業，一個星期前就給她下了請帖，期間又兩次打電話叮囑她一定要去。她立即訂了機票，退了房往機場趕去。還沒有到下班的時間，可路上已經很堵。和北京一樣，一些有條件的人已經開始出城去度週末了。一年多以前，她也是這樣一個有條件的人。可現在她已經完全像是一個風塵僕僕的女戰士了。在去機場的計程車上，她打了個電話給媽媽，說上海的事辦得很順利，下午就可以回北京了；不過下了飛機還要去參加潔的開業慶典，所以還得麻煩媽媽去幼稚園接寶寶，她參加完慶典就直接回家。媽媽在電話那邊既心疼又不滿。她抱怨了幾句，又叮囑了幾句，無外乎怪她安排得太緊，讓她注意安全，上飛機前記得吃點東西……

自從上次與媽媽起了衝突，海倫就沒有再回過父母家；在她眼裡，那個家的氣味已經變了，連同她與父母的關係也變得微妙和怪異。爸爸洞察細微，幾次打電話問她為什麼不回家，她都推說忙，卻也答應一有時間就回去。其實她好幾次都差點問三媽姐的事，可話到嘴邊又都忍住了。「這麼著刨根問底有意思嗎？難道還嫌不夠亂、不夠髒嗎？」她對自己說，心裡又總有一道坎邁不過去。爸爸的形象在她心裡已經變了，變得既陌生又可憎；媽媽也是，讓她覺得既糊塗又可憐。這是一件讓她十分痛苦的事情。她活到三十二歲，爸爸在她心裡的形象一直是崇高和完美的，她甚至不諱言自己是一個有戀父情結的人，她和爸爸的父女關係是天堂裡才可能有的父女關係。可是，從上次三媽姐邪惡的表情及媽媽扭曲的哭泣中，她看到了爸爸齷齪的一面。她也意識到自己與三媽姐、三媽姐與爸爸媽媽之間遲早都會爆發一場戰爭，並且會將這麼多年隱藏的真相殘忍地暴露出來。一想到這一層，海倫就不寒而慄。這幾個月的生活讓她明白，人其實並沒有太多的能力去直面真相，人需要一些自欺欺人的東西讓自己繞著走。可憐又可恨的爸爸，他自以為一直在占有，殊不知卻被占有所誤。

車越來越多，路上越來越堵。天晴著，但並不明朗。那種曖昧的天色不知為什麼竟讓海倫想哭。她想著要麼晴空萬里，沒有一絲浮雲，要麼就狂風暴雨沒有一點光亮吧！總之生活越明確、越肯定越好，曖昧的生活讓人疲憊和氣惱，並且總在對你說：等著吧，再忍一忍天就會晴了……

到了機場，海倫在貴賓廳簡單吃了點東西，便打開電腦，搜索有關行賄罪的案例及相關的司法解釋。從這些案例中，她發現行賄罪的量刑彈性很大，影響量刑的因素既有行賄金額，也有情節、態度及各種人為因素。依泓的情況最好是先爭取取保候審，如果七月份能夠取保候審，那就正好趕上在巴黎的首展，如果泓能夠在首展現場出現，那麼，上午與英討論的計畫就會萬無一失。她為自己的這個發現感到興奮，便給余律師打電話，將她為泓爭取取保候審的想法扼要地講了一遍。「有難度，可能性並不大。」余律師講了通常情況下取保候審的條件，泓的確不符合這些條件。海倫又問：「能不能通過疏通關係達到這個目的？」余律師說：「這個等你回來再談吧。」就把電話掛斷了。放下電話，海倫感到既不甘又茫然。隨即，卻看見對面一個孩子在盯著她看，而且似乎已經看了很久了。海倫朝他努了努嘴，便低下頭繼續看電腦。過了一會兒那孩子還在目不轉睛地看著她，她心裡就有一點懊惱，正想問他為什麼，孩子的母親走了過來。「幹什麼呢？」她問那孩子，拉著他就走，又轉身對海倫抱歉地笑了笑。「那個阿姨好奇怪呵」，她聽見孩子說，「有什麼奇怪的，這樣看人很不禮貌。」母子倆走遠了，海倫已經聽不見她們說的話，卻忍不住拿出化妝鏡。鏡子裡是一張疲憊寂寞的臉，可也並沒有什麼奇怪的東西。「也許是沒有化妝的緣故吧，這副尊容在以前可是從來沒有過的。」「泓，這樣的一副尊容，你大概也會吃驚和不喜歡吧。」她想著，關了電腦，發了一陣呆就登機了。在飛機上，她的腦子裡又閃現出泓的樣子，一會兒是他的寂寞，一會兒又是他的求助……，想著想著，就不知不覺地睡著了。在夢中她似乎又感覺到泓在握她的手，就像上次在飛機上一樣，但更有力，是一隻很可憐、在掙扎且不斷哀鳴的手。海倫驚醒過來，看了看周圍的乘客，幸好沒有叫出聲，旁邊座位的乘客一個在看書，另一個在玩遊戲，沒有人注意到她做夢了，也沒有人像剛才那個孩子一樣覺得她奇怪。

下了飛機，海倫急忙走出機場，排了半個多小時隊才坐上一輛計程車；出了機場，在高速公路上就遇上了狂堵。車動一步停一步，這種走走停停的狀態讓人既煩躁又無奈。正著急，潔的電話就進來了。

「姑奶奶，怎麼一直不開機呢？慶典馬上就要開始了，你在哪兒呵？」

「我剛出機場，已經上了計程車，正往你那兒趕呢，可是狂堵！都急死了。」

「那你慢著點兒，別著急了，我們先開始吧。」

「好嘞，我儘早到。」

說是儘早到，可趕到美容院時，慶典都差不多要結束了。「才到呵，剛才抽獎呢，我著急呵，怎麼著也得給你留個大禮包吧。」車一停下，潔就迎了上來，還是那種大大咧咧的性格，對海倫又總是照顧有加。

「行呵，都自個兒當老闆了，這麼氣派，以後我還不得天天來呵。」

「那是，絕對的鑽石卡會員！怎麼著，待會兒就體驗一下？我給你留了間包房。」

潔與海倫從幼稚園到高中都是同學。海倫小時候是那種洋娃娃一樣人見人愛的可人兒，潔卻又黑又胖，而且性子野，脾氣執拗，是胡同裡一個普通家庭的孩子。「你是什麼家庭的呵，怎麼就愛跟她一塊玩呢？」打小起，這樣的話，媽媽說，老師說，連小朋友都說。可海倫就是喜歡和潔在一起，她喜歡潔濃濃的兒化音，又總有新鮮的事兒帶給她。潔在很多方面都是海倫的啟蒙者，她教會了海倫喝豆汁，帶她去看洋片兒，也帶她去酒吧和歌廳玩。她似乎比海倫要早熟好幾年，大開大闔的性格又總能為海倫拿主意。海倫十八歲生日那天跟平去青島，就是潔給她預先講了男女方面的知識。她也是第一個給海倫看A片的人，告訴海倫如何讓自己的身體縱情取樂，又如何避孕……。總之，凡是海倫缺乏的她似乎都具備。後來海倫去法國留學，潔卻只上了一所大專，就早早的在外面混世界了。她似乎從來沒有畏懼過什麼，也從來沒有遲疑過什麼，一種說幹就幹的潑辣作風讓人相信她總是在勇往直前。所有這些，都吸引著海倫。近年來兩人雖然不常見面，但心裡卻都視對方為最親密的朋友，對海倫而言，潔甚至是可倚重的。

慶典結束了，潔安排完客人之後，就過來領海倫去她留下的那間包房。

「改天吧，寶寶還在我媽家呢，我得趕緊回去，不然又要被嘮叨半天了。」

「不行，今天怎麼著也得在我這兒體驗一下，我們也有日子沒在一起聊過天了，明天我給阿姨請罪去。」說著就拉海倫進了一間極華美的包房。兩人各自聊了自己的近況，海倫這才知道潔早就已經是一家房地產公司的股東了，做這家美容院只是主業之外另添了一點愛好。

「你知道我從小就長得醜，美容院也算是成全我不爭氣的愛美之心吧。」她像是在自嘲，卻也顯露出了她的驕傲。

事實上，長大之後的潔不僅不醜，反倒有了一種極豐腴大氣的美。她個子長得高，雖然依舊偏胖，但身體的曲線在凹凸有致中只顯出十足的性感。奇怪的是，這麼些年來，她皮膚一丁點也不黑了，而且簡直可以說是嫩白，而從白中透出的紅潤，又平添了她的健康。海倫也大致說了一下自己的情況，泓的事情卻隱去了，只說自己剛出任了一家畫廊和拍賣公司的總經理，因為剛上任，就格外忙一些。

「你上次說要過一種自己想要的生活，現在看來是如願了。不過我要提醒你，世上並沒有『自己想要的生活』這麼一回事，這只是一個天真浪漫的偽命題。」

海倫聽了，微微吃了一驚。

「生活是盤根錯節的，自己的生活也只在別人的生活中，所謂自己想要的生活其實只是一團黑。」

海倫正要回應，潔卻打斷了她。

「看你這副模樣，就知道已經疲倦到極點了，先做個SPA，放鬆放鬆吧，這些話有的是時間說，而且也不重要，甚至無意義。」說完，又對她附耳：

「我們剛上了一種新玩意兒——你懂的，可以好好享受一下……」

打小起，海倫似乎就習慣了聽潔的安排，這回也是。潔說完就走了，獨留下海倫在包房裡寬衣解帶……。她昨晚坐紅眼航班去了上海，今天忙了一天，又急匆匆趕回來，實在也是太累了。

海倫脫了衣服，先是濕蒸，然後就在池子裡泡著。一片片殷紅的花瓣讓她覺得以前那種閒適的生活又回來了，呵，以前，如果說以前她是一艘遊輪上的曼妙遊客，航程和航線都早已確定，因為太優遊又免不了有些空虛和無聊；那麼現在，她躍向大海，便只是一個落水者，而她顯然還不瞭解大海的習性，就這麼在狂暴莫測的大海裡游著，每個動作都那麼笨拙、那麼吃力和艱難……

「姐，現在可以給您做SPA了嗎？您可以任選一種，有精油的、薰衣草和牛奶的。」一位女技師輕輕進來，小聲地問她。海倫選了一款精油，女技師開始給她按摩。燈光幽暗而迷離，按摩床上的寂靜是粉紅色的，一切思慮、疲倦與煩惱都在技師的纖纖柔指下驅散開去了，海倫感覺自己彷彿躺在了一片極細軟的沙灘上，海浪輕輕拍打她剛被陽光漿洗過的身體，讓她在海天一色中靜靜地諦聽著渺遠的夢幻……

「姐，我們老闆說了，讓您體驗一下我們新上的儀器。」

「什麼儀器？」

「試試吧，試試就知道了。」海倫猜大約就是潔剛才說的新玩意兒了，她放鬆下來，繼續回到剛才的夢幻中去。但很快就感覺到了一陣陣輕微的振動，先是從她的背部和臀部，然後從她的脖子和乳房漫過了全身，這輕微的振動彷彿一陣陣蔚藍色的囈語，這會兒又到了她大腿的內側，讓她的身體像河蚌一樣輕輕地打開……，接著她就聽見身體深處的汩汩聲，一股濃濃的汁液急切地奔流而出，那輕輕的振動隨之也加快了，快得像急促而密集的鼓點，讓她忍不住發出了一聲聲令人迷醉的呻吟……

「姐，你的身體真是太敏感了。」技師的聲音像是從遙遠的夜色中飄來，海倫再次閉上雙眼，讓自己的身體像一隻空空的小船一樣在微風吹拂的海面飄蕩，也讓自己的靈魂在飄蕩中迷失……

回到父母家已經是深夜了，海倫從來沒有這樣迷失和放縱過。她既吃驚又自責，同時對自己身體的愉悅暗自感到滿意。她知道無論多晚媽媽都一定在等她，也一定會狠狠地數落她。她打開門，媽媽果然拉著臉坐在客廳。

「寶寶一直在哭，哭著找媽媽。」

「睡著了吧，我這就抱他上樓去，您也趕緊睡吧。」

可能是太晚了，媽媽沒有多說什麼。收拾完之後，海倫就上床。她什麼也不想再想，只盼著能沉沉地睡去，很快她便睡著了。

第二天海倫一大早就醒了；一夜無夢，一個香甜的早晨！寶寶還睡著，爸爸和媽媽似乎已經在樓下忙乎了。她獨自一人倚在床頭，漸漸地就感覺到頭痛；連續多日的疲倦蟄伏在她身上，這會兒正讓她頭痛欲裂。她渾身乏力，似乎連起床的力氣都沒有了，卻更像是依然流連在昨晚那美妙的振動之中。不知怎麼，她又想起泓留給她的信：「我這個憂傷的皮膚飢餓症患者，渴望你永久的凝視、愛撫與寬懷。」泓這樣描述自己，可她呢，她又何嘗不是？她同樣患著泓所說的那種皮膚飢餓症，也同樣渴望愛撫。「泓……」她輕聲地呼喚著心愛之人，一行眼淚便從臉上滾落下來……。隨即，寶寶醒了，那兩歲的男人，正巧看見了海倫的眼淚，他輕輕地說：「媽媽，昨天我已經哭過了，今天你就不用再哭了。」「好，媽媽不哭了，媽媽今天帶寶寶去公園玩好不好？」「好！」「那就起床嘍，我的男子漢！」

吃早餐的時候，媽媽將昨晚本該數落她的話只多不少地數落了一遍，海倫卻只在一旁聽著。

「爸，你快離休了吧。」她岔開媽媽的話問道。

「快了，在辦手續了。」

「離休後有什麼打算？」

「出去走走吧，以前也沒好好陪陪你媽，這會兒有時間了，就陪她出去好好玩玩。」

「說得好聽，陪我？你是離了休沒人再要了吧，這會兒倒涎著臉要來陪我了？是為了贖罪吧，好心安一些是嗎？我偏不給你機會。」

海倫吃了一驚！以前媽媽是從不這樣對爸爸說話的。這份尖酸刻薄是因為三媽姐呢，還是因為爸爸要離休了？海倫勸了媽媽幾句，收拾好廚房，就帶寶寶去了附近的公園。她本來想和爸爸媽媽商量，看爸爸離休後媽媽能不能幫著帶幾個月寶寶？幼稚園眼看著就要放假了，她接下來又要隨泓的展覽做一段時間的空中飛人。可看這勢頭，她話到嘴邊又憋了回去。

從公園回來，已經是下午三點鐘了，兩個老人剛午休起床，精神似乎還不錯，海倫就將剛才的想法跟爸媽講了，沒承想媽媽甚至都沒等她說完，就歇斯底里地嚷了起來：

「你還有點孝心沒有？我受了一輩子老的的氣，剛要喘口氣兒，你就要我受小的的累。這一老一少，還要我活不活了？」

海倫大為驚訝，完全不知道該如何接話，就獨自上樓，回到了自己的房間。

「別生你媽的氣，她最近不知怎麼回事，每天都找茬兒，可能是更年期綜合症吧。不過你也看見了，她這個樣子又怎麼帶寶寶呢？偶爾來一兩次，寶寶跟她也不親吶。還是請一個好一點的阿姨吧，錢方面有困難，爸爸幫你解決。」爸爸跟著她上樓，對她說。

海倫含著眼淚，充滿恨意地看著爸爸，那眼神讓爸爸既驚奇又困惑。他似乎感覺到了什麼，潛伏已久的不幸正大踏步走來。他嘆了口氣，就自個兒下樓去了……

爸爸走了之後，海倫的眼淚止不住地往外流，這是多麼疲憊、委屈和無助的淚水呵！她忍著，沒讓自己哭出聲來；寶寶就在隔壁玩，做母親的不能讓兒子看見這樣絕望的淚水。她想收拾好東西，立即帶寶寶離開，可照樣忍住了。這是週末，她已經一個多月沒回家了，她應該好好陪陪父母，這樣的機會恐怕以後會越來越少了。於是她下樓，出門買菜，想著給爸爸媽媽做點好吃的，她是多麼懷念曾經有過的溫馨與快樂呵，可是不會再有了，這個家以後恐怕得靠她來擔著，她還能對老人要求什麼呢？不能了！「所謂自己想要的生活其實只是一團黑。」——她又想起潔昨天晚上說的話。昨晚離開的時候，她都沒見著潔，也沒給她打個招呼。她這樣想著，就給潔撥了過去。

「海倫呵，昨晚如何？怎麼不說一聲就走了，我還等著你吃宵夜呢。」

「沒見著你呵，也是太晚了，就沒給你打電話。」

「我就在美容院打麻將等你呢，可打電話你關機了。我現在就過去跟阿姨賠不是。」

「不用了，我就是想問問你昨晚說的『屬於自己的生活其實只是一團黑』是什麼意思？」

「唉，海倫，你真是……也太較真了。我的意思是說，任何一種生活方式其實都早就存在了，而且任何人的生活都是和別人聯繫在一起的。所以有什麼事別一個人扛著。」

「哦，謝謝了，潔。過幾天得空了我們再好好聊吧。」

「好嘞，海倫，你多保重哈。」

潔的話似乎在提醒海倫，她一定從海倫的神情中看出什麼來了。老朋友之間的心照不宣是讓人溫暖的。可海倫知道，過了這個週末，她就會按她與瓊共同擬定的計畫忙得一塌糊塗。生活已不會再讓她像小姑娘一樣多愁善感了，她會沿著自己的計畫踏踏實實地走下去。這是她自己的生活，無論好壞，這生活都是屬於自己的。

三十二

第二天，海倫給泓姐去了個電話。她記掛著她，跟她說了這些天的情況，告訴她大家正在努力，泓的事情過不了多久應該就會有結果的。她再次懇請泓姐搬出來跟她一起住；她前些天跟她說過，她也答應了會考慮。但昨天與父母的談話讓她覺得未來一段時間泓姐是如此重要，她和寶寶都需要她；她相信有泓姐在，她會多一份信任與溫暖，也會多一份安慰與力量。

「姐，過來吧，我需要你，你過來幫幫我……」海倫剛開口，泓姐就答應了，說今天先收拾一下，明天就可以去接她。「你放心忙你的事，家裡的事我會做好。」她不僅沒有再歇斯底里地追問泓的事情，語氣中還透出她的堅強與平靜；短短幾天，她似乎都想明白了。海倫哽咽著，連說了幾聲謝謝。寶寶的問題終於解決了，重要的是泓姐已經把她當作了家人，有什麼事也願意和她去共同面對。

週一，所有的人都像上了發條似地忙碌起來，到處都是行色匆匆的人，這是一個城市繁榮、穩定、有生機的表現。人們茫然、緊張、麻木、機械卻又充滿希望地趕往不同的上班地點。簡單重複的生活是安穩的，同時也給了人們些許期待與憧憬。無論如何，周而復始都勝過停頓與斷裂，人類的文明就是這樣日復一日地積累起來的……

外面依然是多雲天氣，不知為何，海倫最近一看見這種曖昧的天氣就氣惱；這種天氣總有一種不確定的沉悶氣息，而她心裡卻孕育著某種風暴。一個厭倦了既定生活的人期待著生命的怒放……。送完寶寶，海倫就去余律師的辦公室。她急著要與余律師商量出一個方案，看以什麼方式可以讓泓儘快出來。如果取保候審是唯一的方式，那她又該如何做到？這兩天她已經形成了明確的思路，按照這個思路，她首先要讓泓在首展前出來；其次要設法在首展前與一兩個有影響的藏家達成交易。因此昨晚她已與豐通過電話，她非常坦誠地講了泓的事情，也講了她和英小姐的計畫。她希望豐能促成三小姐在首展前購買《懸空的椅子》。「知道了，你們三個人不容易，加上我吧。」豐在電話裡平靜地說道。「過幾天我就去香港，先跟三小姐溝通這件事。有機會你們也過來，大家一起商量看怎麼做更好。」有了泓姐與豐的支持，海倫今天與余律師見面也是信心滿滿的，而且她先入為主地認為余律師沒有理由不支持她的想法。

到達律師樓時，余律師已準備好了取保候審的相關法條與案例。

「現在最棘手的是監視居住期間檢察院不讓律師介入，我見不到泓，也看不到卷宗。也就是說，我對泓的案子實際上還不瞭解，又怎能找到充分的理由向檢察院申請取保候審呢？」海倫一進來，余律師就直截了當地說。

「你是沒有看卷宗，可泓的案子你是瞭解的吧。他送了一幅畫給達，達又將這幅畫委託瓊給賣了，瓊自然也就將賣畫的錢給了達。如果說泓行賄，那檢察院有泓給達錢的證據嗎？錢是瓊給的，可她也只是接受達的委託幫他賣了一幅畫而已。」

「你說的這些可以用於下一步的法庭辯護，卻並不能成為取保候審的理由。取保候審是檢察機關羈押嫌疑人的一種方式，監視居住也是。我們要做的是說服檢察院改變羈押方式，這就需要一個理由，比如重大疾病、在妊娠期等等。」

「理由？就算泓犯了罪，他也是一個對社會無害的人，他不是殺人犯，也不是政治犯，給他取保並不會構成對他人及社會的危害。我們只須他出來參加首展式，之後再依據法庭的判決認真服法不行嗎？」

「這可以是一個理由，但並不充分，檢察院基本上不會考慮的。對社會無害的嫌疑人多了，誰還沒有點事？就算父母病危要見最後一面也不一定會給取保。更何況泓只是去參加一個首展式。再者說，取保候審依然是一種強制措施，嫌疑人去任何地方都得檢察院批准。他還在偵查階段，檢察院怎麼可能批准他出國去參加首展式呢？」

余律師的話讓海倫非常失望。「那什麼人可以決定對泓取保候審？」她依然不甘心，又問道。

「當地檢察院就有權力變更羈押方式。不過泓的案子是異地管轄，他們也要聽上面的意見。」

「上面？最高檢嗎？還是中紀委？」

「都可以，關鍵是有沒有人幫忙說話。」

「怎麼才能找到可以幫忙說話的人？你有路子嗎？」海倫問道，這樣的問話方式不僅余律師，連她自己都感到吃驚。

「我只是一個辯護律師。而且目前情形下我也不建議四處託人，否則事情會弄得更複雜。」

「可我必須想辦法讓他儘快出來。」

「我理解。」余律師聳了聳肩，沒有再說什麼。可他的神情已表明他的觀點，他似乎在說：「別病急亂投醫呵，小姑娘，司法界的水很深，事情並不像你想的那麼簡單……」

海倫對余律師的冷峻態度並不滿意，她既失落又不甘心。

「能不能找一流的法律專家一起介入泓的案子？你也說過泓的案子可能存在法律邊界模糊的問題。」

「可以找最頂級的法律專家開一個研討會，甚至組成律師團。但現在不是時候，怎麼著也得等我看了卷宗再說。」

「那接下來泓的案子會是一個什麼走向？」

「現在是偵查階段，羈押方式是監視居住。接下來會根據偵查結果決定放人或批捕；如果放人就說明案子比較輕；一旦批捕就得進看守所等待公訴及法庭判決，這是一個不會太短的過程。」

「那麼，可以做工作無罪釋放嗎？」

「這就意味著檢察院批捕錯了，而泓反過來可以提出國家賠償。」

「那就是說幾乎沒有可能了？」

「等我看完卷宗好嗎？現在還不是下結論的時候。不過通常情況下會很難……，或許也可以往免予刑事訴訟方面去考慮。」他又說，並再次聳了聳肩。海倫甚至開始討厭他這個不洋不土的聳肩動作了，她再無可說的，便起身告辭。

離開余律師的辦公室，她突然想起爸爸。爸爸在部機關工作幾十年，不知給多少地方政府批過專案。「不就是一個小縣城的檢察院嗎？」她這麼想著，就給爸爸撥了個電話。電話關機，也許正在週一的例會上吧，她這麼想著，便開車去接泓姐；在路上又給爸爸撥了幾次電話，還是關機，心裡就開始煩躁和不安……

雖然與佘律師的談話不盡人意，海倫見到泓姐時還是滿心歡喜的。她幫泓姐將行李放到車上，兩人一起開車回家。一路上，海倫似乎有很多話要說——她的信心與疑慮、她對泓的案子的不確定與無把握……，但至始至終，泓姐對泓的案子都沒有再問一句。「她該有多透澈，又該有多大的定力才能這樣呵，短短十幾天，她似乎變了一個人。」海倫心裡想著，似乎也受到了感染與鼓勵。

「姐，你的行李不多呵，不過沒關係的，缺什麼我們再買。」

「住不長的，等蕊妹子回來，我就要帶她回湖南去。」

「嗯，我和你們一起回去，我還沒有去過湖南呢，光聽泓講了，老家的風景真有那麼好嗎？」

「他是畫家，我們看到的不過是平常風景，他看到的就不同了。」

「是呵，我們正在籌備他在歐洲的展覽，其中一些作品就是他畫的老家的風景。藝術界對他的這些畫評價可高了。」

「他從小聽鬼故事聽多了，畫的東西都很怪——你喜歡嗎？」

「當然喜歡呵，可太孤苦了。」

泓姐聽了，就沒再說話。

「海倫，寶寶幾歲了？他爺爺奶奶呢，不幫你帶嗎？」過了一會兒，泓姐才又問道。

「兩歲半。」海倫見泓姐問，便坦誠地給她講了自己的情況。

「哦，你也不容易。不過你放心，家裡的事我會做好的。」泓姐再一次說道。

「您的房間昨天就收拾好了，幼稚園距家裡不遠，我再請個阿姨幫忙，不會太累著您的。主要是我要忙泓的展覽，過一段會常出差，完全交給阿姨終究不放心。您在，我心裡就踏實。」

正說著，兩人就到了家裡。海倫帶泓姐熟悉了一下環境，又一起做了一點東西吃，便讓泓姐先去休息，自己也正好給英和瓊寫封郵件。

「姐，你先睡會兒，醒了我們一起去幼稚園，今天早點去接寶寶。他知道家裡來了一個姑姑，不知該有多高興呢。」

泓姐答應了，就去房間休息。海倫再次給爸爸打電話，還是關機；留了短信也沒回，給辦公室打座機也沒人接。「幹嘛呢，今天！」她禁不住有些氣惱了，又莫名其妙地有那麼一絲不祥的感覺。

家裡突然安靜下來，連續多日的奔波與忙碌，讓她覺得這安靜是那麼可疑。對她而言這套房子實在太大了，是平以前那種虛張聲勢的大，讓她經常覺得生活是如此空洞而人又是如此渺小。她下樓，想給自己煮杯咖啡。她算得上是一個癡迷的咖啡主義者，可很久都沒有自己煮過咖啡了。外出談事時她也會要一杯藍山咖啡，但咖啡館的咖啡總讓她覺得平庸和沒有誠意。「咖啡的香味正從現磨開始……」以前她總是說。泓也喜歡咖啡，如果他在，兩人一起品味咖啡磨製的過程該多好呵！咖啡煮好了，咖啡磨製時的香味讓她覺得她曾經熟悉的那種生活又踉踉蹌蹌地回來了。「泓，等你回來，我們把這套房子也改成畫室好不好？你畫畫，也教寶寶畫畫。」她這麼想著，心裡就泛起了一絲苦笑，這苦笑裡又含著一種遙遠的、不可觸摸的空虛。與余律師上午的談話讓她覺得幸福真的是遙遠和難以把握。「不能再這麼想下去！」她提醒自己，「也不能讓自己獨自這樣坐著。」這麼久以來，只要獨自一人，她就會胡思亂想，並陷入到莫名的空虛與絕望中去。她上樓，打開電腦，給瓊和英寫郵件。在郵件中她介紹了昨晚與豐通電話的情況，又特別加上豐說的那句話：「你們三個女人不容易，加上我吧。」

「兩位姐姐，我們等豐的回饋；他定了時間我們就一起去香港如何？」她同時也講了泓的案子，說自己正在竭力爭取對泓取保候審。

「如果泓能在龐畢度的首展現場出現，我們的計畫就將萬無一失。」

「根據對各項工作進度的預估，我建議將首展時間定在九月十日，那天正好是泓的生日。」

瓊和英很快就都回了郵件，兩人都同意將首展時間定在九月十日，並分別對海倫的工作表示了讚賞。

「我們最近也在跟瑞銀集團溝通，爭取在八月初與瑞銀達成交易；至於龐畢度的首展我們將力求完美。」英在郵件中說。

瓊在給海倫的私信中並不贊同她對取保候審抱過高的期望。余律師是她的朋友，他應該已經和瓊講了上午他們見面的情況了。

「改變司法機關的做法談何容易，那可是一灘深不見底的渾水！對於泓的案子，我們唯有期待司法公正。但只要我們的計畫成功，任何苦難都將結成碩果。」她在郵件裡說。

寫完郵件，海倫的心情好了許多。她再次發現任何飄忽的心緒只要落在具體的行動上就會變得結實。瓊在郵件中講的那些話她並不完全贊同，但她也認同其中的一些道理。瓊顯然比海倫更實際。「腳踏實地地往前走吧，事情總要做了才知道，不做心裡會不安。」「今天也只是平常的一天，有好有壞，不應該自尋煩惱，讓自己沮喪和不安。」她又對自己說。可不知道為什麼，她覺得自己最近總是被好幾種力量莫名其妙地肢解著，她甚至於都覺得有些精神分裂了，「滿地都是支離破碎的夢幻、掙扎與憂傷……，泓，給我點力量，讓我集中意志渡過這道難關吧！」她在心裡祈求著。

泓姐醒了，兩人聊了一小會兒天，就一起去幼稚園。

「媽媽——」寶寶正在和小朋友做遊戲，見到海倫就跑了過來。

「寶寶，叫姑姑！今天姑姑來了，我們特意早點來接你，高興嗎？今天在幼稚園乖嗎？」

「高興。媽媽，你和姑姑帶我去吃肯德基。」

「肯德基呀，改天好嗎？今天姑姑剛來，我們一家人要一起在家裡吃飯，姑姑做的飯可好吃了。」

一家人上了車。寶寶和姑姑坐在後座上，不斷地問這問那；到了家又纏著姑姑給他講故事。海倫獨自到廚房裡忙碌著，她很高興寶寶和泓姐這麼快就熟悉起來，並且相處得格外融洽。摘菜的時候，她甚至還打開音響，聽起了久違的音樂。是蕭邦的鋼琴協奏曲，她酷愛這水晶般憂傷的詩人。蕭邦的音樂幾乎是她浪漫天性的底子，其中有寧靜的湖水、迎風的草地，也有月色的呢喃……。她聽著，正沉浸在那如歌的行板中，手機響了，是媽媽的電話。

「什麼？您說話呀，怎麼啦？哭什麼呵，您倒是說話呵。」

電話裡只有媽媽的哭聲，她心裡一緊，馬上意識到是爸爸的事情；爸爸一天都關機，這會兒更讓她覺得是出了大事情了。

「你爸被帶走了……」

「什麼帶走了？您冷靜點，慢慢說。」

「被紀委的人帶走了，是雙規，部裡剛來的電話。」

海倫的手機「啪」的一聲就掉到了地上。她定了定神，撿起手機，極力平靜地對媽媽說：「媽，你冷靜點，別著急，我馬上回去，沒事的，呵！」

海倫放下電話，跟泓姐簡單地交代了幾句，就飛奔著出了門。

「媽媽——」

「寶寶，乖，姥姥家有點事兒，媽媽得趕緊過去；你在家乖乖地聽姑姑的話呵。」

寶寶跑過來，海倫匆匆地跟他說了一句話，就上了車，一腳油門恨不能要踩到底。到了家裡，媽媽正在客廳喪魂落魄地等她。

「怎麼回事兒？」

「我哪知道呵！只是通知我說你爸被雙規了，讓我明天送點東西過去。」

「人在哪兒呢？東西讓送到哪裡去呀？」

「不知道，東西讓送到部裡去。……一定是那個妖精搞的鬼，我早提醒過他，現在好了，臨離休了，人也沒了。」

「您說什麼呀，什麼人就沒了？雙規也只是接受調查而已，咱們明天去部裡弄清楚再說好嗎？」

「這倒好了，省了我的心了，我侍候了他一輩子，終於到頭了。」

「您瞎想什麼呢，先給張叔叔打個電話打聽打聽呀。」

「打過了，說是被人舉報了，再問也說不出什麼來。」

「那就別著急了，急也沒用，明天去部裡就知道了。」海倫勸媽媽，可她心裡清楚爸爸的事情不會那麼簡單。然而除了勸媽媽，她又能做些什麼呢？泓的事情剛剛發生，這會兒爸爸又出事了，這究竟是怎麼了？老天爺真要把她最重要的兩個親人都帶走嗎？前幾天她還感覺到自己與爸爸的關係正在經歷變故，這會兒她心裡卻只有親情。她對爸爸的愛又變得如此清晰、明確和堅定了。「爸，無論您做過什麼，也無論發生什麼事，只求您保重身體！」她在心裡祈求著。

媽媽一直在一旁語無倫次地說著什麼，她不斷抱怨爸爸這麼多年對她的不公平，又不斷咒罵三媽姐。沒完沒了的新仇舊恨讓她完全失去了理智。

「別哭了，也別罵了，有用嗎？爸爸都這樣了，您更得保重身體！」

不知過了多久，媽媽終於平靜了一些。

「寶寶呢？你跑到這裡來，寶寶誰管呵？」她這才想起寶寶。

「放心吧，有姑姑看著呢！」

「姑姑？哪來的姑姑？」

海倫便給媽媽講了泓姐的事，卻只說是一個朋友的姐姐，臨時來幫一段忙。

「那你趕緊回去吧，人家今天剛到。」

「好的，明天我來接您，我們一起去部裡。」

「不用了，我們九點在部裡見吧，太堵車了，又不順路。」

海倫萬分疲倦地回到家裡，已經十一點多鐘了；寶寶早就睡著了，泓姐還在客廳等她。

「怎麼了？海倫，出了什麼事？」

「沒事，都處理完了。姐，寶寶乖嗎？哭了嗎？您看，您一來就讓您受累了。」

「沒事，挺乖的，你吃飯了嗎？我給你熱飯去。」

「吃了，早點休息吧，我還要處理點事，您先去睡吧。」

三十三

海倫的日記

五月四日

今天是一個偉大的日子。對於中國的現代化進程，對於像泓那樣致力於民族復興的人來講，這個日子意味著熱血與批判，也意味著責任與使命。可這也是泓失聯的日子，對我而言，它是一種至深的創傷！

一個活生生的人就這樣失聯了！我完全體會得到泓此時的絕望與無助；可是泓你能感受到我在另一頭的無措與悲傷嗎？我再也聽不到你的聲音，也看不見你的面容了，我得在一個又一個漫長的日子裡苦熬，一切都變得不確定和無把握了……

從機場回來已是深夜。我睡不著，還在聽鏞為《懸空的椅子》寫的和聲，我這才直切地感受到它所呈現出來的悲劇意識；可是當我再聽時，又領悟到了另一種力量，泓在《懸空的椅子》裡沒有宣洩，也沒有抱怨；他只是在呈現，呈現得如此客觀與平靜，從而有了一種超絕的平和與寬容。泓，你既已洞悉一切，那就別放棄，任何時候都不要絕望和自暴自棄！

五月五日

去看望泓姐，並在她那裡讀到泓留給我的信。我邊讀邊哭，這封信讓我的心都碎了！當我讀到最後那句——「我即將去那個讓我恐懼的地方，我們將有很長一段時間不能相見。再見了，海倫，但願我能再握你的手，並帶給你我永久的祝福……」我已禁不住渾身顫抖——我的傻瓜，你知道嗎？這句話不是在向我告別，而是在對我招魂！

因為泓在信中引用了《窄門》中阿莉莎的話，我下午就找到了紀德的這本書，也找到了聖經裡窄門的出處，它引自《馬太福音》的第七章：「你們努力從窄門進來吧，因為寬敞的門和寬廣的路會使人墜入地獄。許多人都是從這裡墜落的；但窄門和狹路卻會使人得到永生。只是很少有人能夠發現窄門和狹路。」

我隨即便頓悟到——泓，你一直都走在狹路上，這一回也是；而我，認識你、愛上你，面臨的也正是窄門。

五月八日

去那座羈押你的小城看你。當然，我是見不到人的；但我帶去的香煙和咖啡應該讓你知道我去看過你了。親愛的，從今天起，無論我去還是不去，我都希望你能隨時感覺到我的存在。

我在想像你的處境，那關押你的有格柵的鐵門，我想像成了蒙德里安[1]的格子畫；每個格子的構成都會

1 蒙德里安（Piet Mondrian, 1872-1944），荷蘭抽象表現主義畫家。

隨著你的心情而變化。我也在想像你是如何睡覺和吃飯的，這樣的場景是模糊的，卻讓我聯想到那頭戴荊冠的人[2]……。我這樣聯想並無褻瀆之意，你也不必笑我；我更無意誇大你的苦難。我只是想說：泓，把你的遭遇放到更廣闊的背景中去吧，把你身邊的一切：鐵門、牆壁、鐵椅和鐵窗……都當作是這廣闊背景中的素材吧。當你這樣想時，你一定會在高牆下看見不同的色彩，也能從鐵窗中聽見四季輪回的聲音。如果這樣，又有什麼能扼殺你那顆敏感而深沉的心呢？人的身體固然可以囚禁，可思想絕對囚禁不了；無論在哪裡，你都可以擁有思想的自由……

六月二十五

好多天沒有寫日記了，我突然覺得沒有被記錄的生活是廉價的，沒有和你說話的日子幾同於虛度。因為這意味著那段日子我們的內心沒有被觸動，我們的生命像流沙一樣不知被哪陣風給吹走了，吹得無影無蹤……。生命在無端流逝，我們卻沒有追問一句；如果追問下去，任何生活都會變得有意味，因為我們得問為什麼，也得回答；生命會因為我們的提問與回答而變得深沉和有質地……。生命的實質並不是今天過得好與不好，好與不好僅僅是感受。所謂的好壞常常只是浮淺多變的心情。當然，我們有權利快樂一些，快樂有時候也是一種出路……

泓，我想你了，你離開我已經多久了？什麼東西可以衡量我們分別的時間？又有什麼可以丈量我們的距離？有時候，我感覺到你的形象越來越虛幻了；你甚至於已經不再是一個具體的人而只是一個符號，是歲月

2 頭戴荊冠的人，即耶穌基督。

留在我心裡的印痕。可是泓，這道印痕在不同的時間裡會疼、會孤單、會讓我流淚。呵，你烙印在我心裡，成為我生命的一個記號，可我要這個記號做什麼呢？難道僅僅是為了疼？為了流淚？或者為了晚年的回憶嗎？當我老了，撫摸這個記號，在心裡對自己說——那個時候，我很痛苦，也很快樂，因為一個人占領了我，我全身心都匍伏在他的精神家園，成為他最忠貞的藤蔓……

泓，從今天起我要開始給你寫信，明知你收不到我也要寫。我把下面的文字當作寫給你的信，也當作寫給自己的日記。阿莉莎在日記裡對自己說：「但願這本日記不會成為我顧影自憐的鏡子！我一開始就認為自己寫日記並不是為了消磨時間，而是出於悲傷。」可我不！我把寫日記當作給你寫信，我每天都要跟你說話，我要記錄我每天對你的新愛，並從中找到幸福。我也把這些日記當作自我完善的方式，直到我們重見之日，我會對你說：瞧，這個人是如此愛你，並在你的愛情中獲得了永生！可你要認真讀呵，一字一句地讀，這裡的每一句話都浸泡著我的淚水，每一個字都跳蕩著我的思念……

海倫的信

泓：

從今天起我開始給你寫信了。我把上海那個做接龍遊戲的夜晚當作我們相愛的標記。可第二天我們就分開了，之後就再也沒有見過；再之後就是我的苦熬，我幾乎每天都在問：我們何時可以再見？

做接龍遊戲的那個夜晚，既讓我滿心歡喜又讓我充滿遺憾。我們一個詞一個詞地接，每個詞都在表達我們對愛的期盼與理解。我感覺我們的思想已一起登上了山巔，可我們的身體卻還在山下踟躕、徘徊。你用了一個多麼致命的詞來阻止我們身體的同步前進。現在我才知道這個詞帶給了我多深的遺憾！你說：你希望這一次是完美的，開始是完美的，過程的是完美的，結局更要是完美的。你這個呆子！我當時多麼期待你，想要你。現在，我更要憤懣地問：如果沒有身體的融合，我們拿什麼去見證？又何談完美？正如你信中提到的《窄門》，僅僅是一念之差就鑄成了阿莉莎與傑羅姆一生的悲劇。不，我絕不讓自己成為阿莉莎那樣的悲劇人物。我年輕的身體需要打開，需要吸吮，也需要狂歡！等你出來，我要你瘋狂地吞沒我，把你欠我的加倍還給我……

下面是我的「流水帳」，我要把你離開之後的每件事都婆婆媽媽地講給你聽，你可別不耐煩呵！

先說我們分別的那天。你走了之後，我和瓊也回到了北京；正是在機場，瓊和我有了一次談話。她讓我答應出任她公司的總經理，我們達成共識，無論發生什麼，都要將你的展覽進行下去。之後，我又去了上海，說服英小姐繼續我們的合作。瓊說：「藝術家最怕的就是沉寂，無論如何我們都要保全他的事業。」她還說：「就讓我們三個女人和這個世界打一場仗吧。」英小姐也說：「三個女人一臺戲，要唱就唱它個精彩絕倫。」你瞧，我的人生變了，因你而發生了變化，我就這樣成了一位藝術經紀人。而且我身手敏捷，幹得還真不錯。還記得你第一次提議我與瓊做搭檔我回敬給你的生硬態度嗎？我承認我當時是生氣了。我生氣是因為你和瓊私底下就商量著安排了我的生活。誰給你權利讓你去和我當時視之為情敵的人合謀？現在我告訴你那只是我作為女人的矯情，我與其說是生氣不如說是吃醋。然而，當瓊對我坦言：「我今天挑明了說，你愛他，我們都是愛他的人，保護他的藝術是我們應盡之責。」我不僅再無醋意，反倒激發起了一種責任。我也看出瓊對你的私情，但我們都不再為私情所困。瓊說得對：「泓出了事，或者最終被判決是犯了法，可他的作品沒有罪。」我想，我們仨都是出於對藝術的熱愛才決定「和這個世界打一場仗」的。我們只想讓藝術擁有獨立的價值，藝術只與美有關，與藝術家的性格、品行與境遇無關……

泓，你瞧，這個世界上有人愛你，有人等你，又有人為你的藝術而戰，你該是一個多麼幸福的人！所以，永遠不要抱怨命運不公，永遠不要自暴自棄！你身陷囹圄，可你的作品卻將在世界各地巡展。多少人羨慕你的才華，傳頌你的名聲，你比任何人都擁有更多的財富。呵，對了，我們已經決定將九月十日作為你在龐畢度的首展日。我們要將它當作生日禮物送給你，你當然也配擁有這麼一份大禮……。另有一件喜事也要告知，三小姐慈已經決定購買《懸空的椅子》了，這是豐事先溝通的結果，我們已約好了過些天去香港與三小姐見面。你身陷囹圄之時，慈毅然決然地購買你的作品，該是一種怎樣的義舉！英小姐前幾天也回饋，瑞銀集團已明確表示要購買《床》及你的四幅油畫。他們的行為正彷彿在說：藝術是獨立的，我們尊重藝術的獨立價值！

六月三十日

讓我接著上一封信寫下去吧，我喜歡給你的每封信都沒有結尾。這些信並不是刻意寫的，也不會給外人看，所以它就像我們平常聊天，隨興而起，說到哪兒算哪。別怪我的信沒有文法與結構，它甚至都沒有邏輯與思想，卻通篇都是感覺與興味、呼吸與心跳。哦，上封信我忘記說了，我已經把你的工作室變成了你的臨時展廳，二層是《床》、素描與小稿；一層是《懸空的椅子》及四十幅油畫。鏞和王館長來幫我完成了最後的合成。展覽的效果棒極了，不過鏞說要是空間再大一點就更好了；這些作品在龐畢度首展時將多麼地令人震撼呵！攝影師已經完成了參展作品的拍攝工作，今天拿來了照片的小樣，明天我就把它們帶到香港去，先請大家提提意見，然後交給英小姐設計畫冊……。這次香港之行，英小姐、瓊和鏞都會到。你走了之後鏞不久就去了歐洲，這次是與瓊同來。不知他與瓊的關係進展如何？我非常好奇與關心。

另一件事是姐姐已經搬出來與我同住了（你一定很吃驚吧）。你剛離開的時候，她的心情十分悲傷。我去看她時她給我看了你留給我的信。我看完，抱著她說：「姐，你願意我叫你姐嗎？我已經是泓的女人了，你搬到我那裡去住吧，我們一起等泓和蕊妹子回來……」她答應了我的請求。現在她的情緒已經很平穩，也不再歇斯底里追問你的事情。她的堅強讓我吃驚，也給了我極大的鼓勵。多虧她幫我照顧寶寶，我才得以全身心投入到你的展覽工作。而我尤為感激的是她願意搬出來和我同住，便是把我當作了家人。所以我警告你，你一輩子都別想做傷害我的事情，我管不了你，自有姐姐為我主持公道……（我沒有自作多情吧）。

還有什麼事要講給你聽的？別嫌我嘮叨呵，我事先就說過，我給你的信全是流水帳。可這是我生活的點點滴滴，如果哪天我不這麼絮叨了，那就意味著我們已經失去了對對方的熱情。日常生活並沒有太多嚴肅的事情，卻到處都是生機與興味；生活除了思考，更值得分享。當然，我們之間也會有大片大片的沉默，你需要在沉默中自由思考，我也需要藉沉默來安排一些小心思。可那也該是我們彼此的傾聽與凝視，是我在你懷裡幸福的休憩……

三十四

海倫的日記（續）

七月五日

泓：

又過了幾天了，我繼續給你寫信。

昨天我已經到香港了，今天一早我們幾個就在豐的工作室見了面，工作室建在一個綠意蔥鬱的山坡上，很樸素也很美。早晨的陽光從落地玻璃窗透進來，使相聚的每個人都有了一種燦爛的心情。豐十幾天前就到了香港，由於他與三小姐提前就溝通好了，所以作品的交易就只是履行了一個手續。英小姐介紹了龐畢度首展的籌備情況，我也請大家看了這次參展作品的照片與視頻。展覽的序言鏞也寫好了。瓊和英還介紹了作品的預訂情況。總之一切都做得很嚴謹，也很順利，所有的工作都有條不紊的……，英、瓊和三小姐在事先就準備好了的文本上簽了字。豐提前準備了香檳，大家一起舉杯慶祝……

我對豐越發有好感了，整個事情他出力最多，但至始至終都只在一旁默默地做著他認為該做的事情。你知道《懸空的椅子》價格不菲，這次更以一千二百萬與三小姐成交，對整個展覽起到了關鍵的作用。人人都說文人相輕，但在豐和鏞身上，我只看見兄弟間的深厚情誼。這是你的幸運，也是你做人成功的例子。

沒有人提你的案子，大家似乎都把你的缺席當作了一件自自然然的事情。至於你的案子對你的行情會產生什麼影響，我曾以為三小姐一定會問，但她始終都只是靜坐在一旁，任何與交易相關的問題她居然都沒有問。客觀地講，她的投資並不是沒有風險的，但她似乎很灑脫，也很清楚自己要什麼，她一直靜靜地聽大家說話，有時候你會覺得她在微微點頭，她的目光偶爾也會流露一絲對某些事情的讚賞，但態度始終都很淡然，自有一種優雅與高貴。她關注的似乎並不是這場交易，她心裡一定蘊藏著更遠大的價值和目標。果然，在大家說完之後，她很輕很淡但又很明確地說：

「記得上次在香港見面，豐問到了泓先生設立獨立藝術家聯盟的計畫，雖然當時沒有細說，但我瞭解他的想法，他的目光要更遠大一些。這些年來，國家的經濟發展得不錯，但有些做法並不太好，一些成就也像是只為了賺一些小錢似的。經濟發展起來了，國民的趣味與精神就很重要，藝術在塑造國民趣味與精神方面作用很大。但一個人的成就總是有限的，所以藉這次先生的展覽，再結合先生原本就有的計畫，不知道能不能設立一個藝術家基金？這樣就有機會幫助更多的藝術家取得成功……」

我立即就明白三小姐的意思，她希望這次交易不要成為個人私利。換句話說，她希望你能將這次展覽的收益拿出一部分來，發起設立獨立藝術家聯盟基金，以幫助更多有才華的人。

我當即接過三小姐的話說：「這也正是先生一直想做卻沒來得及做的事情，如果三小姐有這個美意，先生一定會非常高興。」

「要是這樣，我們也可以再拿出一些錢來參與設立這支基金。」三小姐點了點頭，又將目光投向了瓊和英小姐，「二位都是行業翹楚，不知是否有興趣參與進來？」

「這可是一件大事，三小姐有沒有更具體的方案？」英小姐問道。

「這是一個優才基金，獲得基金資助的應該是那些可望引領一個時期藝術創作的藝術家。我們幫助他，讓他成功，但他也要承諾將他未來作品收益的一部分反哺給基金，從而使基金有造血功能，能夠持續幫助更多的人才並擴大資助範圍。」

「這是一個很好的模式，做好了可以擴大到獨立電影、文學、先鋒戲劇和實驗音樂等領域。我知道史丹佛大學就有這麼一支創業基金，很多學生在一年級的時候就得到過資助，後來創業成功，就會將公司收益的一部分反哺給基金，從而使基金有能力持續幫助更多的創業者。」瓊接過三小姐的話說道。

「如果先生能在首展前對外公布這個計畫，我相信你們的巡展會更成功，一些負面聲音也會自行消失，他會贏得更多的尊重，作品也會賣得更好。」

我從未聽三小姐談過任何與商業有關的話題，但她的話一說出來就讓我敬佩有加。

「很好的創意與模型，也是很好的市場策略。我會儘快向董事會通報情況。如果先生和三小姐一馬當先，我們當然也不甘落後，希望有機會成為這支基金的共同發起人，不知三小姐計畫的基金規模是多大？」英小姐說。

「除了基金規模，恐怕還有一些法律問題，比如泓現在的情況是否具備基金發起人的資格？基金在哪裡設立？如果放在大陸，恐怕就會很囉嗦。」瓊接過英小姐的話。

「具體方案當然需要專業人士來設計，可以請基金經理、藝術經紀人和法律顧問來共同完成這項工作，其實鏞先生、豐和瓊小姐也是可以作為基金發起人的，基金的發起和經營都需要專業人士和專業意見。不要擔心錢的問題，只要宗旨好，就會有更多的人來參與。我們的一些朋友也是滿有理想的。」三小姐繼續說道，她的角度與高度顯然不同，一二句話就讓一個本來很飄渺的話題落了地。大家熱烈地討論起來，三小姐又提議成立臨時籌委會，我被大家推舉為籌委會祕書。我既驚訝又高興，想不到這次香港之行還引出了這麼一件大事情來，我當然願意盡奉綿薄之力，這本來就是你的想法，可你或許也只是想想而已，現在居然就成了一個可望實施的計畫了……

我無須再描述細節。總之，今天的聚會美妙極了，是那種精神高度契合，目標與價值觀高度一致的美。如果你在，也一定會和我一樣歡欣鼓舞的。我始終覺得除了繪畫，你還有更大的理想，鏞和豐也是，你們都是有遠大抱負的人。我十分驚訝香港這樣的商業社會會有三小姐這樣的情懷，而且何止是情懷，她簡直可說是胸懷寬廣、眼光獨到、思想卓越……，從這樣的老世家中出來的人，經歷過累世的財富，看世界的眼光與我們是不同的。

聚會結束了，英要趕回上海去，在送她的時候，我們又對下一步的工作交換了意見。

「進展不錯，今天與三小姐見面更是一大成果。根據三小姐的提議，下一步的工作恐怕要增加新的主題了。」英小姐說。

「以前的新聞計畫是為了應對可能出現的公關危機準備的。但三小姐的策略可能會讓這場危機自自然然就化解了。我們應該儘快準備方案，主動發布今天與三小姐達成交易的新聞，同時宣布泓聯合多家機構發起設立獨立藝術家聯盟基金的消息。」

「這需要基金設立進展到一定程度，並且這麼大的事總得有泓的授權吧。」

「可以先公布籌備事項。授權當然要有，不然經不起輿論的質疑。」

「可怎麼拿到泓的授權呢，他現在連律師都不讓見。」

「這件事就請海倫回北京後與王館長和余律師商量吧，恐怕要通過美院來做這件事了。」

……

泓，我知道今天的聚會已使我們的計畫變得更有高度和更有內涵，你一定會贊同和支持的。可我的顧慮與瓊的顧慮一樣，即你是否具備基金發起人的資格……

晚上，瓊、鏞、豐和我一起吃了一頓便飯。我們都很感謝豐，給他敬酒，對他表示真摯的謝意與敬意。大家自然也關心你的近況，可我也是所知甚少，只說與余律師見了面，在竭力為你辦取保候審卻不得其法。大家都不瞭解中國的司法系統，顯得十分無奈與傷感。鏞和豐又說我不容易，也給我敬酒。他們顯然都已經知道我對你的感情，說著說著我的眼圈就紅了，差一點就沒當著大家的面哭出來……

晚飯之後，我和瓊單獨在酒店的大堂吧喝咖啡。該是我們姐妹說私房話的時候了。經歷了那麼多事，我們之間的關係已變得更親密也更默契。我們也已經有兩個多月沒見面了，雖然每天都有郵件往來，可這兩個多月發生了多少事呵，其間的心路歷程又是多麼漫長呵！……我和瓊在大堂吧坐下來的時候，彼此都感覺有太多的話要說。我的重點當然在她與鏞的關係上，可這已經不僅是好奇，而是姐妹間真心實意的關心了。這次見面，我看見鏞在她身邊，已經完全不像是一個地位崇高的大藝術家。他顯然只是為了陪瓊才來香港的；大家在熱烈談論時，他始終沒怎麼說話，只在一旁靜靜地坐著，陪著自己的愛人。愛情竟會如此深刻地改變一個人，短短二個來月，他已經變得就像金庸小說中的那個「百勝刀王」胡逸之了……

「你將鏞先生都變成一個癡人了！」我開瓊的玩笑，可這玩笑是真的，也是確切的。

「是有那麼一點癡，想不到我剛走，他就跟著到歐洲來了。」

「怎麼樣？你們的關係確定下來了嗎？」

「等泓的事明朗之後再說吧。」她淡淡地說道，口氣中流露出了一絲傷感。

「他沒有表白嗎？」

「你這個傻丫頭，他一個大藝術家，什麼也不做，天天陪在你身邊，還用表白嗎？」

「也是，沒有比這更深沉的表白了，那你怎麼回應呢？」

「你是真傻還是假傻呵，我沒攆他不就是回應嗎？」「等著吧，時間會決定一切的。」她又說。

是的，時間會決定一切。雖然有時候它顯得那麼乖戾，那麼無情，雖然時間的長河上總是漂浮著悲涼與哀怨，但不管怎樣，只要時間還在我們就有希望——它最終會釀一罈美酒給我們，讓我們在歷經苦難之後，舉杯同慶。

泓給海倫的回信

七月八日

泓，我開始不平衡了，我給你寫了那麼多信你都沒有回。雖然我知道你不可能讀到這些信，也不可能回信。但你得寫呵，在心裡寫，只要你寫，我就會讀到的……。沒辦法，為了安慰自己，我只有替你給我回信。

海倫：

今天收到了你多封來信——天可憐見，這是我兩個多月來唯一來自外面的訊息，而這些訊息又全都是你給我的，也全都與愛有關……

昨晚我做了一個夢。夢見我們各自去了不同的地方旅遊。我們天各一方，可每天都給對方寫信，我的信簡短卻情意綿綿。你呢，每天都要給我講你的新體驗與新感受。

我們是在時空交錯中合奏我們的協奏曲嗎？這浪漫時代的樂音早已絕跡，現在又在我們天各一方的心中響起……

任何熱愛藝術的人本質上都是浪漫主義者，因為他會憂傷，會感懷，也因為他有一張想像的翅膀，並且，哪怕在虛幻的世界裡也能看見生命的真相。你說得很對，人的身體可以囚禁，可思想卻永遠是自由的。有時候我會想起杜思妥也夫斯基，他一度是一個重刑犯，已經判了死刑了，可就在死刑執行之際，他獲得了敕令，得了救。之後在西伯利亞服著無盡頭的苦刑，又在貧困交加中完成了多部鴻篇巨製……，這樣偉大而不羈的靈魂任何時代都會有！

我們已經分別二個多月了，我承認我過了一段十分痛苦與絕望的生活。在這段日子裡，我看見了自己的怯弱與無助，但也看見了新生。命運已讓我落到生活的最底層，這裡是多麼黑暗與寒冷呵，但一切都會過去的，過去之後，我會更加懂得珍惜，也會更寬懷、更從容。

上帝不會讓一個人無端享樂與受苦，任何一種苦樂都會有它的結果與祕密，對於這場苦難，我還有許多困惑，這是一個自我蛻變的過程，當一切都過去了，生命就會重生……。不過我們對此所知甚少，比如我們現在通信、相愛，就只能算是我們在迎接命運之路上的一點赤誠之心，命運最終對我們如何安排，我們其實是不知道的。

可那又有什麼呢？至少我們相愛著，我們已經走在路上了。

你信中說了那麼多事，你為此付出了多少辛勞呵，我一想起你單薄的身體居然肩負著如此沉重的負荷，就禁不住潸然淚下！不要再問我對任何具體事情的意見了。一切都按你的意思去辦就好了，你做的事我無不歡喜、驚訝，並充滿了深深的感動與感激。你對工作室的處理很恰當，你所讚賞的三小姐的計畫我也全都贊同，如果我的作品還能變成財富，並通過設立一支基金幫助更多的人，我真是萬分慶幸與滿足！」

泓，上面是我想像的你寫給我的回信，所以我都加了引號，我試圖站在你的角度給我寫信，模仿著你的思想與文風。我想，等你出來，我們見了面，你一定會說：沒錯，這是我寫的，是我寫給我的愛人的。

你說得很對，任何熱愛藝術的人本質上都是浪漫主義者，可任何相愛的人又何嘗不是呢？我們就這樣一封信一封信地寫吧，也一封信一封信地回。我相信當一個人老了，或遭遇到不幸，只有浪漫主義能帶給他溫暖，因為浪漫主義是想像的、虛幻的，也是天國之中的。

三十五

時間被一個一個嫌疑人收藏起來了。奇怪的是，時間在被收藏後並沒有停止，反而走得更快了。泓在看守所轉眼就已經一個月了，他曾經以為是苦熬，結果卻是在不知不覺中過來的。當他慢慢適應看守所的生活，時間就不再是尖叫，而是在悄無聲息地流逝。泓從來沒有像現在這樣有規律地生活過，這種有規律的、日復一日不斷重複的生活讓他在恍若隔世中慢慢地平靜下來。而時間也在悄無聲息的流逝中滋養著他，就像菜湯和米粥會滋養一個受過創傷與驚嚇的人一樣。子靈曾要他像悉達多一樣學習等待、傾聽與思索。「悉達多是向河流學習，你卻要在看守所向寂寞、無助和絕望學習。」他一直記得這句話，也一直在等待、傾聽與思索。可他已經不再感到絕望。一個多月前那種鑽心的疼痛、恐懼與憤怒已經沒有了。外面的世界已經離他越來越遠，越來越模糊；他對那個無法把握的世界已經越來越不抱希望了。甚至於連做夢都只是看守所的事情。比如老張的牙掉了、二鵬放了好幾個讓大家狂笑的響屁，而且一個接一個，拐著彎一個比一個響……。

老孫走了，老孫走的時候給宋鞠了一個很大的躬，也給號裡的其他人微微鞠了一個小躬。他將這個習慣性動作留在了大家的記憶裡，以至於走了之後的好多天大家都還在談論他、模仿他、笑話他。他走的時候將十幾本印製粗劣的佛經分別送給了猩猩、二鵬和老張。猩猩是號房裡唯一一個從早到晚都捧著書讀的人，他的眼睛近視得連號房外面的掛鐘都看不清，所以大家都疑心他是在真看呢還是假看。不久大家就發現他不僅高度近視而且還是一個文盲。然而大家已經習慣了一個文盲每天都捧著一本書看，而且還總是邊看邊無聲地一個字一個字地唸。老孫與猩猩都是號房裡懂預測的人。老孫還懂命理，能夠講出一大通道理，講得聲情並茂，要邏輯有邏輯。但懂命理的老孫從來沒有預測準一件事，猩猩卻只說一句──「老孫要走了！」過了幾天老孫果然就去了監獄。他判了三年刑，沒有上訴，完全服從法庭和命運的安排⋯⋯。沒有人知道猩猩為什麼每天都要捧著一本書看，也沒有人知道他為什麼要去偷那四千八百九十六塊錢。因為事實上他的命相館已遠近聞名，錢也賺了不少了，不至於為了四五千塊錢讓自己受這個罪的。他為此在看守所待了半年多。期間，他母親曾要求公安局給他做精神病鑑定，可鑑定結果證明他是正常人。既然是正常人，他當然就免不了這場劫難。於是，他以一個文盲的耐心在看守所每天捧著一本書讀，都讀了一年多了⋯⋯。猩猩的本名叫侯海興，最早叫他猩猩的是虎子。有一次看電視，是一部講猩猩的紀錄片，其中一隻猩猩與他十分相像，都是又塌又短的鼻子和又紅又厚的嘴唇。虎子就說：「興興，你看像你嗎？」「像！」他頭都不抬，就很大聲地回答。「那是公的呢還是母的呢？」「跟你一樣！」他又大聲地回答，大家就哄堂大笑，「猩猩～猩猩～」就這樣叫開了⋯⋯

老孫走了之後，進來的是二鵬和老尚。二鵬是殺人犯，十九歲，被殺的人是他親爹。剛進來的時候，他每天都喊自己冤枉。頭一天是很大聲地喊：「我冤枉！」文就給了他一耳光。「你他娘的連親爹都給宰了，還冤枉！」「死了的冤枉，活著的也冤枉呵！」大家就大笑。沒幾天，大家就知道了二鵬的案子。他父母離了婚，可離婚後他爹還三天兩頭地來找他娘，且每次都將他娘關在屋裡搞得像殺豬一般亂叫。後來他爹又將他姐堵在了屋裡。他姐就說：「弟，你幫我宰了他！」他就幫他姐把親爹給宰了⋯⋯

因為挨了一頓打，二鵬就不敢再喊了；卻常坐在鋪位上很小聲地說，像說夢話一樣，說一陣停一陣。宋又訓斥了他一頓，結果他就只說夢話了；不僅晚上說，連睡午覺也說。大家沒有辦法，宋也不能管一個人說夢話吧。可後來二鵬還是被制得夠嗆。不過他受制並不是因為說夢話，而是因為虎子舉報他放風時偷偷地往口袋裡裝小石子。雖然沒有人清楚他的動機，但他的舉動太怪異，也太讓人毛骨悚然。宋教訓了他幾次，他倒是不撿石子了，卻偷偷地摳風場的牆壁，將牆壁上的灰碴一點一點摳下來裝進口袋裡，無論怎麼罵，怎麼打，都沒能制止他。二鵬在看守所一直沒改掉在夢裡唸叨和在風場摳灰碴的習慣，反而讓大家不得不習慣他。他是死刑犯，總有一種東西讓人害怕。後來他居然迷上了讀佛經，沒完沒了地讀，讀了就在一旁發呆，從早到晚都不說話，別人說什麼他都漠不關心。文開始還嘲笑他，說：「一個連親爹都宰的人讀什麼佛經？」還把佛經搶過來搧他的耳光，但二鵬照讀不誤，也依然是一副呆呆癡癡的樣子，偶爾說幾句話，竟全是讖語……。與二鵬一起進來的還有老尚。老尚是一個慣偷犯，看守所對他而言就像旅店，每隔一段時間他都要進來住幾天。他可能是最瞭解看守所的人了。第一次偷，被判了兩年。不知他從哪裡搞到了幾十枚針，又把這些針殘忍地拍進了自己的胸脯，監獄就不敢收他，怕他自殘或惹出什麼麻煩來。第一次判刑之後，老尚就掌握了規律。他什麼都偷，米麵糧油、水果白菜、衛生紙、塑膠布，但每次偷的東西折合成金額都夠不上判刑。所以他一偷就被抓，抓了就進看守所，進了看守所不夠判刑就放人，放出去之後馬上又偷……，他就這樣和公安局、看守所、法院兜圈子，一兜就是好幾年。可這次老尚進來不是因為小偷小摸，而是騎摩托車拐彎時把人給撞死了，對方家裡要求賠三十萬，賠了錢就可以調解。「調解個球！我有三十萬還小偷小摸？」他顯然賠不了錢，寧願等著下判。據說不賠錢就要判三年，他樂了，「待著吧，有吃有喝，等於每年都賺了十萬。」他用自己的方式跟司法系統開玩笑，開得心滿意足。

比泓早一天進來的是老張，犯的是貪汙、受賄、猥褻幼女罪。前兩件倒沒什麼，大家見得多了，可後一件註定了他要在號裡受制。剛進來的時候，他喊：「報告！」但緊接著就大聲說：「我是優秀共產黨員！」

宋就問：「你怎麼就是優秀共產黨員了？」

「每年都是，群眾評選的。」

「群眾怎麼就選你當優秀共產黨員了？」

「因為我搞改革！」

老張還真是因為搞改革從副校長當到了校長，後來又當了教育局局長。他教了幾十年的書，總共教過十七門課。這段經歷讓他總結出一個經驗——即人生什麼都可以糊弄。可糊弄來糊弄去他還是在退休兩年後被抓進來了。

「因為什麼事進來？」進來那天，宋問他。

「貪汙、受賄……還有作風問題。」

「什麼作風問題？」

「給我定的是……猥褻幼女罪。」

宋聽了，就決定制他。之後宋每天都要他交代一樁罪行，交代得不好就把他脫光了用鞋底子打屁股。這樣交代了十來天，宋算了算，老張幾乎把一個縣所有想當校長、副校長的女教師都給搞了。

「猥褻幼女又是怎麼回事，說！」

這個老張打死都不說！他知道搞女教師是作風問題，猥褻幼女卻是重罪。宋非常氣惱；虎子就建議讓老張交代每次犯作風問題時的細節，細節交代得不好，沒讓大家笑，照樣要挨鞋底子……

老張就這樣受了十好幾天的罪，除了被脫光了打屁股，還經常不許吃飯和睡覺。六十多歲的人了，又有糖尿病、高血壓。一天看守所的王副所長把宋提了出去，之後宋就變了，變得對老張照顧有加，甚至還叫他老爺子，經常請他講當年搞改革的故事。大家知道老張一定是在外面託了人了，而且所託之人一定大有來頭，也就不敢再為難他，還每天跟著宋「老爺子」、「老爺子」地叫。「老東西，畢竟是當過局長的人，厲害！」虎子悄悄地對泓說。制老張的時候，他最積極也最賣力，這會兒討好老張也最殷勤、最得法，以至於老張經常輕輕地拍著他的臉說：「你這個小傢伙，就是調皮……」

日子一天接一天過下去。泓沒有像老張那樣受制，還和宋、文、虎子、二鵬他們成了朋友。他學會了講本地話，也學會了破口罵人；他和大家一起打牌，贏豆腐乳和香煙。悉達多說得多好呵——「如果我待在妓女雲集的小旅館裡，生活在馬車夫和賭棍之間，我也能學習到許多許多。」泓也一樣，他先是學習適應環境，然後學習適應人，再然後學習自我和解與自我發現。每一個階段他都要遇到許多困難，但都過去了。在自我和解的過程中，他開始讓自己坦坦蕩蕩地做一個嫌疑人，而不再覺得恥辱、恐懼與絕望。自我和解實際上也是自我發現與自我覺悟的過程，包括放下心中的不平，也包括不斷地從另一個角度去看自己、原諒自己，甚至於傾聽和欣賞自己。他承認自己是凡人，像任何一個凡人一樣害怕失去已經擁有的東西。但他也承認自己擁有卓異之人的靈性、責任與使命，不甘於生活與精神的平庸，而永不停止求新求變。他還承認自己擁有《荒原之狼》中不朽之人的雄心，可又障礙重重。他經常和宋他們交談，瞭解他們看問題的角度。文對任何事情都抱著一種嘲諷的態度，自從老張來了之後，他每天起床都要模仿老張說一句：「我是優秀共產黨員！」這句話似乎讓他覺得生活真他媽的就是這樣顛三倒四，所以只要顛倒著看就好了……

在看守所，任何嫌疑人都會不同程度地反省自己，他們通常會問：「我怎麼就成這樣了？」老尚把自己騎摩托車拐彎時撞死人當作是見了鬼了，木則把自己的遭遇稱之為某種事故（他這樣說，也算是一種釋然吧）。泓對自己犯罪這件事一直很困惑，但他認可這已經是一個事實，他不是在夢裡，也不是在意識、觀念和邏輯中被抓的。他已經在殘酷的現實中日復一日地坐在了看守所，和十幾個嫌疑人不分晝夜地生活在一起，沒有任何隱私、自由與尊嚴，也沒有任何回憶、想像與感受。高牆之下的孤獨是如此深重，比最漆黑的黑夜還要深重……，可這正是他每天都要面對的現實。「存在即合理」──他第一次對存在主義的觀點有了切深的瞭解。有時候問「為什麼」是沒有意義的，應該問「怎麼辦」；而「怎麼辦」又取決於「怎麼看」。當他不再把自己當作一個藝術家和副院長時，當他在心裡認為自己已經是一個嫌疑人而且與別的嫌疑人沒有任何不同時，一切就變得簡單和「不過如此罷了」。命運在任何時候都充滿了疑團，他把其中的一些疑團交給了老天爺，對自己的命運有了順從之心，這樣的時候，「如此而已」就讓他不僅變得順從也變得豁達和無所畏懼。生活的勇氣就是這樣一點一點地回來的……

因為每天都生活在一起，泓和宋他們已經越來越熟悉，越來越瞭解了。有一天，泓甚至建議宋向所裡申請由他出錢給所裡的圖書室補充一些新書。他們各自按自己的興趣開了書單，又擬定了一份學習計畫。新進來的書有一些冷僻，比如休斯頓．史密斯的《人的宗教》、尼爾．弗格森的《文明》、薩謬爾．杭亭頓的《文明衝突與世界秩序的重建》、提姆．凱恩的《平衡──從古羅馬到今日美國的大國興衰》、海明威的

《太陽依舊升起》、普魯斯特的《追憶逝水年華》、卡謬的《鼠疫》、卡夫卡的《城堡》、羅斯科的《藝術哲學》……，但所裡還是同意幫著購買了。泓和宋約定每人每週天看一本書，然後輪流給其他的嫌疑人講，而聽講的人卻要提問和發表自己的觀點。有一段時間八號房的氣象不知不覺就變了，變得有了書籍與思想的氣息；時間也變得像是春天剛翻整過的土地一樣，並對嫌疑人說：「不要打發我，讓我成為你們的伙伴，在我身上你會發現新的趣味與價值。」

在看守所堅持閱讀是一件相當困難的事情，與不同的嫌疑人交流思想更是不容易。泓嘗試用最通俗的語言給嫌疑人講一些自己的觀點，宋也是。比如有一次泓講到「所見都是好人好事」，宋在其中的一講中說「要愛掙錢而不是愛花錢」……。泓的話嫌疑人大都聽不明白，但他們大都贊同宋的觀點；泓也認為一個人愛什麼就會是什麼和有什麼。許多嫌疑人出去後都會面臨各種問題，但願他們的一些觀點對這些嫌疑人有所幫助。可是天知道！也許一切早有安排，人只須靜心傾聽造化的指引……

泓和宋有時候也會討論一些較為宏大的問題。

「馮友蘭曾談到中國人的四種人生——功利人生、道德人生、藝術人生和宗教人生。其實中國人的核心價值觀只有功利人生，其他都只是功利人生在不如意時的自我釋然。」宋有一次說，他們便順著這個話題討論起來。

「這也算是中國人的智慧了。功利人生以成敗為標誌，而成敗又只在功名利祿的範圍裡。這樣的成敗俯拾皆是，因而很難轉化成絕望的力量，也產生不了真正的悲劇精神。沒有絕望的人生終究是膚淺的，當然也就很容易轉化。因此功利人生在失意之時，就會跑到藝術人生與宗教人生中去，正所謂『達則兼濟天下，窮則獨善其身』。可以說有多少功利人生的失意，就會有多少藝術人生的繁榮，因而也就有了中華文明的生生不息與源遠流長……」泓接過宋的話，他繼續說道：「中國人很容易找到出路這件事說來也極為有趣，因為他們從不追求『終極價值』，不需要對『真理』有深刻的體會。這不是一個『求真』的民族，他們寧願只要一種人生的況味，因此絕不鑽死胡同，人人皆可從頭再來。」

「然而所謂的從頭再來，看上去更讓人覺得是一種重複，因此黑格爾說：『中國幾千年來都沒有歷史，只有重複。』」

「那你的意思是？」宋順著泓的話，很好奇地問。

「我喜歡推倒重來！」泓很明確地回答。「它與從頭再來的差別在於它是決絕的甚至於血性的。」

這樣的談話讓泓和宋彷彿回到了意氣風發的學生時代。不過文沒興趣了，他插進來說：「哎，說什麼呢，夥計們！別忘了我們是嫌疑人，別說這些沒用的了，吃飯吧，吃完飯打牌，打完牌屁眼朝天！」

「屁眼朝天」是嫌疑人對回家的說法。當管教打開鐵門喊：「李二鵬，收拾東西！」嫌疑人就知道又有一人可以屁眼朝天了。當自由突如其來，嫌疑人找到了這麼一種直接、粗俗也最語無倫次的方式來表達自己的心情。

「泓，你相信靈魂嗎？」文的話讓泓的思緒從高遠的天空跌落到了昏暗的號房，但宋並沒有理會，他繼續問。

「我不信有靈魂，信有鬼魂！」文截住宋的話，說道。

「我信。」泓很肯定，接著又說：「中國的文化語境中是沒有靈魂這種東西的。因為中國人只相信現世的東西。中國人也有來世觀念，可這種觀念在他們的哲學中就像一部插進來的滑稽戲，不過是在失意時找點安慰或樂子而已。」

「靈魂！現在除了欲望我再看不見別的了。你們看一下看守所，貪汙、受賄等職務犯罪約占了四成，小偷小摸、尋釁滋事、盜搶、販毒、故意傷害和詐騙等占了有六成。很明顯，有權、有勢、有能力的人在搞錢，沒權、沒勢、沒能力的在搞事。除了搞錢和搞事這個社會還有什麼？我們之中又有誰是有靈魂的？要真有靈魂，我們拿它來幹什麼？」文插進來說。

「拿來追問！靈魂唯一的用處就是追問。」泓說道。

「追問？吃多了吧？沒事幹了？」

「是的，靈魂只有在無所事事時才存在，忙碌之中只有欲望。可正是對靈魂的不斷追問，才讓我們在絕望中有了一種快樂與出路，並因此產生了哲學、宗教與美。」

「產生美？對靈魂的不斷追問與美有什麼關係？像你剛才說的，中國人不追問，也不執著於靈魂與信仰，可他們不是也有自己的美嗎？中國的山水畫不是也算得上世界藝術史上的奇葩嗎？」

「是很美。可最好的中國畫也只有生趣與意味。」

「那你說的美又是什麼呢？」

「是抽筋剝皮，推倒重來。這包括很多東西，但最重要的就是對藝術精神與藝術形式的不斷追問。」

「明白了，這或許就是你成了一個有自殺心的人的原因吧，你會再度絕望，或者像你說的那樣——會具有悲劇精神的……」

他們繼續，從社會、文學、宗教又談到了藝術。吃完晚飯，嫌疑人們開始打牌，泓深陷在沉思與冥想之中。這種狀態往往會讓沉思、感受與想像一起飛翔，從而產生簇新的創作激情。這樣一種近乎於狂喜、迷醉和神祕的狀態難道在久違之後又充滿喜悅地回來了嗎？晚上值夜班時，泓又見到了子靈。

「泓，你與宋的談話我都聽見了，那可真美呵，可惜我不能參與。你們的談話讓我想起了我年輕的時候，那個時候，我和我的同學們也經常這樣整夜整夜地討論問題。」

「你和你的同學們？」泓驚訝地問道。

「是呀，都快三十年了。我也年輕過，也有過充滿激情與理想的青春年華。那個時候的青年同樣關心自由、民主和國家的命運，同時也熱愛文學與藝術。」

「快三十年了？那我們是同年人呵，你是？」

「是呵，所以你到號房的第一天我們就說了話，那可是我近三十年來第一次跟人說話呵！我們的確有許多共同的地方，算得上是同道中人。或者如我所說，我是你另一個世界的兄弟，我們是一片葉子的兩面，我是落葉，你是嫩葉。所以當其他嫌疑人把我當作是一塊難看的斑痕時，你卻把我當作了一隻鳥，一隻長著肉翅、顏色幽藍幽藍的鳥……」

「可你到底是誰呢？」

「不必再問了，到底是誰並不重要。你不是已經給我取過一個名字了嗎？你不妨就這樣稱呼我吧，不過今天已到了我向你告別的時候了。」

泓大吃一驚！他已經感覺到子靈的聲音越來越吃力，是那種近乎於衰竭的聲音。

「可你是怎麼到這裡來的，都來了快三十年了！」泓不甘心，繼續問。

「因為太年輕，青春的熱血奔流得太急，心也跳得太快了，那一年，很多年輕人都像我一樣進了看守所。」

「那你？」

「至於我，則要更極端一些。或許是因為絕望，或許是因為反抗，總之，我在這間號房自殺了，當時的血濺得多高呵，既濺到了牆上，也濺到了天花板上。這麼多年過去了，血是早幹了，看不見了，卻又在歲月和潮氣的侵蝕下變成了一塊黴斑，現在眼看著又要脫落了，也到了我和你說再見的時候……」

泓聽完，已渾身顫慄，他忍著，不讓自己在這熟睡的午夜哭出聲來。

「我見過太多的嫌疑人，該走的就得走，該塌的就得塌，所以不必傷感，外面的世界也可能更難、更凶險，也更……」

「三十年來，你到底是怎麼過來的？都想了些什麼？還有什麼話要跟我說嗎？」泓急切地問道，彷彿要撲上去，緊緊抓住子靈正在消失的身體。

「不可知！正如你揭示了不確定性，我能告訴你的也就只有**世界是不可知**的這句話。」

「不可知？」

「對，世界是不可知的，休謨早就說過，可我們都忘了。」

「……不過，正是因為我們明白了世界不可知，我們才不會再像過去那麼輕狂和虛妄，我們才有了謙卑與寬懷。」他又說道。

泓凝神聽著，最後幾句話顯然是子靈集中了所有力氣才說出來的，他似乎還有話要說，可這句話剛說完，泓就聽見一聲巨響。他抬起頭，看見天花板左上角的一大塊黴斑整個地掉了下來，偌大的一塊黴斑正好砸在老張的身上，他大叫一聲，號房的人全都驚醒了。但他們很快就明白不過是天花板上的那塊黴斑掉了，宋呵斥了幾句，讓老張收拾好鋪位便繼續睡覺。泓照舊值著子夜的夜班，很快大家就再次進入了夢鄉。再過兩小時，天就要亮了，太陽會照常升起來——就像海明威寫的那部既傷感又無聊的小說一樣。

三十六

離開香港前，海倫特意安排了半天時間去時代廣場給潔和泓姐買禮物。這段時間她最感激的就是這兩個人了，是她們給了她最實際的幫助，讓她度過了人生中最困難的一段時光。海倫給泓姐挑了一件白玉佛墜，又為潔選了最新款的香奈兒坤包。結帳時，她稍稍猶豫了一下，她該給自己也添一件香奈兒的新款，可最後她還是放棄了。結完帳，走出時代廣場，她快步穿過人流密集的大街，回到了酒店。然後退房，乘快軌去機場，與這個來去匆匆的城市告別。過了安檢，看見的正好是國泰航空的貴賓廳。她那顆敏感的心就被一種突然而至的傷感給撞了一下——上次她就是在這間貴賓廳給泓看的星盤，不幸的是一切都應驗了。

候機大廳滿是行色匆匆的人流，人們正被各種事情驅使著前往不同的目的地。海倫也一樣——她來到登機口，在一張椅子上坐下。泓已經不在，英小姐昨天也回上海去了，瓊和鏞是明天回巴黎的航班，豐還要在香港住一段……。這兩天香港的事情可說辦得十分妥當，可這會兒海倫的心是空的。

「海倫，到機場了嗎？」是瓊的電話。

「剛到，你呢？晚上和鏞找個浪漫的地方去放鬆一下吧。」她接過電話說道。都是職場上訓練有素的人，瓊和鏞也就免了虛禮而沒有送海倫到機場，這個電話就算是告別了。大家回到各自的城市，又會像過去一樣緊張和忙碌。對瓊而言，再忙也有鏞在一旁陪著，可海倫呢？她只有獨自一人去面對一切。

和瓊通完電話，海倫給豐和三小姐發了短信，再次表達了謝意並與他們告別。然後她打開電腦，可腦子裡盡是上次與泓在那間貴賓廳候機的情景——

「從你的作品中，我看見的卻是另外一些東西，與昨晚大家說的很不相同。」

「另外一些東西？是些什麼呢？」

「孤獨，衝突——很多的衝突，以及無所不在的疏離感和不安全感。」

……

時間過去不過四個來月，那個時候嫩綠和嫩黃的早春帶給人們的快樂是多麼天真和浪漫呵！雖然談話的內容不失為凝重，可僅與創作、思想和美有關，一切都還是詩意的，形而上的。四個月之後，海倫的心裡已滿是一個又一個實實在在的難題；她這才體會到只屬於思想與審美的痛苦其實是無關緊要的。可她無論如何也想不到——此時此刻泓剛被押到了一個小縣城的看守所，他換上號服，站在號房的門口大聲地喊：「報告！」

回到北京，海倫就約潔見面。泓的事情進展不錯，寶寶也有了泓姐幫忙照顧，她該騰出手來處理三媽姐的事了。

「親愛的，我剛從香港回來，我們見個面吧。」

「好的，我也正要約你呢，在哪兒見？要不還在我的美容院吧。」

「去四季酒店吧，我們好好聊聊，那裡的下午茶不錯。」

一個多月前，海倫的爸爸被雙規了，媽媽也因此大病了一場，可三媽姐緊接著就找上門來了。

「遭報應了吧，老東西！」她連一點掩飾都沒有，彷彿拿著一把砍刀，明晃晃地就砍了過來。

「還不是你這個賤人給禍害的！等著吧，早晚會遭報應的。」媽媽還沒有完全康復，病懨懨地，試圖將三媽姐擋在門外。

「不錯，是我舉報的，而且是實名舉報。老東西這次算是玩完了！」她似乎一直盼著這一天，氣焰相當囂張，又分明帶著挑釁、報復和咬牙切齒的仇恨。

「海倫呢，讓她出來，我是來收房的，沒工夫搭理你個老廢物！」

那天海倫正好在媽媽家，聽見三媽姐的叫囂，就下了樓。

「瘋了吧，收房？收誰的房呢？」

「拿去自己看吧，你現在住的那幢別墅平早就抵給我了。」

海倫接過來——是平寫的一張借據，借款的抵押物正是她現在住的那幢房子。

「別像瘋狗一樣在這亂叫！誰寫的借據你找誰去，至於那幢房子，產權人一直是我，沒有我同意誰也不能處置，更不用說抵押了。」

「白紙黑字，想賴帳不成？」

三媽姐這樣鬧了半天，直到海倫打110才平息下去。可之後三媽姐三天兩頭就來耍橫撒潑，甚至還去寶寶的幼稚園威脅，讓海倫忍無可忍，又別無其他有效的辦法。她這才想到潔，相比之下，潔比她更有社會經驗，對付耍橫撒潑之流也更有辦法。

海倫到了四季酒店，她一向喜歡這裡的雅致陳設和賓至如歸的溫暖感覺。這家酒店的大堂懸掛的正是泓的四幅油畫。這是泓僅有的四幅組畫之一，春、夏、秋、冬，用最簡潔的語言表達了四季的韻律——春的律動、夏的飛揚、秋的沉靜和冬的凝滯。海倫在這四幅畫前呆呆癡癡地站著，等待著潔的到來。

「發什麼呆呢？」潔一進酒店，就看見了海倫的背影，孤單地站在那四幅畫跟前，讓人格外心疼；她走過去，摟住海倫的肩膀問。

兩人在酒店的咖啡廳坐了下來，盛夏的陽光應該是最充沛、最熱情的，可海倫的神情是那麼地疲倦和茫然。

「不就是三媽姐那點事嗎？至於你這樣喪魂落魄的？」潔要了海倫喜歡的藍山咖啡，遞過去說道。不知道為什麼，潔每次見到海倫都會油然升起一種保護她的欲望，即便在春風得意的時候，這個角色也沒有變過。

「香奈兒的新款。」海倫沒有接潔的話，而是拿出在香港給潔買的禮物。

「又是香奈兒，這是你第三次送我香奈兒了。第一次是一個包包，第二次是一瓶香水，這一次又是一個包包。你究竟喜歡香奈兒什麼呢？」

「香奈兒的每件商品都包含了我喜歡的那種精神特質。」

「哦，是些什麼特質？」

「既迷戀細節又匠心獨運，既獨立不羈又優雅風情。」

「怎麼個獨立不羈又怎麼個優雅風情？」

「香奈兒的風情是隱含在莊重與優雅之中的夜色一般的大膽與挑逗，它來自於最頂級的豪華公寓和細長雅致的高腳酒杯，是一位風姿綽約的獨身女人遇上最完美、最有詩意的情人時才獨有的那麼一種絕世風情。」

「說得多有詩意呵，海倫！不過你不是在說香奈兒而是在說自己吧。」

「是在說我心中的偶像，也是在說我心中的理想。」

「你心中的理想？」

「是的，既獨立不羈又優雅風情。香奈兒，這個無數次對世界說不的女人，讓這個世界變得神祕和柔軟。」

「海倫，你知道我喜歡你什麼嗎？是你的詩意與浪漫；可我最反對、最擔心的也是你的詩意與浪漫。」

潔稍稍停了一會兒，又說道。

「三媽姐的事是一件小事，我找她談過了，這件事應該說已經過去了。我們不必再談，可我今天想跟你談點別的。」

「談點別的？」

「是的，你所謂的獨立不羈正是我反對和擔心的。」

「好，我們慢慢談，我一直也想和你聊聊精神層面的話題。可我還是想先知道你是怎麼跟三媽姐談的？這件事怎麼就算過去了？」

「事情其實很簡單，不過是一個心結，解開了就沒事了。她也知道法律並不支持她要你的房子，就算打官司也贏不了的。她只是在洩憤，用她的話說『要不了房子也要噁心你，膈應你』，她對伯父的恨太深了。」

「恨？她現在的一切榮華可說都來自於我爸爸。」

「從你的角度看是這樣的，可從她的角度看她認為她的一生都毀在了伯父手裡。男人與女人的關係深到一定程度則不是愛就是恨。三媽姐，她跟伯父這麼多年也算是忍辱負重。她無數次流產，最後竟喪失了生育能力。一個女人在無望的時候便只有隨便嫁人，這人偏偏還是伯父安排的，且在她結婚之後又不放手，照舊與她保持過去的那種關係。那男人懼怕伯父的權勢，便將私憤洩在三媽姐身上。一個女人這樣人不人、鬼不鬼地苟且著，你認為還有任何希望與幸福可言嗎？這次舉報她可說既是為了報復也是為了擺脫伯父的控制，可她並不能解恨，便將這深切的恨發洩到了你身上……」

海倫萬分驚愕地聽著，過了好久才又問：

「那你究竟是怎樣跟她談的？」

「好奇心還真強！」潔笑了笑，繼續說道：

「細節就不必說了，總之，多站在對方的角度去想才有機會達成和解。當然，我也用了一點面子與手段，讓她明白再鬧下去對她並無好處。」

海倫沉陷在沉思之中。三媽姐的事再問已經沒有意義了。對於父親她更不想有任何抱怨。也許泓說得對：「生活並不是由對與錯、是與非、好與壞構成的，生活是一顆顆活潑、跳蕩、敏感、脆弱的心。」可三媽姐這件事，放眼卻盡是傷痛與齷齪的殘片。

「海倫，要不我們改天？」見海倫在一旁沉思不語，潔沒有再說話，過了一會兒才又問道。

「哦，沒事，你接著說——剛才你說最擔心我的正是我的詩意與浪漫。」

「是吧，從小到大，大家都認為我個性太強；你呢，是溫順的、可人兒的，殊不知正相反。」

「正相反？」

「大家都只習慣看人的表面。我看上去所謂有個性其實最沒個性，因為我只走別人走過的路——這樣的路才是順路和平路。」

「你呢正相反，你總在走別人不走的路，這樣的路是難路，像崎嶇的山路一樣難，甚至於無路可走。」

「我上次就說過世上並不存在自己想要的生活這麼一回事，所謂自己想要的生活其實只是一團黑。可是你看，剛才你又借了香奈兒的話——喜歡她對世界說不！」

「我不同，對我而言，重要的是因勢利導——凡事都順著來，順著這個世界的變化而變化。」

「難道你沒注意到嗎？事實上當你對世界說不的時候，世界也會對你說不，而且會形成巨大的回聲；當你對世界說好的時候，世界同樣也會說好，它所形成的回聲也是好的。所以，我們唯一應該對這個世界說的話其實便只有三句：第一句是『好！』，第二句是『行！』，只有真碰上難題時才會另加一句：『再看看吧。』當世界只有這三句話時，一切就會變得簡單而平順。」

海倫聽著，潔的話分明有一種刺耳的東西，她想反駁，可一時又沒有找到恰當的語言。

「海倫，人是不能靠觀念生活的。剛才談到你的理想，要是改成既平順自然又優雅風情那該多好呵。」

「平順之人何來優雅！」海倫聽潔說完最後一句話，才像夢人似地喃喃自語。

「什麼?」潔顯然沒有聽清,她問。

「沒事,潔,謝謝你幫忙,又給了我這麼多提醒。不過這些話題太大,我們改天再聊。現在我要去見余律師了。」

「余律師?是為了你那位泓先生嗎?」

海倫起身要走,聽潔這麼問,心裡一震,又坐了下來。

「你怎麼知道的?」

「從三媽姐那裡我知道你正在戀愛。」

「這個賤人!」

「好吧,海倫,你既不願說也不必勉強,你先走吧,本來我也有事想跟你聊的。」

「什麼事?說吧。」

「想給你介紹一個人,也想勸你中斷與泓先生這段無望的感情。」

「哦,我倒有興趣看你要給我介紹什麼人?」

「這個人三媽姐曾跟你提過,可你當時的反應太大,還潑了她一臉茶水。」

「你!——你和三媽姐倒成了同夥了,還真想不到!什麼時候開始的?」

「同夥?別說得那麼難聽,好像大家都聯合起來要害你似的。事情也真是巧了,你跟我說了三媽姐的事之後,第二天我就約她見了面。這才知道她與我們董事長居然是多年的朋友,而我們董事長曾見過你,還喜歡你,所以你和三媽姐的事就成了一件家事。」

海倫驚倒了，潔說的就像是網路小說裡的情節，可這樣的情節還真在她身上發生了。

「明白了，所以三媽姐放過了我，而她沒有辦成的事現在又輪到你來辦了。看來你也希望我做你們董事長的情人了。」

「他最早是這樣想的，我詳細講了你的性格，他沉吟了半天，竟說也願意往婚姻方面考慮。這可真令我吃驚，可見他對你是動了真心了。」

「難怪剛才說了那麼多有水準的話，原來背後有高人，這人我還真想見識一下。」

「這麼說你同意和他交往了？」

「交往？潔，這個詞你用得也太出神入化了！我糾正一下，我只是說想見識見識，看看究竟是何方神仙。」

「還是因為那位泓先生？」

「怎麼？你對從沒見過的泓先生也有高見？」

「我只知道他是一個在押人員。我想說的是你對他的感情，你不覺得這段感情毫無根基嗎？泓先生不過是你的一個夢而已。」

「這麼說你不僅要讓我走順路、走平路，還要給我的夢也找個去處了？」

「相信我，海倫，你和泓先生的一切都是你臆想的，不要再生活在觀念裡了，回到實際生活中來吧。」

「謝了，我對你所謂的實際生活瞭解得並不少，我深知它的無聊與乏味，我只是不願意這麼年輕就行屍走肉。」

「平順！……我剛才本來想說，可又放棄了。現在不妨說給你聽——『寬敞的門和寬廣的路使人墜入地獄，許多人就是從這裡墮落的。』」

「什麼意思？」

「引自《聖經》馬太福音第七章。」

海倫說完，便再次起身。余律師的電話正好進來：

「海倫，剛才檢察院來電話，泓先生昨天已經進了看守所了。」

「什麼意思？」

「見面聊吧。」

四季酒店距離余律師的辦公室不遠，半小時後海倫就和余律師見了面。

「什麼情況？」海倫一坐下來便問道。

「到了看守所應該很快就會批捕。看來先生的案子偵查階段已經結束，不久就要提起公訴了。」

「能見律師了嗎？」

「應該快了。到了看守所你應該也可以給他上帳。」

「可以見面嗎？」

「應該不行。」

海倫便給余律師講了三小姐的方案。

「泓先生現在的情況應該是不能成為基金發起人的，但他可以通過授權，委託家人或朋友來做這件事。我應該很快就可以看他的卷宗，也可以和他本人見面，這樣就可以拿到他的授權。」

第二天，海倫就去了看守所。人雖然沒見著，但她在交款單上寫了幾個字：保重身體，等你回來！正是這幾個字讓泓感到這個世界並沒有完全拋棄他。

三十七

泓病了，這是他進看守所以來第二次生病。第一次是因為驚嚇，第二次是因為子靈。那個夜晚子靈從天花板上掉下來，泓是眼睜睜地看著他掉下來的，掉在鋪位上摔得粉碎。

號房裡的人都驚醒了，但很快就發現不過是天花板上掉了一塊黴斑。黴斑砸在老張身上，但並沒有受傷；大家也只是受了一點驚嚇，幫老張收拾好鋪位便繼續睡覺。泓看著子靈的碎片，恨不能跪在地上一塊一塊地撿起來，再恢復成子靈的樣子。但他顯然不能，他還要繼續值夜班，他只能哽咽著，讓自己萬分悲痛地望著天花板——子靈掉下來之後，天花板出現了一個洞，但這洞是空的，沒有靈魂的，與子靈也已經沒有關係了。

子靈走了，從此之後，泓連一個傾聽者也沒有了。在一個多月的交往中，子靈始終是一隻幽藍幽藍的鳥，是泓唯一的一張翅膀。他是那麼沉靜、靈異和無辜；又是那麼讓人憐惜，充滿了溫暖與信任。他在這間號房裡無比沉靜和悲傷地待了二十多年，他究竟在等什麼呢？泓甚至期待子靈幫他建立與外面的聯繫，子靈也答應了，但前題是他與外面的人在同一時刻彼此思念。一個多月來，始終沒有出現這麼一個奇緣。泓懷疑這樣的奇緣是否真的存在，他認為兩個身處不同空間的人在同一時刻彼此思念幾乎是不可能的。但他相信子靈，潛意識中一直期盼著有這麼一種奇緣。他甚至在猜，這個與他在同一時刻彼此思念的人最可能是誰呢？

他想到過蕊妹子、姐姐和海倫，但蕊妹子可能至今都不知道世上有他這麼一個父親；姐姐和海倫他也只是在監視居住時想過，到了看守所之後，海倫倒是到過他的夢裡，瓊也到過，可似乎都與思念無關……

子靈掉下來的第二天，泓就病了。開始的症狀只是頭疼、低燒和沒有精神，接著就彷彿喪魂落魄了一般——兩眼發直、面色發灰、手腳冰涼……。他不斷想到死亡，想到子靈說過的話：落葉和嫩葉，生與死，落葉是嫩葉的另一種形式，正如生是死的另一種形式。他不斷夢見死亡的場景，在幻象中聽見尖厲的聲音，他甚至看見了海倫的臉，那張臉慘白、哀怨，是那樣的不捨……。他已經兩天不吃不喝了，似乎在用自己的病體哀悼子靈。他不明白為什麼會在子靈掉下來之後夢見那麼多死亡，又為什麼會夢見海倫？究竟是海倫出事了還是他要死了？有時候他也覺得子靈其實只是天花板上的一塊黴斑，把子靈當作一隻鳥，想像子靈有一隻拔光了羽毛的肉翅，不過是他在感知自己的命運——子靈就是他自己，是他子夜時分的幻象，子靈從天花板上掉下來，預示著他的末日到了……。然而造化最終並沒有把他帶走；死神已經來過，並對他輕聲耳語，但最後還是走了。兩天之後，六號號房另有一個嫌疑人死了，死於一場驚恐與嚎叫。死了的人是一個縱火犯，他讓一座山燒了兩天一夜，好幾百畝苗圃全燒毀了。他一直在說那場火不是他放的，是鬼放的。他整夜整夜地哭鬧與嚎叫，幾天後便在萬分驚恐中死掉了。看守所亂了好幾天，四名警察被帶走了，他們將被調查是否對嫌疑人使用過暴力……

接下來的幾天，泓顯得格外清醒和冷靜，彷彿夢中之人回到了現實的大地上。檢察院來人了，告訴他很快就可以見律師。從監視居住那天起，泓就盼著見律師，他三天兩頭就向檢察院提這個要求，認為這是他的正當權利。但現在他不抱什麼希望了，他已經知道另有某種力量在安排他的命運。律師能做的事也只是皮毛。所以見到余律師時，他遠沒有曾經想像過的那種熱切與激動。坐在看守所的會見室，余律師在昏暗的燈光下模模糊糊的。

「我是余律師，受你姐姐的委託將為您辯護。」

「哦，」泓點了點頭，彷彿在辨認什麼東西似的，過了一會兒才說道：「這是我第一次見到外面的人，這裡的人就像是在墳墓中，只能等待外面的親人來上墳。」

余律師心裡咯噔了一下，不知道該如何接泓的話。過了一會兒，他說：「所有的人都在關心您，為您四處奔忙……」

泓也不知道如何接話。他似乎已經不知道如何跟外面的人說話了，余律師繼續：

「再過十幾天，您的展覽就要在巴黎開幕了，地點依然是龐畢度美術館，開幕式定在了九月十日，海倫說這是大家在龐畢度給您的生日禮物。」

「三小姐慈一個多月前購買了《懸空的椅子》，海倫特意讓我告訴您，這是豐先生精心運作的結果。不過，已另有藏家預訂了您的其他作品。大家對展覽都有很好的預期，瓊和海倫都說龐畢度的首展一定會十分成功的。」

「想不到大家還在做，不容易，何必呢？」泓像是在自言自語，可眼睛裡已經有淚花在閃動。

「大家都好嗎？現在都在哪裡？」

「英小姐、瓊和鏞先生都在巴黎，海倫在北京，下週也要去巴黎。朋友們都會趕到巴黎去參加您的首展式的。」

「今天和您見面主要是兩件事，一是您的展覽，二是您的案子。有些相關手續和文件也需要您簽字。」

「三小姐提議藉這次巡展以您的名義發起設立一支藝術基金，英小姐、瓊和海倫都十分贊同，又聯絡了幾家有影響的機構，大家希望在首展的新聞發布會上正式公布這項計畫。但您目前的身分與處境不能做基金發起人，這就需要您授權，委託您信任的人來做這件事。相關的文件都在這裡，海倫也另有一封信來陳述這件事情。」

泓接過文件，隨手翻了翻，便打開海倫的信——

親愛的：

三個多月來，不知給你寫過多少信，但你能收到的就只有這一封。你走了之後，我每天都感受著你的孤獨與無助，也感受著你的信念與堅強。大家都在堅持，英小姐、瓊、鏞、豐先生、三小姐，都沒有因為你的遭遇而放棄。誠如我在日記裡所說：「你看，這個世界上有人在想你，有人等著你，還有人為你的藝術而戰，你該是一個多麼幸福的人！」

九月十日，你的首展將在龐畢度開幕。一個多月前，三小姐買下《懸空的椅子》，為展覽奠定了堅實的基礎。她同時提議以你的名義及你本輪巡展的部分收益發起設立獨立藝術家聯盟基金。大家一致認為這是一個有智慧的策略，也是一個有理想的計畫。三小姐、英小姐、瓊、鏞、豐先生及其他一些有影響的機構都將作為共同發起人，我也榮幸成了籌委會的祕書。

設立獨立藝術家聯盟原本就是你的設想，現在終於可以變成現實。基於你目前的處境，需要你指定一個人代表你作為基金發起人，並處理相關事宜……

余律師已看過卷宗，打算為你做無罪辯護。他將就你的案子與你交換意見，並將向檢察院提出免予刑事訴訟的申請，但願他的申請能夠得到批准。

所有的人都熱切期盼你早日出來，我和姐姐更是如此。保重好你的身體，不要辜負等待你的朋友與家人！

泓看完，不住地點頭。

「我那些畫如果還能有所收益並通過一支基金來幫助更多的人，真是不幸中的萬幸！」他簽署了授權書，並指定海倫代表他作為基金發起人。他同時簽署了一份聲明，將巡展的全部收益用於基金的發起與設立。

接下來，余律師聽泓陳述了他的案情。

「我沒有行賄，我只是送了一幅畫給一位有三十年友誼的朋友！」他堅定地說。這句話在檢察院調查期間他曾經反覆說過，但從沒有像這次這樣說得那麼明確和堅定。

「行賄罪的前題是謀取不當利益。我研究了您的卷宗，決定為您做無罪辯護，正是基於我認為您不存在謀取不當利益的動機與行為。其根據一是您送畫的時間。當時達剛從地方調到部裡，只是一個局長，對您當副院長並無發言權和決定權；二是美院方面可以提供書證，證明您當選副院長是民主評議的結果，當選過程中並無人以任何形式影響民主評議。」

「可偵查階段我有過筆錄，承認自己犯有行賄罪。當然，我可以指證檢察院逼供和誘供。」

余律師打斷他：

「我希望檢察院和法院更多採信書證。至於逼供和誘供則不是重點。換一個角度，檢察院也有自己的工作職責和工作方式，一切都在往前走，不必耿耿於懷了。」

三十八

一切都在按部就班地進行，時間變得平靜而緩慢。宋的案子也有了轉機，甚至可能出現緩刑的機會。九月的陽光帶來了某種神祕的慈悲氣息，每天放風的時候，大家都曬得暖洋洋的。跟余律師見完面之後，宋和文都格外關心泓的案子。他們認為余律師的思路是對的，同時也提醒泓要注意本地的司法環境。泓明白他們的意思，但他已經不準備做任何事情了，他相信所有的安排中命運的安排才是最好的，也是不可逆轉的。他決定像子靈一樣沉靜地等待。由於一切都在朝好的方向轉變，大家很自然就將話題集中在了出去之後的生活上面。宋說：「我們現在就約好，出去之後要在一起喝一次酒。現在我們是從裡面看外面，出去之後是從外面看裡面，那個時候我們再看，看看每個人的觀點都有什麼不同。」他還提議每個人都用一個詞來描述一下看守所的生活。文說：「若干年之後，如果我兒子問我在看守所都幹了什麼？我就只有一個詞：受罪！」宋說是苦熬，泓卻說是另一種體驗。他想起詹姆斯・喬伊斯[1]的話——「我準備第一百萬次去接觸經驗的現實，並在我心靈的作坊中鑄造出我們的民族還沒有創造出來的良心。」他的心裡依然鋪滿了理想主義的基色。最後，宋說：「有一點我可以肯定，即我們都會變得更勇敢、更從容，也將更加珍惜和熱愛生活。」文

[1] 詹姆斯・喬伊斯（James Joyce, 1882-1941），愛爾蘭著名作家。

的案子沒有任何轉機，他的心態要悲觀許多，他更多地選擇了沉默，偶爾說幾句話也總是冷嘲熱諷的。泓開始設想某一天他免予刑事訴訟的通知突然就下來了，「到了那天會是誰來接我呢？海倫和姐姐肯定會來的；瓊呢？鏞呢？王館長呢？……還有蕊妹子，會來嗎？」他甚至開始想像走出看守所大門時的心情，他將看見什麼？聽見什麼？「第一件事肯定是抬頭望天」，多麼晴朗和高遠的天啊，藍得像深沉的海水，像他想念的子靈，像廣大無垠的夢，深邃而不可測度……

時間繼續平靜而緩慢地流逝著，轉眼間中秋節就要到了。泓每天都在諦聽時間的步伐，雖然緩慢但十分堅定。時間在堅定地往前走——這件事給了他極大的安慰！「再過兩個月就是中秋節了，我們爭取中秋節前讓你回家……」他又想起任檢察官的話。但這次他得到的將不是取保候審而是免予刑事訴訟。他是無罪的，或者他的罪很輕，輕到只相當於一聲嘆息。事實上，和自由的生活相比，任何沉重的嘆息都是輕的。時間在往前走時也會帶走許多東西，其中就包括嘆息、孤獨和絕望……

在平靜的等待過程中，所有的人似乎都變得開朗和友好起來。潤哥和王副所長都給他帶了口信，他在龐畢度的展覽已經開幕了，所有的媒體都在報導這件事情。看守所大多數人都知道他是一個大藝術家了，也知道他的畫賣得很貴，他還將賣畫的收入捐出去設立了一個基金……，大家開始想方設法請他畫畫。王副所長甚至提出將看守所的一整面牆都騰出來請他畫一幅可以教育嫌疑人的畫；幾位管教拿來幾張複印紙，說哪怕在複印紙上勾幾筆都行……。泓都拒絕了。「我就是因為送了一幅畫給人才進來的，不敢再畫了！」他的話帶著某種辛酸，大家都體諒他，對他的拒絕表示了理解……

中秋節的頭一天，號房裡發生了一件讓他十分震驚的事——洗床單。頭天晚上宋就安排第二天大掃除。「我們要過一個乾乾淨淨、心情爽朗的中秋節。」他在八號號房快兩年了，過過一年中所有的節日。他知道這可能是他與號友們過的最後一個節日了。泓一直好奇宋是怎麼將號房的生活安排得井井有條的。號友們似乎什麼也難不倒，他們將塑膠片磨成刀，將棉籤做成針，將速食麵袋子搓成線，他們切菜、縫被子、補衣服，甚至可以將馬鈴薯和白菜變成好幾道美味佳饌……。第二天一早，泓還是驚到了。四五個獄友將大通鋪的床單換下來，鋪在不足一米寬的過道上。他們抹上肥皂，用手搓，用腳踩，一個多小時之後，床單、地面、大通鋪和四周的牆壁就被沖洗得乾乾淨淨，每個角落都被洗過了，擦過了。晾床單的過程最讓泓震撼。床單洗完後，難友們反覆擰乾，然後在不足二十平米的風場展開，宋喊：「一、二、三，起！」所有的人就抓住床單的邊角上下甩。「轟～轟～轟」，十幾分鐘後，兩米多寬、二十來米長的大床單就甩乾了，然後將它的邊角繫在風場的鐵欄杆上，讓它像一面旗平鋪在半空中，像一個人展開自己的身體一樣，充分曬著太陽。「轟～轟～轟」，泓將永生難忘難友們甩床單的聲音，他一直想畫有聲音的畫，這個場景就構成了他心中有聲音的畫面，如果把這個場景畫下來，那一定比《囚室放風》更震撼人心。「轟～轟～轟」——這是對生活不絕望、不屈服的人才可能發出的強音！四個多月來，泓第一次有了創作的激情，他相信無論生活是怎樣的，也無論走到哪裡，這「轟～轟～轟」的聲音都會伴隨他，並隨時在他耳邊響起，提醒他：「聽呵，生活還在發出『轟～轟～轟』的響聲，所以任何時候都不要絕望。」

中秋節過去不久，免予刑事訴訟的通知就到了。當王副所長打開鐵門喊道：「泓，收拾東西！」八號號房的人都歡騰起來。「屁眼朝天了，泓，記得我們還在受難！」泓和宋擁抱，也和文、二鵬、老張及所有人擁抱。那一刻，全世界似乎都只有歡樂！泓將所有的衣物和書都留給了大家。出門的那一瞬間，他又回頭看了一眼左上角的天花板，子靈掉下來之後，那個洞還在，沒有人想到去補一下。「子靈，我們回家了，走吧！」他在心裡明確地說道，然後，轉過身，堅定地邁出了那道鐵門……

走出看守所的大門，泓抬起頭，久久地凝望著天空，深深地吸了一口新鮮空氣，然後閉上眼睛，進一步確定這不是在做夢。他真的是出來了，看守所的門口停著兩輛車，瓊、鏞、王館長和余律師都來了，還有一個二十出頭的女孩，婷婷玉立地站在那裡，然而，沒有姐姐和海倫……

「蕊妹子，這是爸爸！」瓊對那個女孩說道。泓的身體顫抖了一下，「泓……」瓊和鏞迎上來，他們分別與泓擁抱。

「爸爸！」那個女孩也迎上來，她捧著一大束花輕輕地叫了一聲，泓穩住，卻不知道如何應答。

「泓院長！」王館長和余律師也上前來打招呼。

「泓……」他扭過頭，車門打開，他看見了雪潤，二十多年來再也沒有見過的雪潤，從一輛車裡出來……

「上車吧，回家，我們回家！」瓊說道。

泓和瓊、雪潤、蕊妹子上了一輛車，鏞和王館長、余律師上了另一輛。瓊開車，雪潤坐在副駕上，泓和蕊妹子坐在後座上。

「海倫呢？她和姐姐怎麼沒來？」

「在家裡給你做好吃的呢，我們本來已經在酒店訂了房間，可姐姐一定要自己做。」

泓沒再問什麼，可他的心是失落的，那淡淡的失落竟讓他眼睛稍稍有一點濕潤。

「龐畢度的展覽成功極了，雪潤和惢妹子都從美國趕去參加了首展式。回家吧，回家給你看資料，所有的視頻、照片、新聞報導、專家評論、拍賣紀錄……，全都整理好了，展覽比我們預想的還要成功。」

泓聽著。幾個月下來，世界已經變得十分陌生，這是他曾經那麼熟悉的世界嗎？這輛車是他開了好幾年的那輛嗎？車裡坐著的是他愛戀過的雪潤和瓊嗎？他的神思既恍惚又悠遠，卻感到一個溫馨的身體依偎著他，一縷頭髮輕輕地拂在他的臉上。這就是他的女兒嗎？他從沒見過面的女兒，此時正依偎著他，一隻小手無比溫軟地放在他的手裡……

「龐畢度的首展持續了半個月，然後到了柏林，這兩天柏林的展覽也該結束了，接著將去倫敦和紐約……。所有的展覽都將按原計畫進行，英小姐的團隊一直在世界各地忙，她這幾天應該已經到了倫敦了，剛才還特意來電話要我們代她向你問好。豐和三小姐過幾天會專程來北京看你。基金的籌備工作也很順利，這次巡展預計你的收入可達五千萬，加上三小姐、英小姐及其他幾家發起人，基金的初始規模應該可以達到一點五個億，你可以按自己的想法做點大事了……」瓊繼續，泓靜靜地聽著。

「爸爸。」這聲音多麼輕柔，多麼明朗！他扭過頭，輕輕地吻了一下女兒的額頭。

「瓊阿姨跟我說過，說你一直跟她說『靈魂是有翅膀的』。」

「是的，孩子！」他在回答女兒，也在回答自己和了靈。

三個多小時後，泓到了家，姐姐已經站在門口了。

「姐！」

「哎……」

他進門，站在客廳，呆呆地看著這個久違的家，茶几上是一大瓶玫瑰，這是海倫最喜歡和經常買的。

「泓，先上樓洗個澡吧。」瓊過來，輕輕地說，鏞和王館長他們也已經到了。

泓在樓上的書屋裡坐下，點燃一支煙，靜靜地吸著。傍晚的陽光從坡屋頂的斜窗照下來，使整個書屋有了一種深秋的氣息。這正與上次他和海倫在這裡的場景相彷彿。可那時候是暮春，陽光在暮春與晚秋是不同的。上次他給海倫講了達的事情，也預感到自己會有一場災難。可現在一切都過去了，他回來了。他還記得當時他和海倫在隱隱不安中的熱切與期待，他們第一次接吻了，擁抱了……。此時又是夕陽西下，泓的心裡卻是沉靜和從容的，但其中的孤獨與憂傷也更為深沉。那經歷了絕望與苦熬之後的憂傷，已經變得像薄霧中的曠野一樣深邃和遼闊了……。泓脫掉衣服，團起來扔進垃圾桶，然後打開水龍頭，讓自己在花灑下面一遍又一遍沖洗著。

大家都在樓下靜靜地等待。泓下樓，桌上已擺滿酒菜，顯然都是姐姐做的，是他熟悉和喜歡的。大家在餐桌坐下，瓊給每個人都斟滿了酒。

「今天是一個大喜的日子，讓我們舉起杯，祝泓重獲自由，他終於又回到大家身邊了……」瓊端起酒杯，大家都站了起來。

「等等，海倫呢？」

「她孩子病了，我們先開始吧，她還在醫院，待會兒就會來的。」瓊說道，余律師和王館長在一旁配合。

「第二杯酒我們要祝泓和蕊妹子父女團聚！」

……

「第三杯酒我們再祝泓的巡展圓滿成功！」

……

「泓院長，學院後天專門設宴為您慶祝，您的職務還在，還是學校的副院長。」

泓跟大家一次又一次地舉杯，但他神情空蕩，有一種掩飾不住的急切與不安。

「哪家醫院？我們現在就去……」他對瓊輕輕地說，語氣卻十分堅定。

「什麼？」

「海倫的孩子在哪家醫院？我們現在就去！」

「別這樣，泓，大家都在，她待會兒就會回來的。」

「好了，瓊，說出來吧，別瞞他了，瞞不住的。」鏞一直沉默著，這會兒終於忍不住了。泓聽了，萬分驚訝地望著他。

「泓，海倫不在了，一個月前出了車禍，她已經離開了我們。」

「什麼？」

「余律師，你說吧，當時只有你在，你說得最清楚。」

余律師接過瓊的話——

「九月一號，晚上十一點多了，我接到警察的電話，說海倫出了車禍，正在醫院搶救，要我馬上過去。」

「我趕到醫院時，海倫已經在重症病房。接著我就給瓊、泓姐打了電話。第二天上午，海倫搶救無效，她走了……，離開的時間是九月二號上午十一點二十二分。」

「那幾天北京連日暴雨，海倫大約是晚上九點多鐘出的車禍。據警察現場勘查，當時的雨下得特別大，五輛車連續追尾，她沒刹住車，又猛打了一下方向盤……她的車先撞在一輛車上，因為方向盤打得太急，路又太滑，便側身飛出去，撞在了另一輛車上……。警察在她手機裡找到了她最後通話的兩個人，一個是我，另一個是她的同學潔。我趕到醫院不久，潔小姐也趕到了，她通知了海倫媽媽……，之後的喪事也是她操辦的。」

「她走的時候，都有誰在身邊？」泓問。

「我在，海倫媽媽和潔小姐也在。」姐姐回答。

「據潔小姐說，海倫有一陣子看上去情況不錯，還喝了點水。她跟潔小姐說：『我如願以償，用自己的方式活了三十二年。』這句話後來被潔小姐刻在了她的墓碑上。」

「她跟我說：『姐，我不甘心……』之後就昏過去了，後來又醒過來，就像迴光返照似的，要我把她抽屜裡的日記本交給你，『請他照顧寶寶，把寶寶當自己的兒子，教他畫畫……』她最後說道。」

姐姐說完，忍不住悲泣起來。

「當時我們都在巴黎，海倫本來計畫六號到巴黎的，機票都訂好了。所有的人都十分震驚，也不願意相信。最遺憾的是她連你的首展式都沒來得及參加，而我們也沒法趕回來參加她的葬禮。事情發生得太突然了，她就這樣孤零零地離開了我們……」

「這次巡展，包括基金的設立如果沒有海倫跟本就不可能有現在的成果，她太出色了！」

「先生的案子也是，海倫可說是用盡了心力……」

「一個女人，帶著兩歲的孩子，在短短四個多月裡，愛人不在了，父親被雙規，母親又大病，還要做那麼多事情，每一件事可說都比上天還難，她得有多堅強呵！」

泓平靜地聽大家說著，腦子裡卻盡是「轟～轟～轟」的聲音。他離開餐桌，獨自上樓。

「讓他一個人待一會兒吧，他需要安靜。」瓊說。

不知過了多久，其他人都默默地走了，姐姐、雪潤和蕊妹子上樓來。

「泓，我不知道該說什麼，只是勸你別太悲傷了。我一生的努力就是把蕊妹子帶大，最大的願望就是你們父女相認。我做了我該做的，現在也該同你告別了。」

「蕊妹子留下來陪你，你們父女多相處一段時間吧，她大學畢業了，你們也商量一下未來的安排……」

她說完，便獨自一人回酒店去了。

「蕊妹子，你也下樓休息吧，我陪陪你爸，和他說幾句話。」

樓上的書房裡只剩下姐弟倆了，姐姐拿出一本日記本。

「海倫留下的，讓我交給你。她每天都在四處奔忙，壓力太大了，都沒等到你回來，實在是太可憐了。」

「姐，我走之前曾交給你一封信，你給她了嗎？」

「給了，她看了，一個人在樓上哭了很久；然後下樓，摟著我說：『姐，你願意我叫你姐嗎？我已經是泓的女人了，你搬到我那裡去住吧，我們一起等泓和蕊妹子回來。』」

泓一直強忍著心裡的悲慟，這會兒終於哭了出來。可那是怎樣的哭呵，那不是在哭而是在嚎，接著便只有無聲的悲泣與顫抖。他突然想起子靈死了之後他出現的各種幻覺，以及他在幻象中看見的那場車禍。當時海倫的那張臉是多麼慘白呵，那張充滿著哀怨與不捨得臉是多麼地慘白呵。他在心裡悲痛地嚎叫……姐姐抱著他，輕輕地擦去了他臉上的淚水。

「弟弟，好人都不該死，但偏偏都死了。這就是老天爺的安排，老天爺總有他的道理。那個地方人誰都沒有去過，可能真的很好，比我們這裡要好得多！」

三十九

第二天下午，泓、瓊、鏞、姐姐、惢妹子一起去看海倫；潔也去了，提前在陵園門口等他們。那是東北郊區的一個新陵園，距海倫的家和泓的工作室都不太遠。陵園很樸實，也很肅穆，一座不高的山呈東西向蜿蜒而去，山下是一片很開闊的平原。海倫的墓地在半山上，種了九株松樹和柏樹，潔為她立了一個精緻的墓碑，碑上寫的正是她那句遺言——「我如願以償，活了三十二年。」

「這個陵園雖然談不上宏偉，但也十分安寧。」獻完花，瓊在一旁輕輕地說道。

「可她多孤單呵！」潔接過瓊的話。

泓站在墓前，一直沒有說話。

「我們下山等吧，讓他陪海倫說一會兒話。」姐姐說。

一行人下了山。泓一個人在海倫的墓前坐下來，好讓那墓中之人也坐在他身邊。

「你可真是個傻丫頭，還有那麼長的路，怎麼能一個人走呢？」他說。

「你知道我遲早會回來，我走了不過幾個月。平時你是那麼從容和優雅，這次怎麼就那麼急呢？姐姐說那個地方誰都沒有去過，可能真的很好，比我們這裡要好得多。可你也不能一個人去呵，你得等著我，任何事情都該和我分享……。不過你放心，我會努力的，不久也就趕上你了……」

「過去的一段日子，我曾經多次想像，當我邁出看守所大門時第一眼看見的會是誰？當然是你了，每一次我的心裡都十分堅定和明確——是你呵，一定是你！可昨天我出來了，回家了，所有的人都見到了，偏偏沒見到你！我知道天真可愛的人都喜歡玩捉迷藏，你也一樣，我就當你藏起來了，你在讓我找，還老傻乎乎地說：『我在這兒呢……』我當然也要裝著找不著你的樣子，好讓你覺得這個遊戲是好玩的。我找呵找呵，故意找不著你。等你玩累了，想回家了，我就會說：『看，我找到你了！』……」

離開陵園後，大家在一家茶館坐了一會兒。潔給大家介紹了海倫葬禮的情況。「她可真傻！」潔說，「我從沒見過這麼傻的人……」她還有事，就先走了。沒有人多問一句海倫怎麼就傻了，在逝者面前，任何追問都是不禮貌的。

「泓，過幾天我們就要回歐洲去了，你休息幾天，也跟我們去吧。你的展覽還沒有結束，基金不久也該註冊下來了，註冊地放在了香港，可怎麼運作你得拿出個思路來。」

「我先安排好海倫的事情，然後帶蕊妹子回湖南；展覽的事你們做得都很好，我不需要再添亂了。說到基金，我只有一個想法，能不能以海倫的名字來命名這個基金？我希望有一種永久的方式來紀念她。」

「好的，海倫走了之後，我接任了她籌委會祕書的職務，我會跟每個發起人來溝通這件事的。」

回到家，泓和姐姐、蕊妹子簡單地吃了一點東西，一家人就坐在一起說話。

「爸爸。」

「嗯，蕊妹子，想說什麼？」

「沒事，就是想叫爸爸。」

「這孩子……大學畢業了，你有什麼打算嗎？」

「先陪陪爸爸。不過這次回來經歷了很多事，在龐畢度也受到了很大的震撼。如果爸爸的基金缺人，我倒想先去基金工作。我大學學的是藝術史，但也修了經濟學的學位。」

「哦，那是一支公益基金。」

「是的，不過瓊阿姨說過這支基金的模式，還是需要商業運作的，否則也成不了活水源頭。」

「你跟瓊阿姨聊過很多？」

「是的，瓊阿姨和鏞叔叔都跟我聊過很多，可惜沒見到海倫阿姨。不過這兩天我總感覺到她還在，她並沒有走遠。」

「為什麼？」

「從爸爸和大家的眼神中感覺到的。」

……

「泓伢子，海倫的事你準備怎麼安排？」姐姐問。

「一切都按她的想法去做。蕊妹了，你願意有個弟弟嗎？」

「只要爸爸喜歡。」

「好，明天我們就去看海倫媽媽，說服她和我們一起生活，我會視海倫的孩子如己出，教他畫畫，好好培養他。」

晚上，泓獨自一人在樓上，他打開海倫的日記，一篇一篇地讀。這些日記是從一月一號開始的，一直到她去世幾乎從沒中斷。厚厚的日記本眼看著就要寫滿了，除了日記，還有一部分札記和詩歌。那些札記是她整理泓的作品時對藝術的思考；其中一首組詩可說是對泓早期作品的詮釋。看得出她尤其喜歡泓早期的素描，那些以南方的山川為背景的童年記憶喚起了她最深切也最痛楚的情感，同時又使她產生了巨大的悲憫之心。七月和八月有兩篇日記引起了泓的特別注意，她似乎已經在總結和預示自己的命運。

海倫的日記

七月十二日

與潔見面。

……她所說的讓我深思。「世上並不存在一種自己想要的生活，所謂自己想要的生活其實只是一團黑。」這是她第二次用這句話來勸導我了。

「我只走別人走過的路——這樣的路才是順路和平路。」她說。

「你呢，正相反，你在走別人不走的路，這樣的路是難路，像崎嶇的山路一樣難，甚至常常無路可走。」

「因此，重要的只是因勢利導——凡事都順著來，順著這個世界的變化而變化……」

我聽她一句一句地說下去，最後竟引用了《聖經》中的一句話來回敬她——「寬敞的門和寬廣的路使人墮入地獄，許多人都是從這裡墮落的。」

我無意反駁她，我看得出她很幸福。可她顯然沒有聽懂我的話，又繼續往下說——

「你沒注意到嗎？當你對世界說不的時候，世界也會對你說不，而且會形成巨大的回聲；當你對世界說好的時候，世界同樣也會說好，它所形成的回聲也是好的……」

她的生活的確一直都是平平順順的，我知道這是生活態度的不同，我無意批評與我不同的價值觀，當然，我也沒有權利懷疑她的幸福。一個人快快樂樂地坐在你身邊無論如何都是一件讓人高興的事。我只是覺得她的生活美中不足，缺少點什麼；或者我應該說：「唉，這樣的幸福來得也太容易了，像清湯掛麵一樣容易……」

可話又說回來，我自己想要的生活又是什麼呢？說實話，我還真不清楚；可就是因為不清楚我才如此執著並熱愛。一眼望到頭的生活有什麼意義呢？

我又情不自禁地想起一句詩（記不清是誰寫的了，應該是詹姆斯・喬伊斯在《一個青年藝術家的畫像》中引用的雪萊的詩）——

你所以那樣蒼白，是否因為每日爬上天穹，注視大地？

至於愛情（當然，她沒有用這個詞，也許是她的生活太實際了，這個詞對她而言是陌生的、無意義的，也是無用處的），我更無意與她討論。世上有可討論的愛情嗎？當然沒有。愛情不是一件事情，也不是一個計畫或行為。愛情是我們內心的感受，是靈魂的交融，是子夜的冥想和清晨的眺望，是苦熬與等待……。當然，對於一個無感的人來講，愛情便只是斤兩與尺碼，是瑣碎的生活計畫與安排。可是，我要這樣沒有溫度的東西來做什麼呢？今天我要坦言，我生活的目標便只有愛情，我的生死都只與愛情有關，我隨時隨地都在感受他的呼吸與心跳，沒有他我真的活不下去！

八月二十六日

余律師從看守所回來。泓寫了聲明，他將這次巡展的全部收入都用來設立獨立藝術家聯盟基金了；他還指定我代表他作為基金的發起人。我突然覺得，光有愛是不夠的，只有當愛與信任和美德結合在一起時，才會產生崇高的力量。這力量正是泓帶給我的，只有他才能給我這種力量。

親愛的，也許從巴黎回來我們就可以重逢了。重逢的路是多麼艱難！需要兩個人共同拚力才可以達到。可這是值得的，即便是崎嶇的山路，甚至無路可走了，也是值得的。無路可走時，我們還可以冥想與等待……

晚上又讀紀德的《窄門》。傑羅姆說：「沒有你我就找不到上帝！」我也一樣，一整夜我都在對泓說：「沒有你我就找不到，沒有你我就找不到呵……」

下面的一段完全摘自《窄門》——

「我做了一個讓人傷心的夢。」一天早上阿莉莎對我說，那是暑假的最後幾天的事情。「我活著，可你卻死了。不過我並沒有看見你死，只是聽說你死了。這太可怕了，簡直是不可能的事情……。我們被分開了，不過我感到還是有辦法與你重逢的，於是我就找呵找呵，我的整個一生都在拚命使勁……」

我不想或者不敢拿她的話當真　我想反駁她，可心裡卻怦怦亂跳。突然我不知從哪兒來了一股勇氣，便對她說：

「那麼好吧，我今天早上也做了一個夢，夢見我和你建立了一種牢不可破的夫妻關係，什麼力量也無法將我們分開——除非死亡。」

「難道你認為死亡可以使人分離嗎？」

「我是說……」

「我的想法卻是：死亡反而可以使人更加接近——是的，使生前分離的人更加接近。」

泓注意到海倫在最後一句特意加了著重號。他反覆體會這句話，又繼續一篇一篇地讀著，其中一些他已反覆讀了幾遍了。他反覆讀，用心體會，不斷聯想。這些日記帶給他的已不僅是萬分的悲慟，還有自責、羞愧以及一種難以名狀的昂揚的力量。一轉眼天就快亮了，高遠的天空已出現一片新亮的魚肚白，他推開窗，看見蕊妹子跑進了樓下的花園，她身穿一身橙紅的運動服，開始晨跑了。

二〇一五年十月至二〇一六年四月第一稿

二〇一七年一月定稿

二〇二一年十一月修訂於臺北

繁體中文版後記

最近不斷有朋友說新冠病毒正在使人類處於巨大的不確定性之中，而我多年前就通過《懸空的椅子》表達了這個主題。這些朋友有誇獎我的意思。不確定性是人類亙古未變的主題，我既不是先知，也沒有超出前人對這一主題的思考。但是人們在範式中生活得太久了，習慣了生活是可以計畫和安排的，也相信社會的發展有規律可循，在一段不算太短的歷史中人們甚至於一直秉持著「人是萬物的尺度」這樣一種理念。格式化是人類文明的成果，也是精神與心靈的舒適地帶；在那裡人們只需要一切照著來就好了，循規蹈矩便可安然無恙。格式化的生活一旦打破，人們就會茫然無措，甚至於失去安全感。偏偏任何一種格式化的生活都註定會被打破。新冠病毒僅僅是打破既有生活秩序的事件之一，它無孔不入，如此兇猛，讓我們比任何時候都更真切地看到了不確性那帶有毀滅性的力量。

「各種椅子都懸空著？椅子的基本功能是坐，坐會讓人安穩、閒適、舒服，若都懸空，安穩、閒適、舒服就會被打破，從而進入了一種懸而未決的狀態……。泓，你又在表達我說的那種不安全感了，但這次更密集、更絕對，所有的人，無論什麼身分、什麼年代、什麼來歷，都是懸空的、不安全的，對嗎？」海倫在《懸空的椅子》中問本書的男主角泓。

不確定性是格式化生活的警醒與反動，它既是命運的祕團，又昭示著新的機會與可能性。在《懸空的椅子》中海倫和她的好友潔另有一段對話：

與潔見面。

……她所說的讓我深思。「世上並不存在一種自己想要的生活，所謂自己想要的生活其實只是一團黑。」這是她第二次用這句話來勸導我了。

「我只走別人走過的路——這樣的路才是順路和平路。」她說。

「你呢，正相反，你在走別人不走的路，這樣的路是難路，像崎嶇的山路一樣難，甚至於常常無路可走。」

「因此，重要的只是因勢利導——凡事都順著來，順著這個世界的變化而變化……」

我聽她一句一句地說下去，最後竟引用了《聖經》中的一句話來回敬她——「寬敞的門和寬廣的路使人墮入地獄，許多人都是從這裡墮落的。」

我無意反駁她，我看得出她很幸福。可她顯然沒有聽懂我的話，又繼續往下說——

「你沒注意到嗎？當你對世界說不的時候，世界也會對你說不，而且會形成巨大的回聲；當你對世界說好的時候，世界同樣也會說好，它所形成的回聲也是好的……」

她的生活的確一直都是平平順順的，我知道這是生活態度的不同，我無意批評與我不同的價值觀，當然，我也沒有權利去懷疑她的幸福。一個人快快樂樂地坐在身邊無論如何都是一件讓人高興的事。我只是覺得她的生活美中不足，缺少點什麼；或者我應該說：「唉，這樣的幸福來得也太容易了，像清湯掛麵一樣容易……」

可話又說回來，我自己想要的生活又是什麼呢？說實話，我還真不清楚；可就是因為不清楚我才如此執著並熱愛。一眼望到頭的生活有什麼意義呢？」

這段文字表明了海倫對格式化生活的否定——「唉，這樣的幸福來得也太容易了，像清湯掛麵一樣容易……」「一眼望到頭的生活有什麼意義呢？」也表明了她對不確定性的擁抱——「我想要的生活又是什麼呢？說實話，我還真不清楚；可就是因為不清楚我才如此執著並熱愛。」當潔提醒並勸告她——「你在走別人不走的路，這樣的路是難路，像崎嶇的山路一樣難，甚至常常無路可走」時，她引用《聖經》中的話，進一步表明了自己的立場與價值觀——「寬敞的門和寬廣的路使人墮入地獄，許多人都是從這裡墮落的……」「人啊，你要從窄門進來。」

作為這部小說的作者，我安排了「平順之人」潔提醒海倫——「世上並不存在自己想要的生活，所謂自己想要的生活其實只是一團黑。」我也安排了海倫的死，她令人悲傷地死於了一場車禍。我用筆兇狠，是因為我深知生活險惡；海倫必須死，她沒有任何理由活著。意外是不確定性最暴虐的形式，偏偏我們的生活充滿了意外。然而海倫的死會讓我們明白另一層喻示，即：活著，連意外也得擁抱，並以此與生活和解。「好人都不該死，但偏偏都死了。這就是老天爺的安排，老天爺總有他的道理。那個地方人誰都沒有去過，可能真的很好，比我們這裡要好得多！」這句話是泓的姐姐說出來的，她從小就患有小兒痲痹症，最羸弱、最不幸卻也最堅強、最慈悲。

海倫是我所有的小說人物中最美好的形象，修訂這部小說時，每每讀到她的日記，我都會禁不住流下眼淚。雖然《懸空的椅子》充滿了對命運之祕的探尋，我卻更願意讀者把它當作一部愛情小說來讀。我同時堅信，在巨大且無處不在的不確定性中，唯有愛才可以聯結人心並使得美好的心靈得以延續。

《懸空的椅子》原本只是我的一件裝置作品，二〇一六年我將它寫成了同名小說，二〇一八年由江蘇鳳凰出版社出版。秀威的發行人宋政坤先生有興趣以繁體中文字在臺灣出版，於是有了這篇後記。我期待它在臺灣上市，也期待在臺灣有更多的讀者與朋友。

感謝宋政坤先生、伊庭小姐和人玉小姐。

唐寅九

二〇二一年十月二十八日寫於臺北

貓空－中國當代文學典藏叢書3　PG2668

懸空的椅子

作　　者　唐寅九
責任編輯　孟人玉
圖文排版　陳彥妏
封面設計　劉肇昇

出版策劃　釀出版
製作發行　秀威資訊科技股份有限公司
114 台北市內湖區瑞光路76巷65號1樓
電話：+886-2-2796-3638　傳真：+886-2-2796-1377
服務信箱：service@showwe.com.tw
http://www.showwe.com.tw
郵政劃撥　19563868　戶名：秀威資訊科技股份有限公司
展售門市　國家書店【松江門市】
104 台北市中山區松江路209號1樓
電話：+886-2-2518-0207　傳真：+886-2-2518-0778
網路訂購　秀威網路書店：https://store.showwe.tw
國家網路書店：https://www.govbooks.com.tw
法律顧問　毛國樑　律師
總 經 銷　聯合發行股份有限公司
231新北市新店區寶橋路235巷6弄6號4F
電話：+886-2-2917-8022　傳真：+886-2-2915-6275

出版日期　2022年3月　BOD一版
定　　價　480元

讀者回函卡

Printed in Taiwan

國家圖書館出版品預行編目

懸空的椅子 / 唐寅九著. -- 一版. -- 臺北市：
醸出版, 2022.03
面； 公分. -- (貓空-中國當代文學典藏叢書 ; 3)
BOD版
ISBN 978-986-445-593-5(平裝)

857.7 110020719